자기만의 방

클래식 라이브러리 003

자기만의 방

클래식 라이브러리　003
A Room of One's Own

버지니아 울프 지음
안시열 옮김

arte

차례

일러두기

1 이 에세이는 1928년 10월 케임브리지 대학교의 여자 대학인 뉴넘 칼리지의
   예술학회The Arts Society와 거턴 칼리지의 ODTAAOne damn thing after another
   Society에서 강연한 내용의 두 편의 글을 기초로 하여 집필되었다. 그 글들은
   전체를 모두 읽기에는 너무 길었고, 그 후 수정되고 증보되었다.

2 Virginia Woolf, *A Room of One's Own*(Hogarth Press, 1931)을 번역 저본으
   로 삼았다.

3 이 책은 독자의 이해를 돕기 위해 원문과 달리 여러 요소를 적용했다. 혼잣말
   과 마음속의 말은 고딕체로 구분했고, 핵심적인 어구는 굵은 글씨로 강조했
   다. 간단한 부가 정보나 설명이 필요한 곳에는 본문에 내용을 덧붙이고 대괄호
   ([   ])로 묶었다. 또한 원문은 한 단락이 길게 구성되어 있으나 이 책에서는 단
   락을 짧게 나눠 글의 흐름을 쉽게 따라갈 수 있게 했다.

4 원주 표기가 없는 나머지 주석은 모두 옮긴이 주다.

1장

그런데[1] 여러분은 이렇게 말하겠지요. "우리는 '여성과 픽션'에 대해 말해 달라 부탁드렸습니다. 그런데 그것이 '자기만의 방'과 도대체 무슨 상관입니까?" 제가[2] 한번 설명해 보겠습니다. 저는 여성과 픽션에 대해 말해 달라는 여러분의 부탁을 받고는 어느 강둑에 앉아 그 말의 의미를 궁리하기 시작했습니다. 이 말은 그저 패니 버니[3]에 대해 몇 마디 해 달라거나 제인 오스틴에 대해 조금 더 긴 논평을 해 달라거나 브론테 자매에게 찬사를 바치며 [그들이 살았던] 하워스 사제관의 눈 덮인 전경을 간략히 묘사해 달라거나, 가능하다면 밋퍼드[4]에 관해 약

---

1 "그런데"로 에세이를 시작함으로써 이 글이 어떤 내러티브의 중간에서 시작되고 있음을 알린다.
2 도입부와 결말부의 화자는 '저'로, 회상하는 부분의 화자는 '나'로 구분했다.
3 프랜시스 버니Frances Burney(1752~1840). 일기 작가이자 극작가, 풍자 소설가.
4 메리 밋퍼드Mary Mitford(1787~1855). 극작가, 스케치 작가이자 시인.

간의 재담을 들려 달라거나, 조지 엘리엇[5]을 향한 존경의 말을 몇 마디 해 달라거나, 개스켈[6]에 대해 이야기해 달라는 말일 수도 있을 텐데, 사실 그중 하나만으로도 충분하겠어.

그러나 다시금 들여다보니 여성과 픽션이라는 말은 그리 단순해 보이지 않았습니다. '여성과 픽션'이라는 제목이 의미하는 바는 (그리고 아마도 여러분이 의도하는 바도) 여성 그리고 여성의 특징, 또는 여성 그리고 여성이 쓰는 픽션, 또는 여성 그리고 여성에 관한 픽션일 수도 있을 것입니다. 아니 어쩌면 이 세 가지가 복잡하게 얽혀 있고 여러분은 저에게 그 복잡한 맥락 안에서 제시된 주제에 접근하기를 바라고 있는지도 모를 일입니다.

그런데 가장 흥미로워 보이는 이 마지막 방식으로 주제를 고민하자마자 치명적인 단점이 눈에 들어 왔습니다. 나는 결단코 결론에 도달할 수 없겠구나. 나 스스로 강연자의 첫째가는 의무라고 여기는 것 ─그러니까 한 시간의 강연 후에 공책 갈피 사이에 넣어 집으로 가져가서는 벽난로 위에 고이 모셔 둘 순수한 진실의 금괴를 청중의 손에 쥐어 주는 일 ─ 을 결코 해낼 수 없겠어. 내가 할 수 있는 일이라고는 기껏 어떤 작은 논점에 대한 견해, 즉 여자가 픽션을 쓰려면 돈과 자기만의 방이 있어야 한다는 견해를 피력하는 데 그치겠구나. 그렇게 되면, 앞으로 아시게 되겠지만 여성의 참모습과 픽션의 참모습이라는 난제는 여전히 미제로 남게 됩니다. 저는 이 두 가지 물음에 관해 결론을 내릴

---

5 1819~1880. 소설가이자 시인, 번역가로 본명은 메리 앤 에번스Mary Ann Evans이다. 이 책의 후반부에 본명을 사용하지 않고 남자 이름의 필명 뒤에 숨었던 작가의 예로서 거론된다.
6 엘리자베스 개스켈Elizabeth Gaskell(1810~1865). 소설가이자 전기 작가.

의무를 회피했고, 그 결과 저에게 여성 그리고 픽션은 여전히 풀리지 않은 수수께끼로 남아 있게 되었습니다.

　그러나 이것을 어느 정도 보완하는 차원에서 제가 어떻게 방한 칸과 돈이 필요하다는 견해에 도달하게 되었는지 그 경위만큼은 제가 할 수 있는 한 최대한 들려 드리고자 합니다. 여러분 앞에서 저는, 제가 그 생각에 이르기까지 밟은 사고의 궤적을 되도록 충실하고도 자유롭게 펼쳐 보여 드리겠습니다. 제가 [돈과 자기만의 방이 있어야 여성이 픽션을 쓸 수 있다는] 진술 뒤에 웅크리고 있는 관념들과 편견들을 발가벗겨 드러낼 때 그것들이 여성에 대해 그리고 픽션에 대해 어느 정도 함의를 갖는다는 사실이 여러분의 눈에 보일 수도 있겠지요. 어쨌든 논란의 여지가 많은 주제에 관하여 — 성性의 문제는 늘 논란이 따르기 마련입니다만 — 자신이 진실을 말할 것이라고 기대할 수 있는 사람은 아무도 없습니다. 단지 자신의 의견이 형성되는 과정을 보여 줄 수 있을 뿐입니다. 강연자의 한계와 편견과 특이점을 관찰하면서 나름의 결론을 도출할 기회를 청중에게 안겨 줄 수 있을 뿐이지요.

　여기서 픽션은 사실보다 더 많은 진실을 담을 수 있을 것입니다. 그러므로 저는 소설가에게 허용되는 모든 자유와 파격을 누리고 활용하면서 이곳에 오기 전 이틀 동안의 이야기를 — 어떻게 제가, 여러분이 제게 지워 준 주제의 무게에 짓눌려 허리도 제대로 펴지 못한 채 그 주제를 숙고하고 삶의 안팎으로 엮으며 숙성시켜 내었는지를 — 들려 드리고자 합니다.

　제가 진술할 것들이 실재가 아님은 두말할 나위가 없습니다. 옥스브리지는 [누군가가] 지어 낸 명칭입니다. 퍼넘도 마찬가지입니다. [이제부터] 나라는 대명사는 실존하지 않는 누군가를 가리키기 위한 편의상의 호칭일 뿐입니다. 거짓말이 나의 입술에서 술술 흘러나갈 것입니다. 그렇지만 그 거짓말에 어느 정도의 진실이 버무려져 있을 수도 있습니다. 그 진실을 발견하고 그중에 간직할 만한 내용이 있는지를 결정하는 것은 여러분의 몫입니다. 간직할 만한 진실을 발견하지 못한다면 여러분은 당연히 [강의 내용을] 통째로 쓰레기통에 던져 버리고는 모두 잊고 말겠지요.

***

여기에서 나라는 사람이(나를 메리 비턴, 메리 시턴, 메리 카마이클, 아니 그 어떤 이름으로든 좋을 대로 부르십시오.[7] 어떻게 부르든 조금도 중요하지 않습니다) 한두 주 전에 화창한 10월의 날씨 속에서 강둑에 앉아 있었습니다. 앞서 말한 무거운 짐 — 온갖 편견과 격정을 불러일으키는 여성과 픽션이라는 주제에 대해 어떤 결론에 도달해야 한다는 압박감 — 에 짓눌려 나는 머리가 거의 땅에 닿을 지경이었습니다. 오른쪽과 왼쪽의 덤불들이 금빛과 핏빛으로 이글거리다 못해 열기 —그것도 불의 열기 — 로 타오르는 것만 같았습니다. 저 멀리 강둑에는 버드나무들이 머리카락을 어깨까지 늘어뜨리고 영원

---

7 본문에서 나열되는 이 세 이름은 스코틀랜드의 발라드인 「네 명의 메리The Four Marys」에서 가져왔는데, 그 발라드에는 메리 왕비를 포함해 그녀의 시녀인 네 명의 메리 비턴, 메리 시턴, 메리 카마이클, 메리 해밀턴 등 다섯 명의 메리가 등장한다. 울프는 도입부와 결말부에서는 메리 해밀턴(발라드의 화자)으로, 중간부의 대부분은 메리 비턴으로서 이야기하며, 때때로 다른 메리의 모습으로도 등장한다.

한 탄식의 울음을 울고 있었습니다. 강물은 하늘과 다리와 이글거리는 나무들을 한껏 비추었고, 그 물그림자들은 어느 학부생이 노 저어 갈 때 흐트러지는가 싶더니 금세 감쪽같이 — 마치 그 학생이 언제 지나가기라도 했냐는 듯 — 제 모습을 되찾았습니다. 그곳에서라면 그 누구라도 하염없이 생각에 잠겨 있을 수 있을 것입니다.

흐르는 강물 속으로 (걸맞은 이름보다는 거창한 이름을 붙이자면) 사색이라는 것이 낚싯줄을 드리웠습니다. 낚싯줄이 계속해서 이리저리 물그림자들과 수초들 사이로 흔들렸고, 물에 몸을 내맡긴 채 오르락내리락하다가 그 순간을 맞이했습니다. 왜 아시지요? 낚싯줄 끝에 문득 매달리는 관념의 응집, 그때 살짝 당겨지는 손맛. 그것을 살며시 당겨 올려서 조심스레 펼쳐 봅니다. 에구구, 풀밭 위에 놓고 보니 얼마나 작고 얼마나 보잘것없던지요, 내 생각이라는 것은. 제대로 된 낚시꾼이라면 이런 볼품없는 물고기는 요리함직하고 먹음직하게 살이 붙을 날을 기약하며 도로 놓아줄 것입니다. 그렇게 낚아 올린 생각의 내용을 지금 군이 설명하여 여러분을 성가시게 하지는 않겠습니다만, 주의를 깊이 기울인다면 내가 앞으로 이야기를 들려주는 가운데 여러분 스스로 그 내용을 파악하게 될 것입니다.

그런데 그 생각은 아무리 미미할지라도 —그 시시함에도 불구하고—그런 부류 나름의 신비로움을 지니고 있었기에 마음이라는 강물 속으로 도로 풀어 주자마자 흥미진진하고 대단한 생명체가 되어 쏜살같이 내달리는가 싶더니 쑥 가라앉았다가 종횡무진으로 번뜩이면서 관념의 너울과 격동을 일으켜서 나는 도저히 가만히 앉아만 있을 수 없었습니다. 그래서 나도 모르게 잔디밭을 재빠르게 가로지르고 말았습니다.

그러자 불현듯 어떤 남자의 형상이 솟아오르듯 나타나서 내 앞을 떡하니 가로막았습니다. 이브닝 셔츠에 모닝코트를 차려입은 괴상한 모습을 한 그 사람의 격한 몸짓이 나를 향한 것임을 처음에는 알아차리지 못했습니다. 기겁한 그의 얼굴에는 분노가 역력했습니다. 이때 도움이 된 것은 이성보다는 본능이었습니다. 그는 대학 관리인, 나는 여자. 이곳은 잔디, 보도는 저기 저편. '이곳은 펠로에게만 허락된 길이고, 나를 위한 길은 저기 저 자갈길이구나'와 같은 생각이 문득 들었습니다. 내가 다시 보도에 들어서자 관리인의 두 팔은 제자리로 내려갔고, 그의 얼굴은 평온을 되찾았습니다. 걷기에는 잔디가 돌길보다 나으련만.

뭐 그렇다고 해서 엄청난 손해를 본 건 아니었지요. 그 대학이 어디이건 간에 내가 그곳의 펠로들과 학자들에게 [손해 배상] 책임을 물을 수 있다면, 300년을 꾸준히 가꾸어 온 잔디를 보호한다는 명목으로 나의 미미한 물고기가 숨어 버리게 만든 데 대한 것이 전부이겠지요.

이제는 나를 대담한 무단 침입으로 이끌었던 생각이 무엇이었는지 도무지 떠오르지 않게 되었습니다. 평화의 영이 하늘로부터 구름처럼 임했습니다. 평화의 영이 어딘가에 머물러야 한다면, 10월의 어느 맑은 아침 옥스브리지 교정과 안뜰보다 더 어울리는 곳이 어디 있을까! 고색창연한 홀들을 지나 단과 대학들 사이를 거닐 때 현 순간의 거친 격동이 누그러지는 것만 같았고, 몸은 아무런 소리도 새어들지 못하는 기적의 유리장에 들어가 있는 것만 같았으며, 마음은 (두 번 다시 그 잔디밭을 침입하지 않는다는 조건으로) 일반적인 사실들에서 자유로워지면서 그 순간과 조화되는 명상이라면 그 어떤 명상에든 빠져들 수 있을 자유를 누렸습니다.

  그때 마침 긴 휴가 중에 옥스브리지를 재방문하고는 그 경험에 대해 썼다는 어느 한 편의 옛 에세이에 대한 기억이 새록새록 되살아나면서, 찰스 램이 떠올랐습니다. 새커리[8]가 램의 편지 한 장을 이마에 대면서 성聖 찰스[9]라고 불렀다는 이야기에 나오는 바로 그 찰스 램 말이지요. 램은 고인이 된 모든 사람 가운데 (지금 나는 그때 생각한 것을 그대로 여러분께 말씀드리고 있습니다.) 마음이 가장 잘 맞는 사람 중 하나로 수필을 어떻게 썼는지 말해 달라고 조르고 싶을 만한 사람이지. 찰스 램의 에세이들은 맥스 비어봄[10]의 완벽한 에세이들보다도 탁월하니까. 야성으로 번뜩이는 상상력과 벼락처럼 터지는 천재성 덕분이고, 이것들은 결함과 불완전을 낳은 동시에 밤하늘의 별처럼 시를 흩뿌려 놓았어. 그러니까 램이 옥스브리지에 온 것은 아마도 100년 전이겠지. 그는 에세이를 한 편 썼는데, 그 제목이 지금 가물가물하네. 그것은 그가 여기서 보았던 밀턴의 시 중 한 편의 손글씨 원고에 대한 것이었음이 확실해. 아마 「리시다스」였을 거야. 램은 「리시다스」에서 지금 쓰여 있는 것과 다른 단어들이 처음에 쓰였을 수 있다는 가능성 앞에서 충격을 받았다고 적었지. 밀턴이 시어들을 만지작거리는 장면을 떠올리는 것 자체가 램에게는 불경스럽게 느껴졌던 것 같아. 그러자 「리시다스」의 일부 내용이 떠올랐고 나는 밀턴이 어떤 시어들을 왜 고쳤을까를 즐겁게 추측해

8 윌리엄 새커리William Thackeray(1811~1863). 『헨리 에스먼드 이야기』, 『허영의 시장』을 쓴 소설가.
9 찰스 램의 누나인 메리 앤 램 역시 작가인데, 정신병이 있어서 신경 쇠약 증상이 발현한 와중에 어머니를 살해했다. 그러나 찰스 램은 누나를 책임지고 보살펴 주었다.
10 Max Beerbohm(1872~1956). 소설가, 수필가이자 풍자 화가.

보기 시작했습니다. 그러다가 램이 보았다던 바로 그 원고가 고작 100야드 떨어진 곳에 있다는 사실에 생각이 미쳤습니다. 안뜰을 가로질러 램이 걸었던 길을 그대로 따라가다 보면 그 보물이 보관된 유명한 도서관에 도착할 테지.

이 계획을 실행에 옮기는 동안, 새커리가 집필한 『에스먼드』의 원고가 소장된 곳도 바로 그 유명한 도서관이라는 사실 역시 떠올랐습니다. 비평가들은 『에스먼드』가 새커리의 가장 완벽한 소설이라고 합니다. 그러나 내 기억에는 지식을 뽐내는 문체가 18세기 문체 흉내내기와 함께 방해가 되었는데, 물론 18세기 문체가 새커리에게 정말로 자연스러운 것이 아니었어야 어설픈 흉내 내기를 했다고 말할 수 있겠지 ― 그 여부는 원고를 직접 보면 알 수 있을지도. 글을 문체를 위해 고쳤는지, 의미를 살리기 위해 고쳤는지 판별해 보면 되겠지. 그러려면 먼저 문체가 무엇이고 의미가 무엇인지 정의해야 할 텐데, 이 질문은 ―그런데 내 생각이 이 지점에 미쳤을 때, 내 발은 도서관 문 앞에 이미 도달해 있었습니다. 내가 그 문을 열었음이 분명한 것이, 그곳에서 은발의 점잖은 신사가 하얀 날개 대신 검은 가운을 펄럭이며 길목을 지키는 수호천사처럼 기다렸다는 듯이 불쑥 나타나서는 뒤로 물러서라고 손짓하며, 나무라는 표정과 유감 어린 투의 낮은 목소리로 숙녀분들은 대학의 펠로와 동행하거나 소개장을 소지하지 않으면 도서관 출입이 불가하다고 말했기 때문입니다.[II]

일개 여자의 저주 따위에 아랑곳할 유명 도서관은 없겠지. 숭엄함

[II] 당시에는 누구든 펠로와 동반해야 출입이 가능했으며 소개장 같은 것은 요구되지 않았을 것이라고 한다. 이 책에서는 이와 같이 사실과 조금 다른 서술이 발견된다.

과 고요 속에 굳게 닫히건 그 품 안에 자신의 모든 보물을 안전하게 간직한 채 안일한 잠에 빠져 있는 이 도서관은, 적어도 내게서만큼은, 영원히 그렇게 잠들어 있으리라. 다시는 내가 그 메아리들을 깨우나 봐라. 또다시 내가 조금 전과 같이 환대를 기대하나 봐라. 분에 차서 계단을 내려오면서 나는 맹세했습니다. 오찬까지는 아직 한 시간이 남았는데 무엇을 해야 했겠습니까? 풀밭 거닐기? 강가에 우두커니 앉아 있기? 참으로 아름다운 가을 아침이었고말고요. 나뭇잎들이 붉게 퍼덕거리며 땅으로 떨어지고 있었습니다. 둘 중 무엇을 한들 특별히 어려울 건 없었을 테지요.

그런데 음악 소리가 내 귀에 다다랐습니다. 예배나 축하 행사가 진행될 참이었던 것이지요. 예배당 문 앞을 지날 때 오르간의 장엄한 탄식 소리가 들렸습니다. 기독교의 비탄조차 이곳의 평화로움에 감싸여 슬픔 그 자체가 아닌 슬픔의 아련한 회상처럼 들렸고, 긴 세월을 품은 오르간의 신음마저 평온 속으로 부드럽게 녹아 들어가는 것만 같았습니다. 들어갈 권리가 있다 하더라도 들어가고 싶지 않았습니다. 누가 압니까, 이번에는 예배당 관리인이 나를 막아 세우며 세례 증서나 주임 사제의 소개장을 요구할는지.

그런데 대개는 이런 장엄한 건물들은 내부만큼 바깥도 아름답기 마련이지요. 더욱이 회중을 보는 것만으로도 아주 재미있었습니다. 모이고 들락거리며 예배당 문 앞에서 분주하게 구는 모습이 마치 벌통 입구에서 붕붕거리는 꿀벌 떼 같았습니다. 많은 이들이 모자와 가운을 갖춰 입은 가운데 어떤 이들은 어깨에 모피로 된 장식 술을 달고 있었고, 어떤 이들은 휠체어에 몸을 의지하고 있었으며, 또 어떤 이들은 아직 노년이 멀었음에도 주름지고 구부러진 나머지

힘겹게 몸을 들썩이며 수족관 모래를 가로지르는 큼직한 게와 가재를 연상시키는 기이한 형상을 하고 있었습니다. 벽에 기대어 서서 보고 있자니, 그 대학교는 스트랜드 거리의 생존 싸움에 내몰린다면 곧 멸종해 버리고 말 희귀종들을 보존하는 보호 구역 같았습니다. 늙은 학장과 늙은 교수에 대한 오래된 이야기들이 떠올랐지만, 휘파람을 불 용기를 내기도 전에 ― 휘파람 소리가 나면 모 교수가 득달같이 달려온다는 말이 있거든요 ―그 덕망 높은 회중은 안으로 들어가고 없었습니다.

이제 밖에는 예배당 껍데기만 덩그러니 남아 있었습니다. 아시다시피 높고 둥근 지붕들과 뾰족이 솟은 첨탑들은 어느 곳에도 정박하지 않고 마냥 떠돌기만 하는 돛단배처럼 밤이면 불을 밝히고, 그 불빛은 저 멀리 언덕들 너머 몇 마일 밖에서도 보입니다. 짐작건대 매끄러운 잔디가 깔리고 거대한 건축물들과 이 예배당이 서 있는 안뜰 역시 한때는 풀들이 물결치고 돼지들이 꿀꿀거리는 습지였겠지요.

저 먼 나라들로부터 말과 황소의 떼들이 (나는 생각했습니다.) 돌을 실은 수레들을 끌고 왔을 테고, 지금 내게 그늘이 되어 주고 있는 [담과 벽을 이루며] 층층이 쌓인 회색의 석재들은 끝없는 노동의 산물일 거야. 그리고 창을 위해 유리 채색화가들은 유리를 가져왔을 테고, 석공들은 수 세기에 걸쳐 퍼티와 시멘트, 삽과 흙손을 가지고 저 지붕 위에서 바쁘게 일했겠지. 토요일이면 누군가가 가죽 돈주머니를 열어 금과 은을 세월의 굳은살이 박인 손아귀에 부어 주었을 테지. 그들도 저녁 한때는 놀고 마시며 즐겼을 테니까.

끝없이 금과 은이 이 교정으로 흘러들어 왔을 테지. 석재의 공급이

끊이지 않도록, 석공의 작업이 멈추지 않도록, 그리고 땅을 고르고 배수
도랑을 치고 흙을 파내고 물을 빼낼 수 있도록. 그러나 그때는 신앙의 시
대였으며 건물의 기초를 위해 깊게 다져진 토대 위에 석재를 쌓을 수 있도
록 돈이 후하게 들어왔고, 지상 층을 위해 석재를 들어 올릴 때는 더 많은
돈이 흘러들어 왔는데, 그 출처는 왕족과 대단한 귀족의 금고였어. 이곳
에서 찬송가가 울려 퍼지게 하고, 학자들을 길러 낼 수 있도록 하기 위함
이었지. 땅이 기부되고 십일조가 걷혔지. 그리고 신앙의 시대가 막을 내리
고 이성의 시대가 열린 뒤에도 금과 은의 물결은 끊이지 않았고, 펠로직職
이 신설되었고 교수직이 만들어졌지. 달라진 점이 있다면, 이제 금과 은
이 왕의 금고가 아닌 상인과 제조업자의 돈궤, 말하자면 공업을 통해 한
재산 일궈 낸 남자들의 지갑에서 나왔다는 점뿐이야. 이 사람들은 유언장
을 통해 자신들의 재산에서 큰 자락을 떼어 내어 자신들에게 [돈 버는] 재
주를 가르쳐 준 모교에 기부했어. 그곳에 더 많은 자리, 더 많은 교수직과
펠로직이 만들어질 수 있도록. 그리하여 도서관과 실험실, 관측소, 오늘
날 유리 선반 위에 화려하게 자리 잡고 있는 값비싸고 정교한 기구들이 수
세기 전만 해도 무성한 풀들이 물결치고 돼지들이 꿀꿀거리던 곳에 들어
설 수 있게 된 것이지.

　　교정을 이리저리 거닐다 보니 그 금은으로 다져진 토대는 과연
대단히 깊어 보였고, 거친 들풀 위로는 단단히 보도가 깔려 있었습니
다. 머리에 쟁반을 인 남자들이 계단에서 계단으로 바쁘게 오갔
습니다. 창턱에 매달린 화초 상자에는 화려한 꽃송이들이 활짝 피
어 있었습니다. 축음기의 노랫가락이 여러 방으로부터 시끄럽게 울
려 나왔습니다. 나도 모르게 깊은 생각에 잠겼는데, 그 생각은 ― 무
엇에 관한 것이었든 ― 중도에 끊겨 버리고 말았습니다. 시계 종이

쳤거든요. 오찬장으로 가는 길을 찾아 나설 때가 되었던 것이지요.

소설가들은, 흥미롭게도, 오찬 파티라 함은 모름지기 그 자리에서 반짝였던 촌철살인의 재치나 대단히 지혜로운 처사處事로만 기억되는 것이라는 믿음을 그 나름의 방식으로 심어 줍니다. 그리고 무엇을 먹었는지에 대해서는 일언반구도 하지 않곤 하지요. 이것은 수프나 연어 요리나 새끼 오리 요리는 언급하지 않는 소설가들의 관습에 따른 것인데, 마치 수프와 연어 요리와 새끼 오리 요리는 전혀 중요하지 않고, 마치 아무도 시가 한 대 피우지 않고 포도주 한 잔 마시지 않는 것처럼 오찬 파티가 그려집니다.

그러나 여기서 나는 감히 그 관습에 도전할 자유를 행사하여, 그날 오찬이 움푹한 접시에 담긴 가자미 요리로 시작되었다고 말하고자 합니다. 그 가자미 요리로 말하자면, 대학 요리사가 그 위에 하얗디하얀 크림을 이불처럼 덮어 놓았지만 암사슴 옆구리의 얼룩처럼 갈색으로 구워진 자국이 여기저기 드러나 보였습니다. 뒤따라 나온 것은 자고새였는데, 털이 없는 갈색 새 두어 마리가 덩그러니 접시에 얹혀 나왔으려니 짐작하신다면 오판입니다. 다양한 형태로 여러 마리의 자고새들이 알알하고 달콤한 맛의 각종 다양한 소스들과 샐러드들을 수행단처럼 이끌며 순서대로 착착 나왔는데, 감자로 말하자면 동전처럼 얇지만 딱딱하지 않았고, 방울양배추들은 봉오리 진 장미 꽃잎들처럼 포개어진 것이 풍부한 즙으로 탱탱했습니다. 구운 자고새와 수행단이 해치워지자마자 말없이 시중을 들던 하인이 —그는 앞서 나왔던 바로 그 교구 관리인의 조금 더 온유한 현현顯顯이었습니다 — 우리 앞에 냅킨을 굽이굽이 두른 디저트를 내어 놓았는데, 그 당과는 굽이치는 하얀 물결로부터 모든 달달함을 봉

굿이 솟아 올려놓은 형상을 하고 있었습니다. 그것을 [단순한] 디저트라 칭하면서 쌀과 타피오카와 연관 짓는다면 모욕이 될 것입니다.

그러는 동안 포도주잔들은 노란색과 진홍색으로 번갈아 물들면서 비워졌다 채워지기를 반복했습니다. 그리하여 우리의 등뼈를 따라 반쯤 내려간 그 자리 — 영혼의 자리 — 에 차츰 등불이 밝혀졌는데, 그 불은 우리의 입술 위로 톡톡 들어오고 나가는 총명이라고 불리는 작고 딱딱한 전구의 빛이 아니라 이성적 담화의 풍성하고 노란 불꽃으로 타오르는 보다 심오하고 미묘하고 비밀스러운 광채입니다. 서두를 필요도, 반짝일 필요도, 내가 아닌 남이 될 필요도 없어. 우리는 모두 천국에 갈 테고 반 다이크가 그 일행 중에 있어.[12] —그러니까 맛있는 궐련에 불을 댕기며 창가 자리 쿠션에 파묻힐 때, 인생은 어찌나 좋고 그 보상은 어찌나 달콤하며 이 원망 저 불만은 어찌나 사소하기 그지없고 우정과 동류끼리의 어울림은 어찌나 대단하게 느껴지던지요.

만일 다행히 지척에 재떨이가 있었더라면, 아니 만일 재떨이가 지척에 없었다는 걸 핑계로 창밖에 담뱃재를 떠는 짓을 하지 않았더라면, 만일 상황이 조금만 달랐더라면 꼬리 없는 고양이 한 마리가 눈에 띄지는 않았을 것입니다. 네모난 안뜰을 사뿐히 가로지르고 있던 그 꼬리 없는 생명체가 난데없이 눈에 들어오는 바람에 잠재의식적 지성의 어떤 우연한 작용에 의해 감정의 빛이 달라지고 말

---

12 "우리는 모두 천국에 갈 테고 반 다이크가 그 일행 중에 있어." 이 문장은 토머스 게인즈버러가 예순한 살의 나이로 1788년 8월 암으로 죽기 전에 마지막으로 조슈아 레이놀즈의 귀에 속삭인 말이라고 짐작된다.

았습니다. 마치 누군가가 그늘막을 툭 드리워 내린 것 같았습니다. 그 훌륭한 독일산 백포도주의 취기가 가시고 있어서 그랬는지도 모릅니다. 그 맹크스 고양이가 (마치 그 역시 우주를 궁리하고 있다는 듯이) 잔디밭 한가운데에서 멈추어 서는 모습을 바라보았을 때, 확실히 무언가 허전하고 무언가 전과 달라 보였습니다.

그런데 무엇이 없어졌고 무엇이 달라진 것일까? 나는 사람들의 대화에 귀를 기울이며 질문을 던져 보았습니다. 그리고 나는 그 질문에 답하기 위해 방을 나와서 과거 속으로 — [제1차 세계대전이라는] 전쟁이 발발하기 전의 시간 속으로 — 걸어 들어가야 했고, 지금의 오찬 파티가 열리는 방으로부터 멀지 않은 방에서 열렸을 법한, 그러나 지금의 오찬 파티와는 달랐을 어떤 오찬 파티의 모습을 내 눈앞에 상상으로 펼쳐 보아야 했습니다.

사뭇 달라 보였습니다. 한편 [현재의 오찬 파티에서] 손님들 — 여러 젊은 손님, 이쪽 성 아니면 저쪽 성에 속하는 손님들 — 사이에서 대화가 한창 이어지고 있었습니다. 대화가 유려하게 유영하듯 유지되었습니다. 유쾌하고 자유롭고 즐겁게 계속되었습니다. 그렇게 대화가 지속되는 가운데, 나는 현재의 대화와 전쟁 전 오찬 파티에서 오고 갔을 과거의 대화를 포개어 놓고 둘을 비교해 보았습니다.

[그렇게 비교해 보니 이번에는] 변한 게 없었고, 아무것도 달라진 게 없어 보였습니다. 단 한 가지만 빼고요. 나는 귀를 쫑긋이 세우고 대화의 내용만이 아니라 그 이면에 흐르는 나직한 종알거림 혹은 흥얼거림에 귀를 기울였습니다. 그래요, 바로 그것이었습니다. 변화는 거기에 있었습니다. 전쟁이 발발하기 전이든 후든 이런 오찬 파티에서 사람들이 나누는 대화는 내용 면에서는 동일하지만, 그 들리는

소리가 다릅니다. 전쟁 전에는 대화의 내용이 어떤 흥얼거림으로 ─ 또렷하진 않지만 흥이 밴 콧소리로 ─ 채색됨으로써 단어들이 원래와 다른 가치를 띠었습니다. 그 콧소리를 말로 표현할 수 있을까? 시인들의 도움을 받으면 될지도 모르겠다. 곁에 책 한 권이 놓여 있었고, 그것을 펼쳐서 무심결에 책장을 넘기다 보니 어느새 테니슨의 시에 이르게 되었습니다. 그리하여 나는 테니슨의 노래를 듣게 됩니다.

> 뚝 하고 떨어졌네, 찬란한 눈물,
> 대문가에 핀 시계초꽃에서.
> 그녀가 온다네, 내 비둘기, 내 사랑이.
> 그녀가 온다네, 내 생명, 내 운명.
> 다 왔어, 거의 다 왔어, 붉은 장미 외치자
> 하얀 장미 흐느끼네, 늦을 거라네.
> 들려, 들려, 제비고깔꽃 귀 기울이자
> 백합이 속삭이네, 나는 기다려.

이것이 전쟁 전 오찬 파티에서의 남자들의 흥얼거림이었을까? 그렇다면 여자들의 흥얼거림은?

> 내 마음은 노래하는 한 마리 새,
> 물기 머금은 새순에 깃들었지.
> 내 마음은 한 그루 사과나무,
> 주렁주렁 열매에 가지가 휘었다네.
> 내 마음은 영롱한 무지갯빛 조가비,

안온한 바다에서 첨벙첨벙 노 저어 가네.
내 마음은 이 모든 것보다 더 기쁘네,
내 사랑 내게로 오기에.

이것이 전쟁 전 오찬 파티에서 여자들이 흥얼거렸던 콧노래였을까?

전쟁 전 오찬 파티에서 사람들이 비록 숨결에 숨긴 노래였다 하더라도, 그런 것들을 흥얼거렸을 것을 생각하니 그 모습이 생뚱맞기 그지없었습니다. 그래서 그만 폭소가 터져 나왔고, 나는 그 맹크스 고양이를 가리키며 내 웃음의 변명거리로 삼고 말았는데, 잔디밭 한가운데에 멈추어 선 그 꼬리 없는 가여운 짐승이 조금은 엉뚱하게 보인 것도 사실이었습니다. 태어날 때부터 그랬을까요, 아니면 사고로 꼬리를 잃은 걸까요? 그 꼬리 없는 고양이는 맨섬에 어느 정도 서식한다고들 하지만 생각보다는 희귀해요. 기묘한 동물이지요. 아름답다기보다는 진기하다고 해야 할까요. 꼬리 하나 있고 없고가 이런 차이를 만들다니 신기하네요. 오찬을 마치고 헤어지면서 사람들이 각자 외투와 모자를 챙길 때 으레 어떤 말들을 나누는지는 여러분도 잘 아시지요?

이번 오찬은 주인의 따뜻한 환대 덕에 오후 늦게야 마무리되었습니다. 아름다운 10월의 하루가 빛이 바래 갈 때 길가 나무들이 떨구는 잎사귀들을 맞으며 나는 걸었습니다. 내 뒤에서 대문들이 하나둘 부드러운 단호함으로 닫히는 것 같았습니다. 셀 수 없이 많은 관리인이 셀 수 없이 많은 열쇠를 기름이 잘 쳐진 자물쇠에 꽂아 넣고 있었고, 그 보물의 집은 또 한 번의 밤을 안전하게 보내기 위한 준비가 한창이었습니다. 가로수 길 끝에서 도로가 시작되고 ─그 도로의 이름은 잊었지만 —그 도로를 따라가다 모퉁이만 실수 없이 제대로 돈다면 퍼넘으로 가게 됩니다. 그런데 시간이 남아돌았습니다. 만찬은 7시 30분이 되어야 열릴 터였지요. 점심을 그렇게 거나하게 먹은 뒤라면 저녁을 건너뛰어도 별문제는 없지요.

마음에 담긴 시는 신비로운 효과를 내어 신기하게도 다리가 시의 운율에 맞추어 길을 따라가게 만듭니다. "뚝 하고 떨어졌네, 찬란한 눈물, 대문가에 핀 시계초꽃에서. 그녀가 온다네, 내 비둘기, 내 사랑이."

시구들이 내 핏속에서 노래를 부를 때 나는 헤딩리를 향해 잰걸음을 내딛고 있었습니다. 그러다가 물결이 강을 가로지르는 낮은 댐을 만나 소용돌이를 일으키는 지점에 이르렀을 때 다른 운율로 옮겨 가서 노래하기 시작했습니다. "내 마음은 노래하는 한 마리 새, 물기 머금은 새순에 깃들였지. 내 마음은 한 그루 사과나무."

그야말로 위대한 시인들이야! 땅거미의 짙은 어둠 속에서 사람들이 그러듯이 나는 외쳤습니다. 지금 짐작건대 우리 세대를 위한 일종의 시샘의 발로에서 그랬던 것 같은데, 우습고도 엉뚱한 비교이겠지만, 솔직히 앨프리드 테니슨과 크리스티나 로세티가 당대에 얼마나 위대했는지를 생각할 때 그들에게 견줄 만한 현존 시인 둘을 꼽으라면 과연 꼽을 수 있을 것인가라는 의문이 들었습니다. 그 둘은 확실히 비교 불가야. 물거품을 바라보며 나는 생각했습니다. 그들의 시에 그토록 사람들이 들뜨고 그토록 넋이 나가는 이유는 바로 그들의 시가 사람들이 과거에 이미 느꼈던 (어쩌면 전쟁 전 오찬 파티들에서 느꼈던) 어떤 감정을 노래하고, 그런 이유로 (그 감정을 되짚어 보거나 현재의 감정과 비교해 보는 수고로움 없이) 쉽고 익숙하게 반응할 수 있기 때문일 것이야. 그러나 우리 시대의 시인은 순간순간 우리 안에서 형성되는 동시에 터져 버리는 감정을 표현하지. 애초에 그 감정을 인식하지 못하고, 어떤 이유에선지 두려워하곤 하지. 예리한 감각으로 그 감정을 지켜보고 시샘하고 의심하면서 이전에 알았던 옛 감정과 비교하는 것이지. 현대 시의 난관이 바로 여기에 있어. 그리고 이 어려움으로 인하여 훌륭한 현대 시인의 시구를 연달아 두 행 이상 기억하지 못하는 것이고.

바로 그 이유 때문에 — 즉 기억이 나지 않는 까닭에 —그만 머릿속의 토론이 사그라지고 말았습니다. 그러나, 왜 (헤딩리로 향해 가면서 나는 생각을 이어 갔습니다.) 우리는 오찬 파티에서 숨결에 숨겨 부르던 콧노래를 그만두게 되었을까? 왜 앨프리드 테니슨은 "그녀가 온다네, 내 비둘기, 내 사랑이"라고 노래하기를 그쳤을까? 왜 크리스티나 로세티는 "내 마음은 이 모든 것보다 더 기쁘네, 내 사랑 내게로 오기에"라고 화답하기를 그쳤을까? 전쟁을 탓해야 하는가? 1914년 8월에 총포가 불을 뿜을 때 남자들과 여자들의 눈은 서로의 얼굴에서 너무도 확연하게 낭만의 죽음을 보았던 것일까? 포화의 불빛이 드러낸 우리의 통치자들의 얼굴을 보는 것은 확실히 충격적이었어. (특히 교육을 비롯한 여러 가지에 대하여 환상을 가진 여자들에게는 더더욱 그랬지.) 너무도 추해 보였고 — 독일인, 영국인, 프랑스인 할 것 없이 — 너무도 멍청해 보였어. 그렇지만 어디다 대고 원망하든 누구를 탓하든 앨프리드 테니슨과 크리스티나 로세티에게 영감을 불어넣은 환상, '오고 있는 연인'에 대하여 타오르는 열정으로 노래하도록 만드는 환상이 그때보다 지금 훨씬 더 희귀해진 것은 사실이야. 오직 읽고, 보고, 듣고, 기억해야 해. 그런데 왜 '탓'이라는 단어를 쓰는 것일까? 그것이 환상이었다면, 왜 그 격변의 소용돌이를 찬양하지 않는 것일까? 그 격변이 무엇이었든지 간에, 환상을 깨고 진실을 제자리에

서게 했는데 말이지. 왜냐하면 진실은……. 이 점들은, 진실을 찾는 과정에서 내가 퍼넘으로 가기 위해 돌아야 했으나 돌지 않았던 모퉁이를 놓쳐 버린 지점을 표시합니다.

정말로 그래. 무엇이 진실이고 무엇이 환상이었을까? 나는 자문해 보았습니다. 예를 들어 이 집들에 대한 진실은 무엇이었을까? 붉은 석양에 어둑하게 물들어 지금은 흥에 젖어 있지만, 아침 9시에는 사탕과 신발 끈들이 널린 채 벌건 날 것의 불결한 모습을 드러낼 집들. 그리고 버드나무와 강, 강을 향해 비탈지며 펼쳐진 그 정원은? 그 위로 조용히 내린 안개로 흐릿하지만, 태양 빛 아래에서는 황금빛과 붉은빛을 띨 그것들에 대한 진실은 무엇이고 환상은 무엇이었을까? 내 사고思考의 길에 놓였던 모든 굽이와 모퉁이를 여러분에게 말씀드리지는 않겠습니다. 왜냐하면 헤딩리로 가는 길에 그 어떤 결론도 도출하지 못했기 때문입니다. 다만 '퍼넘으로 가던 길에 돌아야 할 모퉁이를 지나쳐 버린 것을 곧 깨닫고는 오던 길을 되돌아갔다더라'라는 정도로 생각해 주시기 바랍니다.

이미 10월의 어느 날이라고 말해 버린 마당에, 감히 여러분의 존경심을 저버리거나 픽션의 이름을 위태롭게 하면서까지 계절을 바꾸어 정원 담장 위로 늘어진 라일락과 크로커스와 튤립을 비롯한 다채로운 봄꽃들을 묘사하지는 않겠습니다. 픽션은 사실에 충실히 기초해야 하고, 그 기초한 사실들이 진실할수록 더 좋은 픽션이 된다는 말을 우리는 익히 들어 잘 알고 있습니다. 그러므로 때는 여전히 가을이며 잎사귀들은 여전히 노랗고 낙하하고 있었습니다. 그것도 이전보다 더 빠르게 떨어지고 있었습니다. 그도 그럴 것이 이제는 저녁이(정확히 말해서 7시 23분이) 되었고, 잔잔한 바람이(정확히 말해서 남서쪽에서 일어난 바람이) 불어오고 있었기 때문입니다.

그런데도 무언가 묘한 것이 작용하고 있었습니다. 라일락 꽃가지들이 정원의 담장 위로 흔들리고, 멧노랑나비들이 이리저리 훨훨 날아다니고, 꽃가루가 공중에 날리고 있었던 것입니다. 당연히 한낱 공상에 불과했습니다. 어쩌면 이 공상의 어리석음에는 크리스티나 로세티의 시어들에 부분적으로나마 책임이 있겠지요. "내 마음은 노래하는 한 마리 새, 물기 머금은 새순에 깃들었지. 내 마음은 한 그루 사과나무, 주렁주렁 열매에 가지가 휘었다네."

바람 한 줄기가 방향을 알 수 없는 곳으로부터 불어와서 반쯤 자란 잎사귀들을 추어올릴 때면 은회색 빛이 대기 중에서 반짝였습니다. 바야흐로 햇빛이 달빛과 만나는 때가 이르면서 다채로운 색상들이 어둠에 짙게 물들어가고, 자줏빛과 금빛들이 창틀에서 마치 쉽사리 안달이 나 버리는 심장이 고동치듯 들썩이며 타올랐고, 곧 스러져 갈 세상의 아름다움이 그 자태를 드러내었습니다.

(이때 나는 정원으로 밀치듯 들어갔습니다. 조심성 없게도 문이 열려 있었고 관리인들도 근처에 없는 것 같았으니까요.) 순식간에 스러져 갈 세상의 아름다움은 양날 ― 웃음의 칼날과 고뇌의 칼날 ― 의 칼을 가지고 심장을 조각내어 버리지요. 봄날의 노을 속에서 훤히 트인 퍼넘의 정원이 내 눈앞에 거칠게 펼쳐졌고, 웃자란 풀밭에는 무심코 흩뿌려 놓은 수선화들과 초롱꽃들이 나뒹굴 듯 피어 있었는데, 상황이 아무리 좋을 때라도 여전히 어수선할 성싶은 그 꽃들을 때마침 부는 바람이 뿌리라도 뽑아 버리겠다는 듯 흔들어 대고 있었습니다.

건물의 창들은 넘실거리는 붉은 벽돌의 물결 속에 항해하는 선박의 선창처럼 둥글게 굽이졌는데 나는 듯 빠르게 흐르는 봄날의 구름 아래에서 레몬빛에서 은빛으로 그 색이 바뀌었습니다. 누군가는 해먹에 몸을 담고 있었고, 또 누군가는 — 이런 으스름한 빛 아래에서는 모두가 오직 환영처럼 흐릿한지라 반은 눈에 보이는 대로 반은 어림짐작으로 그 형체를 파악해야 했습니다 — 풀밭을 가로질러 내달렸습니다. 누가 그녀를 막아서기라도 하면 어떡하지?

그러던 중 문득 테라스에 마치 잠시 콧바람을 쐬러 나온 마냥, 정원을 가볍게 둘러볼 요량으로 나온 마냥, 등이 굽은 어떤 사람의 형체가 나타났습니다. 위엄 있으면서도 겸허한 모습에 이마는 넓고 옷은 허름했습니다. 이분이 설마 그 유명한 학자일까? 바로 그 J —H —[13]인 걸까? 온통 어둑하면서도 강렬했습니다. 마치 황혼이 정원 위로 스카프를 휙 걸쳐 늘어뜨려 놓았는데 그 스카프를 별이나 칼 — 그 봄의 심장으로부터, 응당 그래야 하듯 불쑥 튀쳐나온 어떤 끔찍한 현실의 섬광 — 이 갈기갈기 찢어 놓은 것만 같았습니다. 왜냐하면 젊음이란…….

수프가 나왔습니다. 넓은 식당에는 저녁상이 차려지고 있었습니다. 봄은커녕 사실 10월의 어느 저녁이었지요. 모두 널따란 식당에 모였습니다. 저녁이 준비되었습니다. 조금 전에 나온 수프로 말하자면, 그것은 평범한 그레이비 수프였습니다. 거기에는 휘저어 올릴 만한 공상空想의 건더기가 없었습니다. 접시에 무늬가 있었다면 그

---

13 제인 해리슨Jane Harrison(1850~1928)은 고전학자이자 인류학자로, 울프는 해리슨을 깊이 존경했다. 그녀는 가부장적 고대 그리스 신화의 모계적 기반을 밝혀 보였는데 울프는 이 책에서 이러한 학문적 노력을 기념한다.

멀건 액체를 뚫고 비쳐 보였을 지경이었습니다. 실은 무늬 같은 건 없었지만요. 수수한 민무늬 접시였지요. 그다음에는 쇠고기에 소박한 채소와 감자가 곁들여 나왔는데, 이 간소한 삼위일체에서 연상되는 것은 월요일 오전 진흙투성이 시장에서 [볼 수 있는 비쩍 마른] 소의 엉덩이, 끝이 누렇게 말려 들어간 방울양배추, 흥정하고 값을 깎는 시끌벅적한 소리, 그물망 장바구니를 든 여자들이었습니다. 인간 본성을 충족시키는 일용할 양식에 대해 불평할 이유는 없었습니다. 양이 부족한 것도 아니었고, 게다가 석탄 광부들은 분명히 이보다 못한 음식을 먹기 위해 식탁에 앉을 테니까요.

말린 서양 자두와 커스터드가 뒤이어 나왔습니다. 만일 누구라도 말린 서양 자두가 — 아무리 그 초라함이 커스터드 덕분에 완화되었다 하더라도 — 변변찮은 채소(그것을 어떻게 과일이라고 부를 수 있겠습니까!)라고 불평한다면, 그것이 수전노의 심장처럼 말라비틀어졌고 그것에서 80년의 세월 동안 포도주와 온기를 자신과 빈자에게 베풀기를 거절한 수전노의 정맥에서나 흐를 법한 액체가 질질 배어 나온다고 불평한다면, 말린 서양 자두조차 군말 없이 반기는 사람들이 있음을 묵상해야 할 것입니다.

비스킷과 치즈가 그 뒤를 이었고, 물병이 식탁을 여러 번 넉넉하게 돌았습니다. 왜냐하면 (비스킷의 본질이 목이 메는 퍽퍽함에 있다고 한다면) 이때 나온 비스킷들이 속속들이 너무도 비스킷다웠기 때문입니다.

그게 다였습니다. 식사가 끝났습니다. 모두 의자를 드르륵 뒤로 당겼고, 여닫이문이 거칠게 앞뒤로 여닫혔으며, 식당에서 모든 음식의 흔적이 순식간에 치워졌습니다. 식당이 다음 날의 아침 식사를 위한 준비를 마쳤음은 물론입니다. 아래위의 복도와 층계를 영국의 젊음이들이 노래를 부르며 쿵쾅쿵쾅 지나갔습니다.

손님으로서, 또 낯선 이로서 (퍼넘이라고 해서 내가 트리니티나 서머빌이나 거턴이나 뉴넘이나 크라이스트처치에서보다 더 많은 권리를 누리는 것은 아니므로) "저녁 식사가 별로였어요"라고 말하거나 "여기서 우리 둘만 따로 식사했더라면 좋았을 텐데요"라고 말한다면 도리에 맞았겠습니까? (우리 — 메리 시턴과 나 — 는 이제 응접실에 앉아 있습니다.) 그런 말을 했더라면 나는 쾌활하고 당찬 얼굴을 내세우는 남의 집의 내밀한 재정 상태를 염탐하고 조사하는 꼴이 되고 말았을 것입니다. 안 되지요, 그런 말을 해서는 안 되지요.

대화가 사실 잠시 궁색해졌습니다. 현재 그대로의 인간 골격으로 말하자면 마음과 몸과 정신이 칸칸이 분리되어 있는 것이 아니라 서로 융합되어 있습니다. 그리고 100만 년의 세월이 한 번 더 흘러도 그 사실에는 변함이 없을 것입니다. 그러하기에 좋은 저녁 식사는 좋은 대화에 있어서 지극히 중요합니다. 저녁 식사를 잘해야만 사색도 잘하고, 사랑도 잘하고, 잠도 잘 잘 수 있습니다. 쇠고기와 말린 서양 자두로는 우리 등뼈의 등불을 밝힐 수 없습니다. 우리는 아마도 다 천국에 갈 테고 그 일행 중에 반 다이크가 있어서 다음 모퉁이에서 우리를 맞이해 줄 것이라고 소망하는데, 이런 의심스럽고도 한정적인 마음의 상태를 잉태시킨 것은 일과를 마친 후 먹은 쇠고기와 말린 자두입니다.

과학을 가르치는 내 친구[14]에게는 다행히 찬장이 하나 있었고, 거기에는 때마침 땅딸막한 병 하나와 작은 잔들이 있어서 —그래도 뭐니 뭐니 해도 가자미와 자고새가 있어야 했는데 말입니다 — 불가에 다가앉아 하루의 삶이 안겨 준 상처 중 일부나마 치유받을 수 있었습니다. 1분이나 지났을까요. 우리는 호기심과 관심이 가는 모든 주제 — 누군가 곁에 없을 때 마음속에서 생겨났다가 그 사람과 함께 자리하게 될 때 자연스럽게 논의가 이루어지는 주제로서 어찌어찌하여 누구는 결혼을 했고 누구는 결혼을 하지 않았다느니, 누구는 이렇게 생각하는데 누구는 저렇게 생각한다느니, 누구는 방대한 지식을 섭렵하며 더 나은 사람으로 성숙해 갔지만 누구는 상태가 나빠졌다느니 하는 대화거리들 — 사이를 안팎으로 자유롭게 미끄러지듯 오가고 있었습니다. 그리고 그 모든 단초로부터 솟아 나오는 인간 본성과 우리가 살고 있는 이 놀라운 세상의 특성에 대한 온갖 추측이 거기에 곁들여졌습니다.

그런데 이 모든 것이 논해지는 동안, 물결처럼 저절로 밀려들어 와서는 모든 것을 제각각 나름의 종착지로 밀쳐 보내고 있는 어떤 흐름을 나는 당황스럽도록 인식하게 되었습니다. 스페인이나 포르투갈에 대해서, 책이나 경주마에 관해서 이야기를 나눈다 하더라도, 아니 무슨 대화를 나누든 진정한 관심은 자꾸 다른 곳으로 쏠리고 있었습니다. 대략 다섯 세기 전에 어느 높은 지붕에 올라타고 일하고 있었을 석공들의 모습. 커다란 자루에 보석을 가득 담아 와 땅 아래로 쏟아 부었을 왕과 귀족의 모습.

이러한 장면들은 내 마음속에서 거듭 되살아나면서 또 하나

14 메리 시턴은 뉴넘의 학장이었던 퍼넬 스트레이치Pernel Strachey(1876~1951)를 모델로 하고 있는데, 가상의 인물인 메리 시턴과 달리 과학자는 아니었다. 그는 일찍이 역사를 공부했고 후에는 프랑스어 학자가 되었다.

의 장면 — 비쩍 마른 젖소들과 진흙투성이 시상과 시든 채소와 인정머리 없는 늙은 남자들의 말라비틀어진 심장 — 과 대비되고 있었습니다. 이 동떨어진 두 개의 이미지는 서로 관련도 없고 어울리지도 않지만, 끊임없이 나란히 들러붙어 경쟁하며 나를 속절없이 뒤흔들어 놓았습니다.

최선의 길은, 자칫 대화 전체를 뒤틀어 버리지만 않는다면 마음속에 있는 것을 밖으로 끄집어내는 것일 테고, 운이 좋다면 그것은 대기 중에서 — 마치 윈저궁에서 죽은 왕의 관을 열 때 부스러져 내린 왕의 머리처럼[15] — 희미해지며 사라지지 않을까 싶었습니다. 그래서 나는 메리 시턴에게 대략 말해 주었습니다. 그 예배당의 지붕 위에서 오랜 세월에 걸쳐 일했을 석공들에 대해서, 그리고 땅속으로 삽질해 넣을 금과 은을 담은 자루들을 어깨에 짊어지고 왔을 왕과 여왕과 귀족에 대해서, 또한 오늘날의 경제적 거물들이 어떻게 생겨나고, 어떻게 그들이 옛날이라면 금괴와 거친 금덩이들을 내어 놓았을 자리에 수표와 채권을 들이밀고 있는지에 대해서 말입니다. 나는 말했습니다. "그 [남자] 대학들이 깔고 앉아 있는 그 모든 것은……. 아, 그런데 이 [여자] 대학, 우리가 지금 앉아 있는 이곳, 이 꿋꿋한 붉은 벽돌과 거칠고 어수선한 정원에 들어간 것은 얼마나 될까요? 도대체 어떤 세력이 버티고 있길래 우리의 식탁에는 소박한 자기 그릇이 놓이고 (여기서 그만 저도 모르게 이 말이 튀어 나가 버리고

---

15 1649년 대역죄로 유죄 판결을 받고 처형당한 찰스 1세의 관이 1813년에 윈저궁에서 발견되었고 조사를 위해 관 뚜껑을 열었을 때 얼굴에 씌웠던 덮개가 치워지며 공기 중에 노출되는 순간 왼쪽 눈이 거의 즉시 사라져 버렸다.

말았습니다) 그 쇠고기와 커스터드와 마른 서양 자두가 차려지게 된 것일까요?"

메리 시턴이 말을 꺼냈습니다. "그러니까 1860년경에…… 아, 그 이야기는 이미 아시잖아요?" 그 이야기를 하는 것에 이미 진력이 나 있는 것 같은 그녀가 말했습니다. 그녀가 들려준 이야기는 이렇습니다.

"회의실이 예약되었습니다. 위원회가 열렸습니다. 봉투들에 주소가 적혔습니다. 회람들이 작성되었습니다. 회의가 열렸고, 서한이 낭독되었습니다. "모모 씨는 얼마를 내겠다고 약속했지만 아무개 씨는 땡전 한 푼 못 내놓겠다고 합니다." "『더 새터데이 리뷰』는 아직도 무례하기 짝이 없습니다." "직책들을 만들고 유지하기 위해 모금을 한다는 것이 가당키나 하단 말입니까?" "바자회를 열어야 할까요?" "앞줄에 앉힐 예쁜 여학생을 물색해 낼 수 있을까요?" "[법적, 도덕적, 사회적 측면에서 여성과 남성을 동등하게 처우해야 한다고 주장한] 존 스튜어트 밀이 이런 주제에 대해 무엇이라 말했는지 찾아봅시다." "서신 인쇄를 위해 모 잡지 편집장을 설득해 볼 사람은 없을까요?" "[그 서신에] 모 부인의 서명을 받아 낼 수는 없을까요?" "모 부인은 지금 타지에 나가 계신다고 합니다." 60년 전 즈음에 그렇게 일이 진행되었고, 부단한 노력과 기나긴 시간이 소모되었습니다. 길고 긴 투쟁과 극심한 고생 후에야 총 3만 파운드를 모을 수 있었습니다.[16] 바로 이런 이유로 우리에게는 포도주도 자고새도 주석 접시를 머리에 이고 나르는 하인들도 없는 것입니다."

메리 시턴이 말했습니다. "우리에게는 소파도 별도의 방도 허락되지 않았습니다." 메리 시턴이 어떤 책 같은 것을 인용하며 말했습니다. "안락함 같은 것은 [더] 기다려야 할 것입니다."[17]

해가 거듭되도록 아등바등 노력해도 총 연 2000파운드를 모으지 못했던 그 모든 여자를 생각하면서, 또한 3만 파운드를 손에 넣기 위해 그들이 고작 할 수 있는 일들이 어떤 것들이었는지를 생각하면서, 우리의 성에 지워진 빈곤이라는 민망스러운 짐을 마주하며 우리는 비웃음을 터뜨렸습니다. 우리의 어머니들은 도대체 무엇을 하며 사셨기에 우리에게 남겨 줄 재산이 없었을까요? 기껏 콧잔등에 분이나 바르고, 유리창 너머 상점 안을 들여다보고, 몬테카를로의 태양 아래에서 관능미를 뽐내며 사셨던 걸까요?

벽난로 선반 위에 사진이 몇 장 놓여 있었습니다. 메리 시턴의 어머니는 —그 사진은 그분의 사진이 아마도 맞겠지요— 여가를 헤프게 허비했습니다(어느 교회 목사에게 자녀를 열셋이나 낳아 주었으니까요). 그런데도 그분의 얼굴에서는 화려하고 방탕한 삶의 흔적 따위는 좀처럼 찾아볼 수 없었습니다. 평범한 가정주부의 체형을 지닌 할머니 한 분이 격자무늬 숄을 큼직한 카메오 브로치로 고정하여

16 "우리는 최소 3만 파운드는 요청해야 한다고 들었다. 이것이 그리 큰돈은 아닌 것이 영국, 아일랜드, 전 식민지를 통틀어 이런 종류의 대학으로서는 유일할 뿐 아니라 남학생들을 위한 학교라면 너무도 쉽게 거액을 모금할 수 있기 때문이다. 그러나 한편 여성 교육을 원하는 사람들이 얼마나 적은지 생각하면 이것도 큰돈이라고 말할 수 있다." 바버라 스티븐Barbara Stephen, 『에밀리 데이비스와 거턴 칼리지Emily Davies and Girton College』.(원주)

17 "긁어모을 수 있는 돈은 한 푼도 남김없이 건축에 할당해야 했고, 편의를 위한 투자는 미룰 수밖에 없었다." 레이 스트레이치Ray Strachey, 『대의: 영국 여성 운동 간략사The Cause: A Short History of the Women's Movement in Great Britain』.(원주)

걸친 채 버들가지로 엮은 의자에 앉아서 스패니얼 한 마리를 다독이며 카메라를 주시하게끔 애쓰고 있었는데, 셔터가 눌리는 순간 그 녀석이 곧장 내달리겠거니 확신하는 즐거움과 긴장감이 얼굴에 역력했습니다.

그분이 사업을 하셨더라면, 인견 제조업자나 주식 시장의 거물이 되셨더라면, 20~30만 파운드를 퍼넘에 기부하셨더라면 이 밤에 우리는 안락하게 앉아 있을 터이고 우리 대화의 주제는 고고학, 식물학, 인류학, 물리학, 원자의 성질, 수학, 천문학, 상대성 이론, 지리학이 되었을지도 모를 일입니다. 만일 그분과 그 어머니 또 그 어머니가 그들의 아버지들과 할아버지들이 그랬듯이 그 대단한 돈 버는 요령을 익혀서 유산을 남길 수 있었더라면, 그래서 펠로직과 교수직과 각종 상금과 장학금을 창설하여 자기네 성을 가진 사람들이 적절히 사용할 수 있도록 해 주었더라면, 우리는 여기 위층에서 단둘이 새고기 요리를 먹고 포도주를 마시며 어지간한 수준의 저녁 식사를 즐길 수 있었을지도 모를 일이며, 또한 풍부한 재정을 누리는 전문직이 제공하는 안락함을 즐기며 유쾌하고 명예로운 일평생을 보내기를 바라는 것이 과도한 기대가 아니었을지도 모를 일입니다. 지금쯤 우리는 탐험을 떠났거나 저술 활동을 하거나, 지구상의 유서 깊은 곳들을 돌아다니거나, 파르테논의 계단에 앉아 사색에 잠기거나, 아니면 10시면 사무실로 출근하여 4시 반에는 마음 편히 집으로 돌아가서 시를 끼적거리는 삶을 살고 있을지도 모를 일입니다.

이 논의에서 걸리는 것이 하나 있었는데 그것은…… 그분과 그 동류가 열다섯의 나이에 사업에 뛰어들었더라면 메리 시턴은 존재하지 않을 것이라는 점이었습니다. 그것에 대해 나는 메리 시턴에게 물었습니다. "어떻게 생각하세요?"

고요하고 사랑스러운 10월의 밤이 커튼 사이로 살며시 새어 들어왔고, 노랗게 물들어 가는 나무들 사이에 별 한두 개가 살포시 걸려 있었습니다.

그녀는 식구는 바글바글 많았지만 행복했던 가족에게서 자신의 존재를 덜어 내고 추억들을 — 스코틀랜드에서의 성장기 추억들, 상쾌한 공기와 맛깔스러운 케이크를 두고 입에 침이 마르도록 칭찬한 고향 땅 스코틀랜드에서 때론 놀며 때론 [형제자매들과] 투덕투덕 싸우며 함께 성장한 그 추억들을 — 서명 하나로 퍼넘이 5만 파운드 정도를 기부 받을 수 있는 상황과 기껍게 맞바꿀 수 있을까요? 대학에 기부한다는 것은 가족 모두를 짓누르는 큰 부담이 될 수밖에 없을 것이기 때문입니다. 재산을 일구고 열세 자녀를 낳고 기른다는 것은 그 어떤 인간도 해낼 수 없는 일일 것입니다.

"이런 것들을 감안해 봅시다." 우리는 대화를 이어 나갔습니다. 첫째, 아기가 태어나기까지 아홉 달이 걸립니다. 이제 아이가 태어납니다. 그리고는 서너 달은 수유를 해야 하지요. 수유가 끝나면 5년 동안은 놀아 주어야 합니다. 아이들이 길거리에서 뛰어다니도록 방치해서는 안 되니까요. 러시아에서 아이들이 제멋대로 뛰어다니는 것을 본 사람들의 말을 들어 보면 그게 썩 좋아 보이지 않았다고 하지요. 성격이 한 살에서 다섯 살 사이에 형성된다고들 하고요.

"만일 어머니께서 돈을 버셨더라면 함께 놀고 싸우던 추억을 가질 수 있었을까요? 스코틀랜드에 대해서, 그 맑은 공기와 맛있는 케이크와 스코틀랜드의 모든 것에 대해서 [지금과] 똑같은 생각을 하고 계실까요?" 나는 말했습니다.

　그런데 이런 질문은 쓸데없습니다. 왜냐하면 메리 시턴은 아예 태어나지도 않았을 테니까요. 더욱이 그녀의 어머니와 그 어머니와 또 그 어머니께서 엄청난 재산을 일구고 [여자들을 위한] 대학과 도서관의 기초를 다지는 데 그 돈을 모두 쏟아부으셨더라면 어떻게 되었을지 질문하는 것 역시 똑같이 쓸데없습니다. 왜냐하면 무엇보다도 그분들이 돈을 버는 것 자체가 불가능했을 테고, 둘째로는 설사 돈 벌기가 가능했다 하더라도 법이 그분들의 소득에 대한 소유권을 인정하지 않았을 테니까요. 시턴 부인이 한 푼이라도 자기 소유로 인정받을 수 있게 된 것은 고작 48년 전의 일이었기 때문입니다.[18] 그전 몇백 년 동안은 고스란히 남편의 재산으로 귀속되었습니다. 이런 점을 감안할 때, 시턴 부인과 그 어머니와 또 그 어머니는 주식 시장에 발을 들일 마음조차 애초에 들지 않았을 겁니다. 그분들은 생각했겠죠. '버는 족족 빼앗길 테고, 다 남편이 알아서 처분할 거야 — 어쩌면 [옥스퍼드 대학교의] 베일리얼 칼리지나 [케임브리지 대학교의] 킹스 칼리지에 장학 기금을 설립하거나 펠로직에 대한 재정 지원을 하는 데 쓰겠지 —그래서 돈을 버는 것에는(뭐, 돈이 벌릴 것이라는 보장도 없지만) 별 흥미가 느껴지지 않아. 돈은 남편이 알아서 벌게 하는 편이 차라리 나아.'

　어쨌든 스패니얼을 응시하던 시턴 부인을 탓하든 말든, 이런저런 이유로 우리의 어머니들은 자신들의 소관사所關事를 무척 그릇되

18　1870년 기혼여성재산법은 기혼 여성이 200파운드까지 유산을 받을 수 있게 했고, 미혼 여성과 같은 재산권을 기혼 여성에게 허락한 기혼 여성재산법은 1883년 1월 1일 시행되었다.

게 관리하셨습니다. '즐거움과 편리함'에는 단 한 푼도 할당되지 못했고 자고새와 포도주, 관리인과 잔디, 도서와 엽궐련, 도서관과 여가 활동도 마찬가지입니다. 헐벗은 땅에서 헐벗은 벽들을 쌓아 올리는 일 외에는 그들이 할 수 있는 일이라곤 없었습니다.

그리하여 우리는 창가에 서서 이야기를 나누며, 수천의 사람들이 매일 밤 그러하듯 발밑에 있는 이 유명한 도시의 반구형 지붕들과 탑들을 내려다보았습니다. 가을 달빛에 젖은 도시는 참으로 아름답고 신비로웠습니다. 그 오래된 돌[로 지어진 상아색의 옥스브리지 건물들]은 매우 하얗고도 예스러웠습니다. 나는 생각했습니다. 저아래에 모여 있을 모든 책을, 목재 패널로 벽 장식을 한 방들에 걸려있을 옛 성직자와 명사의 초상화를, 보도 위로 구와 반달 모양의 기묘한 빛 그림자를 떨구는 채색 유리창들을, 명판과 기념비와 거기에 아로새겨진 글귀들을, 그리고 고요한 안뜰을 마주 보는 고요한 방들을. 또한 (거북하게 들릴 수 있겠지만) 향긋한 담배 연기와 술 내음, 깊은 안락의자와 쾌적한 카펫, 사치와 프라이버시와 [여유로운] 공간이 어우러져 창출해 내는 도회풍의 세련미와 온화한 품격에 대해서도 생각했습니다. 확실히 우리 어머니들은 우리에게 이 모든 것에 견줄 만한 그 어떤 것도 제공하지 못했습니다. 우리 어머니들은 함께 힘을 합쳐도 고작 3만 파운드를 긁어모으는 것도 벅차셨던 분들이며, 세인트앤드루스에서 목회자 남편에게 자녀를 열셋이나 낳아주셨던 분들입니다.

숙소로 돌아가는 길에 어두운 거리를 걸으면서 하루 일과를 마친 뒤 흔히들 그러하듯이 나는 이런저런 상념에 빠져들었습니다. 어째서 시턴 부인에게는 우리에게 남겨 줄 돈이 없었을까, 가난은 마음에 어떤 영향을 미치는가, 부요함은 마음에 어떤 영향을 미치는가 등의 질문을 궁리해 보았습니다. 그날 아침에 마주친 모피술 장식을 어깨에 단 기묘한 늙은 남자들에 대해 생각했습니다. 휘파람을 불면 누군가 득달같이 달려온다는 이야기를 떠올렸습니다. 예배당에 울려 퍼지던 오르간 소리와 도서관의 닫긴 문에 대해 생각했습니다. 잠긴 문밖에서 안으로 들어가지 못하는 것이 얼마나 불쾌한 일인지 생각하는 한편, 어쩌면 잠긴 문 안에서 밖으로 나가지 못하는 것이 더 나쁠 수 있다고도 생각했습니다. 또한 한쪽 성이 누리는 안전과 번영에 비하여 다른 쪽 성이 견뎌야 하는 빈곤과 불안정, 그리고 작가의 마음에 관습이 미치는 영향과 관습의 결여가 미치는 영향에 대해 생각하면서, 마침내 하루의 주름진 가죽을 돌돌 말아올려서 그 [하루의] 논증들과 인상들과 분노와 웃음소리와 함께 덤불 울타리 속으로 던져 넣어야 할 시간이 왔다고 생각했습니다.

수천의 별들이 광막하고 검푸른 하늘을 스치고 있었습니다. 불가해한 사회를 홀로 상대하고 있는 것만 같았습니다. 모든 인간이 잠자리에 들었습니다 — 수평으로 넙죽 엎드린 채 벙어리가 되었습니다. 아무도 옥스브리지의 거리를 흔들어 깨우지 않는 것 같았습니다. 호텔의 문도 보이지 않는 손이 가볍게 건드리자 활짝 열렸습니다. 불을 밝혀 나를 침실로 인도해 주기 위해 늦도록 기다린 호텔 벨보이도 없었습니다. 너무 늦은 밤이었으니까요.

2장

(여러분께 계속 나를 따라오라고 요청해도 된다면……) 이제 장면이 바뀌었습니다. 잎사귀들은 변함없이 떨어지고 있지만, 이제는 옥스브리지가 아니고 런던입니다. 방 하나를 마음에 그려 보십시오. 수천 개의 방이 그러하듯이 창문이 하나 있고, 그 창문은 사람들이 쓴 모자와 사람들이 모는 유개 화물차와 승용차 너머로 다른 창들을 건너보고 있습니다. 방 안 테이블 위에는 종이 한 장이 놓여 있고, 그 종이에는 덩그러니 '여성과 픽션'이라는 글씨만이 큼지막하게 적혀 있습니다.

불행하게도 옥스브리지에서의 오찬과 만찬에 이어 대영박물관을 방문하는 것은 불가피해 보였습니다. 이 모든 인상에서 사적이고 부차적인 것들을 모조리 걸러 내야만 순수한 액체, 즉 진실의 정유精油를 얻을 수 있을 테니까요. 옥스브리지를 방문하고 오찬과 만찬에 참석하면서 질문이 우르르 쏟아지기 시작했기 때문입니다. 왜 남자들은 포도주를 마셨고 여자들은 맹물을 마셨을까? 왜 한쪽 성은 번창하는데 다른 쪽 성은 빈곤한가? 가난이 픽션에 미치는 영향은? 예술 작품의 창작을 위해 필요한 조건들은 무엇일까? 천 가지나 되는 질문들이 한꺼번에 모습을 드러냈습니다. 그런데 필요한 것은 질문이 아니라 답이었습니다. 답을 얻으려면, 혀의 다툼과 몸의 혼란으로부터 스스로를 멀리하고 합리적 추론과 연구의 결과를 대영박물관에 소장될 책에 담아 내어놓는 학식 있는 자들과 편견 없는 자들의 의견을 구해야만 해. 진실을 대영박물관의 서가에서 발견할 수 없다면 과연 어디에서 발견할 수 있단 말인가? 공책과 연필을 집어 들면서 나는 말했습니다.

그래서 나갈 채비를 마치고, 자신만만하게 그리고 탐구열에 불타오르며 진실을 찾는 길에 올랐습니다. 그날은 딱히 비가 온 것은 아니지만 칙칙한 날이었고, 대영박물관 인근 거리에 즐비한 지하 석탄 창고들의 열린 입 속으로 석탄이 자루채 들이부어지고 있었습니다. 사륜마차들이 정차하면서 끈으로 묶인 상자들을 보도에 내려놓았는데, 추측건대 그 안에는 스위스나 이탈리아에서 온 어느 가족의 옷이 그득 들어 있을 테고, 그 가족은 이 겨울에 블룸즈버리의 하숙집이 제공해 줄 수 있는 어떤 효용을 얻기 위해 — 예를 들어 한몫 크게 잡기 위해 혹은 피신처를 찾아서 — 이곳에 왔을 것입니다. 언제나처럼 쉰 목소리의 남자들이 식물을 손수레에 싣고 왁자하게 거리를 지나갔습니다. 어떤 이들은 소리를 질렀고 어떤 이들은 노래를 불렀습니다.

런던은 하나의 공장과 같았습니다. 런던은 하나의 기계와 같았습니다. 우리는 모두 앞뒤로 획획 당기고 밀쳐지면서 민무늬 바탕 위에 어떤 무늬를 직조해 내고 있었습니다. 대영박물관은 그 공장의 또 다른 부서입니다. 여닫이문이 활짝 열리자 나는 그곳 둥근 천장

아래에 서 있게 되었습니다. 마치 나 자신이, 유명한 이름들이 적힌 머리띠를 찬란하게 두른 엄청나게 넓은 민머리의 이마 속에 든 한 조각의 생각이라도 된 것처럼 느껴졌습니다.

카운터로 갔습니다. 종이 한 장을 집어 들었습니다. 도서 목록 한 권을 펼쳐 봅니다. 그리고…… 여기에 찍힌 다섯 개의 점은 내가 망연자실하고 아연실색하고 어리벙벙했던 다섯 조각의 시간 — 5분 — 을 제각각 나타냅니다. 한 해 동안 여자에 대한 책이 몇 권이나 저술되는지 아십니까? 여러분은 자신이 우주에서 가장 많이 논의되는 동물일 수도 있다는 사실을 아십니까? 나는 오후로 시간이 넘어갈 즈음이면 찾고자 하는 진실을 나의 공책에 옮겨 적을 수 있으리라는 기대를 품고 오전 시간을 독서하며 보낼 요량으로 공책 한 권과 연필 한 자루를 들고 왔었습니다. 그런데 이 사태에 잘 대처하려면, 나는 한 무리의 코끼리나 한 떼의 거미가 되어야겠어. 나는 가장 오래 살거나 가장 많은 눈을 가졌다고 널리 알려진 동물[19]을 마음속으로 절박하게 부르며 생각했습니다. 그 [진실의] 겉껍질을 뚫는 데만도 강철 발톱과 놋쇠 부리가 필요하겠어. 내가 도대체 어떻게 이 무진장한 지면紙面에 [뿔뿔이 흩어져] 박혀 있는 진실의 알갱이들을 찾아낼 수 있을까? 나는 자신에게 물으며 눈알을 위아래로 굴리면서 책 제목들이 적힌 긴 목록을 필사적으로 훑기 시작했습니다. 그 책들의 제목만 보아도 생각거리가 떠올랐습니다.

성과 성의 본질에 관해 의사와 생물학자가 관심을 갖는 것은 당연한 일이겠지만, 설명하기 어려운 놀라운 사실이 하나 눈에 띄었

---

[19] 거미는 보통 여덟 개의 홑눈을 갖는다.

습니다. 그것은 바로 그 성 —그러니까 여성 — 에 관심을 갖는 사람들에는 유쾌한 수필가, 솜씨 좋은 소설가, 석사 학위를 받은 젊은 남자, 학위가 없는 남자, 그리고 자신이 여자가 아니라는 것 외에는 내세울 것이 아무것도 없음이 명백해 보이는 남자까지 온갖 남자들이 총망라되어 있다는 사실입니다. 이런 책 중 몇 권은 경박하고 익살맞아 보였지만, 많은 책이 그와 달리 진중하고 예언적이며, 도덕적이고 권고적이었습니다. 제목만 읽는데도 강단이나 연단에 올라 이 하나의 주제에 대한 담화에 일반적으로 배정되는 시간을 훌쩍 뛰어넘어 장광설을 늘어놓는 셀 수 없이 많은 교장들과 성직자들이 연상되었습니다. 그것은 몹시 이상한 현상이었고, 명백하게 — 여기서 나는 M이라는 글자[로 시작되는 제목]만 [색인에서] 보고 있었습니다 — 남성Male이라는 성에 한정되는 현상이었습니다.

여자들은 남자들에 대한 책을 쓰지 않습니다. 이 사실에 나는 안도하며 반기지 않을 수 없었습니다. 왜냐하면 먼저 남자들이 여자들에 대해서 쓴 그 모든 것을 읽고 난 뒤 여자들이 남자들에 대해 쓴 것까지 모조리 읽어야 한다면, 100년에 한 번 꽃을 피운다는 알로에가 꽃을 두 번 피운 후에야 나는 펜촉을 비로소 종이에 대고 글을 쓰기 시작할 수 있을 테니까요.

그리하여 나는 순전히 제멋대로 열두어 권의 책을 고르고 대출 신청서를 납작한 철망 바구니 안에 눕혀서 떠나보내고는, 순수한 진실의 정유를 찾아 헤매는 다른 순례자들과 함께 칸막이 안에서 기다렸습니다.

그렇다면 이 기이한 불균형에는 어떤 이유들이 있을 수 있을까? 궁금증에 사로잡혀 나는 영국 납세자들이 낸 돈으로 제공되는 여러

장의 대출 신청서 위에 애꿎게 수레바퀴들을 그려 넣고 있었습니다. 이 도서 목록을 보아하니 여자들이 남성이라는 주제에 관심을 갖는 것에 비해 남자들이 여성이라는 주제에 흥미를 느끼는 정도가 훨씬 크네. 도대체 왜 그런 것일까? 이 차이는 호기심을 강하게 자극하는 사실로 보였고, 나의 마음은 정처 없이 떠돌았습니다. 그러다가 여자에 대해 책을 쓰는 데 자기 시간을 쓰는 남자들의 인생을 그려 보기 시작했습니다. 그들은 늙었을까 아니면 젊었을까, 기혼일까 아니면 미혼일까, 딸기코일까 곱사등일까? — 어쨌든 [여자들은] 자신이 그와 같이 대단한 관심의 대상이 된다고 느낄 때 우쭐할 만한 일이 아닌가 싶기도 한데. 물론 그런 관심을 주는 이들이 온통 불구인 자들과 노쇠한 자들이 아니라면 말이야. 그렇게 잡념에 잠겨 있는데, 내 앞 책상 위에 책들이 눈사태를 이루며 미끄러져 내리기 시작하자 그러한 시답잖은 생각들은 자취를 감추었습니다.

이제 골치 아픈 일이 기다리고 있었습니다. 옥스브리지에서 연구법 교육을 받은 학생이라면, 목자가 양을 우리로 몰고 가듯이 정신을 산만하게 하는 모든 방해를 뚫고 답을 찾을 때까지 자신의 질문을 이끌어가는 방법을 분명 잘 알고 있을 것입니다. 내 옆에 있던 학생을 예로 들자면 그는 과학 매뉴얼을 보면서 무엇인가를 베껴 적고 있었는데, 내가 확신하기로는 대략 10분에 한 번씩은 본질의 원석에서 순수한 [진실의] 알맹이들을 추출하고 있었습니다. 나지막한 만족의 쿵쿵 소리가 그것을 잘 말해 주고 있었습니다. 그러나 만일, 불행히도 아무런 대학 교육을 받지 못한 사람이라면 질문은 우리로 얌전히 인도되어 가기는커녕 한 떼의 사냥개에 쫓기는 겁먹은 양 무리처럼 이쪽저쪽으로 허둥지둥 내달리게 될 것입니다.

교수, 교장, 사회학자, 성직자, 소설가, 수필가, 언론인, 여자가 아니라는 것 외에는 내세울 게 아무것도 없는 남자들이 나의 단순하고도 유일한 질문 — 왜 어떤 여자들은 가난한가? — 을 추격해 왔고, 그런 와중에 그 하나의 질문은 50개의 질문으로 불어나고, 50개의 질문들은 미친 듯이 날뛰며 강 중류로 뛰어들고는 물살에 떠내려가 버렸습니다.

내 공책의 지면들은 휘갈긴 글씨로 채워져 갔습니다. 그때 내 마음의 상태가 어떠했는지 보여 주기 위하여 여러분에게 그중 일부를 읽어 드리겠습니다. 읽어 드릴 페이지에는 그저 단순하게 '여성과 빈곤'이라는 제목이 블록체로 쓰여 있었고, 그 아래에 다음과 같은 것이 적혀 있었습니다.

중세 시대 ……의 상태

피지섬에서의 ……의 습관

……에 의해 여신으로 숭상됨

……보다 도덕의식이 희박함

……의 이상주의

……의 더 훌륭한 양심

남태평양 섬 거주민 중 ……의 사춘기 도달 연령

……의 매력

……에게 희생 제물로 바쳐짐

……의 작은 뇌

……의 더 심오한 잠재의식

……의 더 적은 체모

……의 정신적, 도덕적, 신체적 열등성

……의 아이들을 향한 사랑

……의 더 긴 수명

……의 강한 애정

……의 허영

……의 고등 교육

……에 대한 셰익스피어의 견해

……에 대한 버컨헤드 경[20]의 견해

……에 대한 잉 주임 사제[21]의 견해

……에 대한 라브뤼예르[22]의 견해

……에 대한 존슨 박사[23]의 견해

……에 대한 오스카 브라우닝 씨[24]의 견해

---

20 프레더릭 에드윈 스미스Frederick Edwin Smith(1872~1930). 여성에게 참정권을 주는 것에 끝까지 반대했다.

21 윌리엄 랠프 잉William Ralph Inge(1860~1954). 우생학자로서 독일과의 다음 전쟁에 대비하기 위하여 아이를 많이 낳아야 한다는 취지의 발언을 했으며, 여성들이 고등 교육을 받으면 출산율이 저하될 것이라고 우려했다.

22 라브뤼예르(1645~1696). 프랑스 철학자이자 도덕주의자로서 『성격론』에서 여자에 대해 부정적으로 논했다.

23 새뮤얼 존슨Samuel Johnson(1709~1784). 퀘이커파의 예배에서 여성이 설교한다는 말을 듣고 여성이 설교하는 것은 개가 뒷발로 걷는 것과 같다고 말했다고 알려져 왔다.

24 오스카 브라우닝Oscar Browning(1837~1923). 영국의 교육학자, 역사학자로서 여성을 업신여긴 것으로 유명하며 유명한 페미니스트 학자 제인 마커스Jane Marcus를 '당대의 대단한 여성 혐오자'라고 지칭했다.

이 지점에서 나는 숨을 고르고 공책의 여백에 이렇게 적었습니다. "왜 새뮤얼 버틀러는 현명한 남자는 결코 여자에 대한 생각을 입 밖에 꺼내지 않는다고 말한 것일까? 현명한 남자라면 다른 어떤 것에 대해서도 입을 굳게 다무는 것이 확실해 보이는데 말이다." 그럼에도 (거대한 둥근 민머리 안에 존재하는 한 조각의 생각, 그것도 시달리다 못해 이제는 시름겹기까지 하는 한 조각의 생각에 불과한) 나는 의자에 등을 기대며 그 드넓은 둥근 천장을 바라보며 계속해서 글을 적어 나갔습니다. "너무도 불행한 사실은 여자에 대한 현명한 남자들의 생각이 결코 동일하지 않다는 것이다. 포프는 이렇게 말했지. '대부분의 여자에게는 개성이라는 것이 아예 없다.' 그리고 라브뤼예르는 이렇게 말했어. '여자들은 양극단 중 하나다. 남자보다 우월하거나 열등하거나.' 그러니까 동시대를 살아간 예리한 관찰자들이 완전히 상반된 견해를 내놓았던 거지. 여자들을 교육하는 것이 가능할까? 나폴레옹은 불가능하다고 보았다. 존슨 박사의 생각은 그 반대이다.[25] 여자에게는 영혼이 있는가, 없는가? 어떤 야만인은 여성에게는 영혼이 없다고 말한다. 반면에 어떤 이들은 여자가 반신반인이라고 우기면서 여자를 숭상한다.[26] 어떤 현인은 여자의 뇌는 깊이가

---

25 "'남자는 여자가 남자에게 과분하다는 것을 알고 있기 때문에 가장 약하고 가장 무지한 여자를 고른다. 만일 그렇게 생각하지 않는다면 여자들이 남자들만큼 지식을 갖게 되는 것을 그렇게 두려워할 리 없다.' 뒤이은 어느 대화에서 그는 그 말을 할 때 진심이었노라고 내게 말했다는 사실을 인정하는 것이 그 성[즉 여성]에 대해 공정을 기한다는 차원에서 솔직한 일이 될 것이다." 제임스 보즈웰James Boswell, 『법학박사 새뮤얼 존슨과 함께한 헤브리디스 제도 여행기The Journal of a Tour to the Hebrides with Samuel Johnson, LL.D.』.(원주)

부족하다고 주장하는 반면, 여자의 의식 세계가 더 깊다고 말하는 현자도 있다. 괴테는 여자를 존경했고, 무솔리니는 여자를 멸시한다." 내가 어디로 눈을 돌리든 여성들에 대해 생각한 남자들이, 그것도 제각각 다르게 생각한 남자들이 눈에 들어왔습니다.

　나는 이 모든 것의 머리가 어디이고 꼬리가 어디인지를 파악하는 일은 불가능하다는 결론을 내리면서 이웃한 독자에게 시샘의 눈길을 주었는데, 그는 일목요연하게 요점들을 깔끔하게 적어 내려가고 있었고, 그 요약문에는 A라든지 B라든지 C라든지 하는 글자가 소제목처럼 붙어 있었던 반면, 나의 공책은 어지럽게 휘갈겨 쓴 상충하는 내용들로 야단법석이 나 있었습니다. 비참했고, 당황스러웠고, 창피했습니다. 진실은 나의 손가락 사이사이로 이미 빠져나간 뒤였습니다. 한 방울도 남김없이 달아나 버렸습니다.

　[이러다가는] 집에 못 갈 수도 있겠어. 나는 여성과 픽션에 대한 연구에 중대한 공헌이라곤 단 한 줄도 남길 수 없겠구나. 연구랍시고 한 것에 따르면 여자들은 남자보다 체모가 적고, 남태평양 섬들에서는 사춘기에 이르는 나이가 아홉 살 — 아니 아흔 살 — 이라던가? 글씨까지 제대로 알아볼 수 없도록 휘갈겨 놓은 바람에 더더욱 정신이 산만해졌습니다. 아침나절을 통째로 바쳐서 연구에 몰두했건만 고작 그렇게 경박하고 우스운 것밖에는 내보일 것이 없다니 수치스러웠습니다. 그리고 내가 과거의 W(간결함을 위해 나는 여성을 그렇게 지칭하고 있었습니다)에 대한 진실을 알 수 없다면, 미래의 W에 대해 굳이 고민할 필요가 있

---

26 "고대 독일인들은 여성에게는 무엇인가 거룩만 면이 있다고 믿었고, 그 믿음에 따라 여자에게 신탁을 구하곤 했다." 제임스 프레이저, 『황금가지』.(원주)

을까? 여성 그리고 여성의 영향에 대해(그 영향의 대상이 정치든 어린이든 임금이든 도덕성이든 그 무엇이든지 간에) 전문가라는 그 모든 신사에게 —그들이 아무리 그 수가 많고 학식이 높다고 하더라도— 조언을 구하는 것은 순전한 시간 낭비로 보였습니다. 그들의 책은 차라리 펼쳐 보지 않는 편이 나을 것 같았습니다.

　　그런데 생각에 잠겨 있는 동안 나는 무의식적으로 무기력에 빠져서 자포자기하며, 내 이웃 독자처럼 결론을 써 내려가야 마땅한 곳에 그림 하나를 그리고 있었습니다. 나는 어떤 얼굴을, 어떤 사람의 형체를 그리고 있었습니다. 그것은 자신의 기념비적인 작품인 『여성의 정신적, 도덕적, 신체적 열등성』을 열심히 집필하고 있는 폰 X 교수[27]의 얼굴이고 형체였습니다. 그는 내 그림에서만큼은 매력적인 남자가 아니었습니다. 몸은 육중하고, 턱살은 축 늘어졌으며, 거기에 구색이라도 맞추려는 듯 눈은 아주 작고 낯빛은 매우 붉었습니다. 표정을 보면 어떤 감정에 사로잡힌 채 작업에 몰두하고 있음을 알 수 있는데, 자신을 사로잡은 감정이라는 것에 휘둘려서 펜촉으로 종이를 쿡쿡 찌르며 글을 쓰고 있었습니다. 마치 유해 곤충이라도 죽이려는 것 같았습니다. 그런데 그것을 죽이고 난 뒤에도 도저히 분이 풀리지 않는지 계속해서 죽이고 또 죽입니다. 그런데도 분노와 짜증의 원인은 그대로 남아 있는 것처럼 보였습니다. 아내 때문이었을까? (나는 내 그림을 보며 질문해 보았습니다.) 마누라가 기병대 장교와

27　울프는 Professor von X(X로 써서 아무개처럼 표현했지만 von을 붙임으로써 독일식 이름을 가진 교수임을 드러냄)를 통해 『성과 성격 Geschlecht und Charakter』을 저술한 오스트리아 철학자인 오토 바이닝거 Otto Weininger를 가리키고 있다.

바람이라도 난 것일까? 그 기병대 장교가 늘씬하고 우아하고 아스트라찬 모피라도 걸치고 있었던 것일까? 프로이트의 이론을 적용해 보자면, 요람에서 예쁜 소녀에게 놀림이라도 받았던 것일까? 왜냐하면 요람에 누인 아기였을 때조차 그 교수는 사랑스러웠을 리 만무하니까. 이유야 어떻든 간에 여성의 정신적, 도덕적, 신체적 열등성에 대한 그 대단한 책을 집필하고 있는 폰 X 교수는 대단히 화가 나 있고 대단히 추한 모습으로 스케치되었습니다.

낙서를 하는 것은 소득 없는 오전의 연구를 마무리하는 나태한 방법이지요. 그렇지만 바로 그 빈둥거림 속에서, 바로 우리의 꿈들 속에서, 저 아래에 가라앉아 있던 진실이 수면 위로 떠오르곤 합니다. 내 공책을 보면서 나는 정신분석이라는 거창한 이름표를 달 자격도 없는 심리학의 매우 기초적인 개념을 적용하는 것만으로도 분노에 찬 폰 X 교수의 모습을 내가 분노에 차서 스케치했음을 깨달을 수 있었습니다.

내가 공상에 잠겨 있는 동안 분노가 나의 연필을 낚아챘던 것입니다. 그런데 도대체 분노가 거기서 무슨 짓을 벌이고 있었던 것일까요? 흥미, 혼란, 재미, 권태 — 이 모든 감정이 아침 내내 서로 꼬리에 꼬리를 물며 지나갔고 나는 그것들을 추적하고 파악해 이름을 붙여 줄 수 있었습니다. "분노라는 검은 뱀이 감정들 사이에 몸을 숨기고 있었던 것일까?"[라는 나의 질문에] "그래, 맞아. 분노가 잠복해 있었어"[라고] 내 스케치가 답했습니다. 내 스케치 덕분에 나는 그 악마를 깨웠던 한 권의 책, 한 줄의 글귀를 주목할 수 있었는데, 그곳에는 그 교수가 여성의 정신적, 도덕적, 신체적 열등성에 대하여 진술한 내용이 적혀 있었습니다. 나는 심장이 쿵쾅거렸던 것이지요.

두 볼이 달아올랐던 것이지요. 분노로 얼굴이 붉으락푸르락했던 것입니다. 거기에는 특별히 주목하여 볼 점이 하나도 없었습니다. 어리석을 대로 어리석은 내용일 뿐이었지요.

자신이(나는 옆에 앉은 학생에게 눈길을 주었습니다) 숨을 쌕쌕 내쉬고, [미리 매듭지어서 파는] 레디메이드 넥타이나 매고, 보름 가까이 면도를 건너뛴 고만고만한 남자보다 열등하게 타고났다는 말을 듣고 기분 좋을 사람은 없지. 사람에게는 어떤 어리석은 허영심이 있기 마련이야. 인간의 본성이란 게 그런 거니까. 그런 생각을 하면서 나는 그 분노에 찬 교수의 얼굴 위에 수레바퀴들과 동그라미들을 그리기 시작했고, 그 얼굴이 불타는 덤불이나 이글거리는 혜성 — 어쨌든 인간을 닮지도 않고 인간으로서의 의미조차 띠지 않는 환영 — 처럼 되고 나서야 낙서를 멈추었습니다. 그 교수는 이제 아무것도 아니었고 햄프스테드 히스 언덕의 정상에서 활활 불타오르는 한 단의 땔감에 지나지 않게 되었습니다. 그러자 곧 나의 분노가 설명되고 처리되었습니다.

그렇지만 호기심은 사라지지 않았습니다. 그 교수들의 분노는 어떻게 설명할 수 있을까? 그들은 왜 화가 났던 것일까? 왜냐하면 이 책들이 남긴 인상을 분석해 볼 때, 거기에 열기라는 요소가 변함없이 관여하고 있었기 때문입니다. 그 열기는 여러 형태를 띠었습니다. 풍자에서, 감상에서, 호기심에서, 질책에서 뿜어져 나왔습니다. 그런데 그곳에는 관여하고 있는 요소가 또 하나 있었습니다. 그 요소는 빈번하게 등장하지만 파악하기란 쉽지 않았습니다. 나는 그것을 분노라고 명명했습니다. 그런데 분노는 저 아래 깊은 곳으로 내려가서 온갖 다른 감정들과 뒤섞였습니다. 그 기이한 효과에 비추어 보건대, 분노는 가면을 쓴 복합적인 분노이지 단순하고 숨김없는 분노가 아니었습니다.

이유야 제각각이겠지만 이 모든 책들은(책상 위에 산더미처럼 쌓인 책들을 빤히 바라보며 나는 생각했습니다) 내 목적에 맞지 않아. 말하자면 그 책들은 과학적으로는 무용지물이었습니다. 물론 인간적으로 보자면, [여성에 대한] 가르침과 관심이 그득하고 지루함이 덕지덕지 묻어 있으며, 피지섬 주민들의 관습에 대한 아주 기묘한 사실들로 채워져 있었지만 말입니다. 그것들은 하얀 진실의 빛이 아닌 벌건 감정의 빛 아래에서 집필된 책들입니다. 그러니까 이 책들을 중앙 데스크로 반납해야겠어. 그러면 거대한 벌집에서 원래 차지하고 있던 구멍 속으로 귀환하겠지. 그날 오전 연구로부터 내가 얻어 낸 것이라곤 오직 분노라는 단 한 가지 사실뿐이었습니다. 그 교수들은 ― 책의 저자들을 그냥 뭉뚱그려 그렇게 부르겠습니다 ― 화가 나 있었습니다. 그러나 왜(도서를 반납하면서 나는 질문했습니다), 왜(비둘기들과 전시되어 있던 선사시대 카누들에 둘러싸인 채 주랑 아래에 서서 재차 물었습니다) 그들은 화가 나 있을까?

그리고 점심 먹을 곳을 찾아 길을 나서며 질문을 던졌습니다. 내가 지금 그들의 분노라고 부르는 것의 진짜 본질은 무엇일까? 여기에 수수께끼가 있었고, 그 수수께끼는 대영박물관 근처 어딘가에 있는 작은 식당에서 내 식탁에 음식이 차려지는 내내 나를 붙잡고 있습니다. 앞서 식사를 했던 사람 중 누군가가 의자에 석간신문의 초판을 놓고 갔고, 나는 식사를 기다리는 동안 기사 제목들을 한가롭게 읽기 시작했습니다. 대문짝만한 글씨들로 이루어진 띠 하나가 지면을 가로지르고 있었습니다. 누군가 남아프리카에서 [열린 크리켓 경기에서] 큰 점수를 냈다고 하더군요. 더 작은 큰 글씨로 된 제목 띠들이 [외무부 장관인] 오스틴 체임벌린 경이 [국제 연맹의 본부가 있는] 제네바에 체류 중이라고 알리고, 인간 체모가 붙은 고기 자르는 도끼가 어느 지하 저장고에서 발견되었으며, 모 고등법원 판사가 이혼 법정에서 여성의 파렴치함에 대해 일침을 놓았다고 보도하고 있었습니다. 다른 소식들도 신문 여기저기에 흩뿌려져 있었는데, 캘리포니아에서 [어느 할리우드 감독이 깜짝 홍보 쇼로서] 어느 여배우를 산정상의 공중에 대롱대롱 매달아 놓았다 하고, 안개가 짙게 낄 것이라는 날씨 뉴스도 있었습니다.

최단기 체류를 위해 지구라는 행성에 잠깐 들른 방문객이 있어서 이 신문을 집어 들고 읽는다면 이 [기사 제목들이 내놓는] 증언의 산발성에도 불구하고, 영국이 가부장제의 지배하에 놓여 있다는 점을 놓칠 수는 없어. 제정신인 사람이라면 누구든지 그 [폰 X] 교수의 지배력을 감지할 수 있을 것입니다. 모든 권력과 돈과 영향력이 다 그의 것이었습니다. 바로 그가 그 신문사의 소유자이자 편집장이며 부편집자이고, 외무부 장관이자 고등법원 판사였습니다. 그는 크리켓 선수인 동시에 경주마와 요트의 소유주였습니다. 바로 그가 주주들에게 200퍼센트를 배당하는 회사의 수장이기도 했습니다. 여배우를 공중에 대롱대롱 매단 것도 바로 그였습니다. 고기용 도끼에 붙어 있는 털이 사람의 것인지를 판단하는 것도 그야. 살인자에게 무죄 판결을 내릴지 유죄 판결을 내릴지, 그를 교수형에 처할지 방면할지를 결정하는 것도 그 교수야. [날씨 예보의] 안개를 제외하고는 모든 것이 그의 통제권 아래 놓여 있는 것 같았습니다.

그런데도 그는 화가 나 있었습니다. 그가 화가 나 있다고 생각하게 된 근거는 이렇습니다. 그가 여성에 대해 쓴 글을 읽으면서 나는 그가 말하고 있는 것에 대해서가 아니라 그 자체에 대해서 생각했습니다. 논리를 펴는 자가 감정에 좌우되지 않고 냉정하게 논증을 펼칠 때 그는 오직 논증에 대해서만 생각합니다. 그리고 독자 역시 논증에 대해 생각하지 않을 수 없게 됩니다. 만일 그가 여성에 대하여 냉철하게 글을 썼더라면, 자신의 논의를 확립하기 위해 반박 불가한 증거들을 내세웠더라면, 결과가 이것이 아니라 저것이어야 한다는 속내의 흔적이 드러나지 않았더라면 나는 화가 나지 않았을 것입니다. 그저 사실을 사실로써 받아들였을 것입니다. 완두콩은 초록색이고 카나리아는 노란색이라는 사실에 수긍하듯이 말입니다. "그렇다면야"라고 나는 말했을 테지요. 그러나 나는 화가 났고, 내가 화가 났던 이유는 그가 화가 나 있었기 때문입니다.

　아무리 그렇다고 해도 이상한 것 같아. (나는 석간신문의 페이지를 넘기며 생각했습니다.) 이 모든 권력을 거머쥔 사람이 화를 내다니. 혹은 분노라는 것이 어찌 보면 권력에 기생하고 권력에 맛을 들인 요정이라도 되는 것일까? (나는 깊이 생각해 보았습니다.) 예를 들어 부자들은 가난한 사람들이 자기네 재산을 빼앗아 간다고 의심하면서 걸핏하면 화를 내지. 그 교수들, 아니 그 가부장들이(그래. '가부장들'이라고 부르는 편이 더 정확할 수도 있겠군) 화를 내는 것은 한편으로는 바로 그 이유 때문이면서, 다른 한편으로는 표면상으로는 약간 덜 두드러지는 또 다른 이유 때문일지도 모를 일이야. 그들은 전혀 화가 나지 않았을 수도 있어. 사실 그들은 사생활에서는 흔히 여성에게 감탄하며 헌신하고 여성에게 본보기가 되니까. 그 교수가 여성의 열등성을 지나치도록 단호하게 주장할 때, 그의 진짜 관심은 여성의 열등성이 아니라 자신의 우월성이었을 수도 있어. 자신의 우월성이야말로 그들이 다소 조급하게 그리고 너무 지나치게 강조하며 방어하고자 하는 것이지. 왜냐하면 그들에게는 자신의 우월성이야말로 가장 진귀한 가치를 지닌 소중한 보석이니까. 양쪽 성 모두에게서 삶이란 (그리고 나는 남자들과 여자들을 바라보았는데, 그들은 어깨를 부딪치며 보도를 따라 나아가고 있었습니다.) 고달프고, 어렵고, 끊임없는 투쟁이구나.

인생은 큰 용기와 힘을 요구합니다. 그 무엇보다도 우리가 착각의 존재들인 것을 감안할 때, 인생은 자신감도 촉구하는 것 같습니다. 자신감 없이는 우리는 요람 속의 아기에 불과합니다. 그리고 어떻게 우리는 가늠하는 것조차 어렵고 소중하기 그지없는 자신감이라는 자질을 최대한 빠르게 북돋아 낼 수 있을까요? 그것은 남들이 자신보다 못하다고 생각함으로써 가능할 것입니다. 남들과 비교해서 자신에게 타고난 우월성이 있다고 느낌으로써 가능할 것입니다. 재산이라든지, 계급이라든지, 쭉 뻗은 콧날이라든지, 롬니[28]가 그린 할아버지의 초상화라든지. 인간의 상상력이 꾀하는 안쓰러운 계책에는 끝이 없으니까요. 그런 까닭에 남을 정복하고 지배해야 하는 가부장에게 수많은 사람이 — 실로 인류의 절반을 차지하는 사람이 — 본질적으로 자신보다 열등하다고 느끼는 것이 엄청난 중요성을 띠게 되는 것입니다. 그것은 그의 권력이 나오는 가장 중요한 원천 중 하나임이 틀림없습니다.

그런데 이제 이 관찰에 비추어 실제 삶을 한번 살펴보자. 그것이 일상생활의 여백에 적어 넣는 그 심리학적 수수께끼 중 일부를 설명하는 데 도움이 될까? 그것이 일전에 내가 느꼈던 경악을 설명해 줄까? 그때 남자

---

28 조지 롬니George Romney(1734~1802). 18세기의 유명 초상화가.

들 중 지극히 인간적이고 지극히 겸손한 모모 씨[29]가 리베카 웨스트[30]가 쓴 책을 집어 들고 그 안에 있는 글귀를 한 줄 읽고서는 외쳤지, "이 꼴통 페미니스트 같으니라고! 남자들이 우월감에 찌든 속물이라고 지껄이다니." 나를 경악시킨(그도 그럴 것이 왜 리베카 웨스트가 저쪽 성에 대하여 듣기에는 거북할지언정 진실일 수도 있는 말을 했다는 이유 하나만으로 꼴통 페미니스트가 되어야 하단 말입니까?) 그 외침은 상처 입은 허영심의 울부짖음 그 이상이었습니다. 그것은 자신을 믿는 능력을 어떤 식으로든 침해당한 데 대한 저항의 외침이었습니다.

여자들은 여러 세기에 걸쳐 [남자들의] 입맛에 맞게 남자를 두 배로 부풀려 보여 주는 마법적 능력을 지닌 거울의 역할을 해 왔습니다. 그 마법적 능력이 없었더라면 이 땅은 아직 늪지와 정글로 뒤덮여 있을 것입니다. 우리의 그 모든 전쟁의 영광스러움은 아예 존재치 않을 테고, 우리는 여전히 먹다 남은 양고기 뼈를 긁어서 사슴의 윤곽을 그리고, 부싯돌을 주고 양가죽이나 우리의 투박한 취향에 맞는 단순한 장신구를 얻는 물물교환을 하고 있을 것입니다. [니체

---

29 영국 작가이자 당대 최고의 문학 비평가였고 블룸즈버리 그룹의 일원이었던 데즈먼드 매카시Desmond McCarthy(1877~1952)를 가리킨다. 매카시는 1920년대 내내 자신의 문학 칼럼과 울프와의 논쟁에서 여성의 예술성에 대해 논했다.

30 Rebecca West(1892~1983). 작가, 언론인, 문학 비평가. 본명은 시실리 이저벨 페어필드Cicily Isabel Fairfield이다. 이 책에서는 두 명의 다른 리베카 웨스트가 언급되는데 여기서 언급된 이는 실존 인물이고, 또 다른 리베카 웨스트는 헨리 입센의 희곡 『로스메르 저택』의 등장인물로 시실리 이저벨 페어필드는 자신의 필명을 이 인물의 이름에서 따온 것이다.

와 버나드 쇼가 말하는] 초인이나 운명의 손가락들[31] 같은 것은 아예 존재하지 않을 것입니다. 차르[32]와 카이저[33]도 결코 왕관을 쓰지 못했을 테고 그러니 잃을 일도 없었을 것입니다. 문명사회에서야 그 용도가 무엇이든 모든 폭력적이고 영웅적인 행위에는 거울이 필수적입니다. 바로 그래서 나폴레옹과 무솔리니가 그토록 힘주어 여성의 열등성을 주장했던 것인데, 여자들이 열등하지 않다면 남자들은 더 이상 부풀려지지 않을 것이기 때문입니다.

그것을 보면 왜 그렇게 자주 남자들이 여자들을 필요로 하는지가 부분적으로나마 설명이 됩니다. 또한 남자들이 여자에게 비난을 받으면 왜 그렇게 안절부절못하는지, 이 책이 형편없다거나 이 그림이 변변찮다거나 하는 등등 어떤 비난이든 똑같은 비난을 남자에게서 들을 때보다 여자에게서 들을 때 훨씬 더 괴로워하고 분개하는지도 설명이 됩니다. 왜냐하면 여자가 진실을 말하기 시작할 때 그들의 거울상은 쪼그라들고 그들의 삶에 대한 적합도가 떨어지니까요.

하루에 두 번, 아침 밥상과 저녁 밥상을 받을 때 실제보다 최소 두 배로 부풀려진 자기 모습을 볼 수 없다면 어떻게 계속해서 판결을 내리고 원주민들을 문명화하고 법을 제정하고 책을 저술하고 옷을 차려입고 연

---

31 1914년 찰스 레이몬드가 감독한 23분짜리 단편 영화의 제목으로, 이
    책에서는 손가락이 복수(fingers)로 되어 있으나 원래 제목은 'The
    Finger of Destiny'이다.
32 니콜라이 2세(1868~1918). 제정 러시아의 마지막 차르로 러시아 혁명
    당시 폐위되고 후에 가족과 함께 처형되었다.
33 빌헬름 2세(1859~1941). 독일 제국의 마지막 황제로 독일 혁명이 일어
    나자 퇴위했다.

회에서 일장 연설을 늘어놓을 수 있겠는가! (손으로 빵을 으스러뜨리고 커피를 저으며, 또 거리의 사람들을 이따금 쳐다보며 나는 생각했습니다.) 그 거울상은 더없이 중요해. 활력을 북돋우니까. 신경계를 활성화하기도 하고. 그것을 앗아 가면 남자는 죽을 거야. 코카인 중독자에게서 약물을 앗아 가는 것과 같겠지. 보도 위에 있는 사람들의 절반이(창밖을 내다보며 나는 생각했습니다) 그런 환상의 마법에 걸린 채 성큼성큼 일터로 걸어가고 있어. 그들은 아침이면 기분 좋은 아침 햇살을 받으며 모자를 쓰고 외투를 걸치지. 넘치는 자신감으로 삶의 각오를 다지고 스미스 양의 티 파티에 자신이 나타나기를 사람들이 기대한다는 믿음을 가지고 하루를 시작해. 방으로 들어가면서 "나는 이곳에 있는 사람들의 절반보다 우월해"라고 스스로에게 말하지. 그래서 말을 할 때면 당당하기가 이루 말할 수 없어. 그 강력한 자기 확신은 공적인 삶에서 그토록 심대한 결과들을 낳고 사적인 마음의 여백에 그토록 수수께끼 같은 글들이 적히게 하지.

그러나 저쪽 성의(즉 남성의) 심리라는 그 위험하고도 매혹적인 주제 — 여러분의 손에 행여 연 500파운드가 들어온다면 연구하게 될 주제 — 의 연구에 이바지할 법한 이 생각들은 점심 밥값을 내느라 흐트러지고 말았습니다. 합계가 5실링 9펜스였습니다. 나는 웨이터에게 10실링짜리 지폐를 주었고, 그는 내게 내어 줄 거스름돈을 가지러 갔습니다. 내 지갑에는 10실링짜리 지폐가 한 장 더 있었고 나는 그것에 눈길을 주었습니다. 자동적으로 10실링짜리 지폐들을 내어놓는 내 지갑의 능력은 아직도 숨이 멎도록 놀랍기 때문입니다. 내가 지갑을 열면 10실링짜리 지폐들이 그 안에 들어 있습니다. 사회는 내게 닭고기와 커피, 침대와 숙소를 제공해 주고 그 대가로 몇 장의 종잇조각을 받아 가는데 그 종잇조각들은 고모[34] 한 분이 순전히 나와 이름이 같다는 이유만으로 내게 유산을 남기신 것입니다.

우리 고모 메리 비턴은 뭄바이에서 바람을 쐬러 말을 타고 나갔다가 낙마 사고로 돌아가셨습니다(여러분에게 이 말씀은 꼭 드려야겠습니다). 어느 밤 내가 유산을 받게 되었다는 소식이 당도했고, 마침 그때 여성에게 투표권을 부여하는 법안이 통과되었습니다. 변호사의 서신이 우편함 속으로 떨어졌고, 나는 그것을 열어 보고는 고모가 내게 해마다 500파운드씩 수령할 수 있도록 유산을 물려주신 사실을 알게 되었습니다. 실토하자면 그 두 가지, 즉 투표권과 돈 중에 돈이 비교할 수 없이 더 중요하게 느껴졌습니다.

그전에는 밥벌이를 위하여 신문사 이곳저곳을 전전하며 잡다한 일들을 요령 좋게 따내고 여기서는 원숭이 쇼를 보도하고 저기서는 결혼식을 취재했으며, 몇 파운드라도 더 벌기 위하여 봉투에 주소를 쓰고, 노부인들에게 책을 읽어 주고, 조화造花를 만들고, 유치원에서 어린아이들에게 알파벳을 가르쳤습니다. 1918년 이전까지만 해도 여자들이 구할 수 있는 일거리는 주로 그런 것들이었지요. 내가 굳이 그런 일의 고됨을 일일이 묘사할 필요는 없을 것입니다. 왜냐하면 어쩌면 여러분 역시 그런 일을 해 온 여자들을 직접 알고 있을 테니까요. 그렇게 번 돈으로 입에 풀칠하는 삶의 고됨에 대해서도 상세히 말할 필요가 없을 것입니다. 아마도 여러분 자신이 그렇게 살아 봤을 테니까요.

34 버지니아 울프의 고모인 캐럴라인 스티븐Caroline Stephen이 모델이 되었을 것이라고 한다. 울프는 실제로 고모를 'Aunt Mary'라고 불렀고, 그녀로부터 2500파운드의 유산을 물려받았다.

그런데 둘 중 그 어떤 것보다 더한 괴로움으로 아직도 기억되는 것이 있는데, 그것은 어려운 시절에 내 속에서 나고 자란 두려움과 쓰라림이라는 독소입니다. 우선 항상 원치 않는 일을, 그것도 노예처럼 마지못해서 했습니다. 늘 반드시 그런 것은 아니었지만, 비위를 맞추고 아양을 떨어 가면서 일을 했습니다(그렇게 하는 것이 필요한 것 같았고 한번 될 대로 되라며 성질대로 질러 버리기에는 위험 부담이 너무도 컸었지요). 그리고 [땅에 파묻어] 감추는 것이 죽는 것과 같은 한 조각 재능 — 비록 작지만 정작 당사자에게는 소중하기 그지없는 [보화와 같은] 재능 — 이 스러지고 있고 그와 함께 내 자신과 내 영혼도 함께 소멸되고 있다는 생각, 이 모든 것이 녹이 쇠를 파먹듯이 만개하려는 봄의 꽃봉오리를 갉아 먹고 생명나무의 심장부를 파괴했습니다.

하지만 말씀드렸다시피 메리 고모가 돌아가셨고, 내가 10실링짜리 지폐를 바꾸려 할 때마다 그 녹과 부식이 조금씩 벗겨져 나가고 두려움과 쓰라림이 나를 떠납니다. 정말로 대단해. (은빛 동전들을 지갑 속으로 넣으면서 나는 지나간 시절의 쓰라림을 떠올렸습니다.) 고정 수입이라는 것이 사람의 성질머리를 이렇게까지 바꾸어 버릴 수 있다니. 이 세상의 어떤 힘도 내게서 그 500파운드를 앗아 갈 수 없어. 의식주가 영원히 내 것이야. 그러므로 그저 노력과 노동만이 그친 것이 아니라 증오와 쓰라림도 멈추었어. 나는 남자를 증오할 필요가 없어. 남자가 나를 해칠 수 없으니까. 남자에게 아부를 떨 필요도 없어. 남자가 내게 줄 것이 없기 때문이지. 나도 모르는 사이에 인류의 나머지 절반에 대한 태도가 바뀌어 버린 것입니다.

뭉뚱그려서 어떤 계층이나 어떤 성을 통째로 탓하는 것은 어리석은 짓이었어. 사람들이 무리 지어 이루는 큰 집단은 자신들이 저지르는 일에 대해 결코 책임을 지지 않고 통제할 수 없는 본능에 의해 휘둘립니다. 그들 역시 그 가부장들처럼, 그 교수들처럼 끝없이 곤란에 처하고 끔찍한 결함들과 씨름합니다. 그들이 받은 교육이나 내가 받은 교육이나 몇 가지 면에서 문제가 있다는 점에서는 동일합니다. 내가 받은 교육이 내 안에 큰 결함들을 만들어 냈다면, 그들이 받은 교육 역시 그들 안에 똑같은 크기의 결함들을 만들어 낸 것입니다. 돈과 권력이 그들의 것이지만, 그 대가로 [프로메테우스의 전설에서처럼] 영원히 간을 찢고 허파를 쪼아 대는 독수리가 그들의 품에 거합니다. 소유를 향한 본능, 획득을 향한 맹렬함이 그들을 휘몰아치면서 타인의 땅과 소유물을 영원히 욕망하고, 땅을 정복하고, 깃발을 꽂고, 군함과 독가스를 제조하고, 자신과 자녀들의 목숨까지 내어놓게 만듭니다.

　　애드미럴티 아치[35]를 통과해서 걷거나(생각이 여기에 미쳤을 때 나는 그 기념 건축물에 도착해 있었습니다) 트로피와 대포에 헌정된 거리를 걸으면서 거기서 기려지는 영광이 어떤 종류의 영광인지 곰곰이 생각해 보자. 아니면 봄 햇살을 맞으며 돈, 더 많은 돈, 더더욱 많은 돈을 벌기 위해 실내로 걸어 들어가는 주식 중개인과 유명한 변호사를 지켜보자. 1년에 500파운드면 한 사람이 먹고살기에 충분할 텐데도. 이런 본능들은 가슴에 품고 살기에 그리 즐겁지 않은 본능들이라고 생각했습니다. 그 불쾌한 본능을 낳는 것은 삶의 조건, 문명의 결여라고 생각하면서 나는 케임브리지 공작의 동상을 바라보았습니다. 특히 눈길이 그

---

35 빅토리아 여왕을 기념하여 세운 세 개의 아치형 통로가 있는 건물.

의 삼각모에 있는 깃털 장식에 꽂혔는데, 그 이전에는 좀처럼 누군가를 그렇게 뚫어져라 쳐다본 적이 없었던 것 같습니다. 이러한 결함들을 깨달아 가면서 두려움과 쓰라림이 서서히 동정과 관용으로 변모해 갔고, 한두 해가 흐르자 동정과 관용조차 온데간데없어졌지. 그러고는 가장 위대한 해방이 찾아왔었지. 그 해방이란 사물들을 있는 그대로 사고하는 자유였습니다. 예를 들어 저 건물을 내가 좋아하는가, 좋아하지 않는가? 이 그림은 아름다운가, 아름답지 않은가? 내 의견에 그 책은 좋은 책인가, 나쁜 책인가? 사실 고모의 유산은 하늘을 가린 베일을 걷어 내고는 밀턴이 내게 영원한 존경을 바치라고 권고한 신사라는 크고도 위압적인 인물 대신에 드넓게 열린 하늘을 볼 수 있게 해 주었습니다.

그렇게 생각하고 추론하면서 나는 강가에 있는 집으로 가는 길에 접어들었습니다. 불들이 하나둘 밝혀지고 있었고, 런던은 형언할 수 없는 어떤 변화를 아침 시간 이후로 겪어 낸 모습이었습니다. 그것은 마치 거대한 기계가 하루의 노동 끝에 우리의 도움을 받아 몇 야드에 달하는 정말 짜릿하고 아름다운 것 — 빨간 눈들로 번뜩이는 불의 직물, 뜨거운 입김으로 으르렁대는 검누런 괴물 — 을 만들어 놓은 것 같았습니다. 바람마저 깃발처럼 흔들리는 것 같았는데, 바람이 집과 광고판을 후려치며 흔들어 대고 있었기 때문입니다.

하지만 나의 작은 거리에는 가정家庭의 냄새가 짙었습니다. 주택 도색공이 사다리에서 내려오고, 보모가 유모차를 요리조리 조심스럽게 밀며 보육실로 돌아가고, 석탄 운반부가 빈 자루들을 차곡차곡 개어 놓고 있었으며, 채소 가게 여자는 붉은 장갑을 낀 두 손으로 그날 번 돈을 세고 있었습니다.

그런데 나는 여러분이 내 어깨에 짐 지워 준 문제에 너무도 골몰한 나머지 그러한 일상적인 것들조차 무심코 바라보지 못하고 그것들을 어떤 하나의 중심점과 계속 연결시키고 있었습니다. 나는 이 직업 중에서 어떤 것이 더 고귀하고 더 필요한지 판단하는 일이 한 세기 전보다 지금이 훨씬 더 어려워졌다고 생각했습니다. 석탄 운반부가 되는 게 나을까, 아니면 보모가 되는 게 나을까? 여덟 아이를 키워 낸 여성 청소부는 수십만 파운드를 벌어들인 변호사보다 세상을 향해 더 작은 가치를 생산한 것일까? 이런 질문들은 쓸데없는 것입니다. 왜냐하면 아무도 대답할 수 없기 때문입니다. 여성 청소부와 변호사의 상대적 가치는 세월과 함께 오르내릴 뿐만 아니라 현재의 가치를 측정하려 해도 그 기준이 되어 줄 잣대가 우리에게는 없습니다. 우리 교수님이 여성에 대한 논증을 펼칠 때, 내가 이것 혹은 저것에 대하여 '반박 불가의 증거들'을 내놓으라고 요구했는데 그것은 바보 같은 짓이었습니다. 설사 누군가가 지금 이 순간 어떤 재능의 가치에 대해 진술할 수 있다손 치더라도 그 가치는 변할 것이고, 한 세기가 흘러가면 완전히 변해 있을 것이 거의 불 보듯 뻔해. 더구나 100년의 세월이 흐르고 나면(현관 계단을 오르며 나는 생각했습니다) 여자들은 더 이상 보호받는 성이 아닐 거야. 논리적으로 볼 때, 여자들은 한때 참여를 거부당했던 온갖 활동과 고된 일에 참여하고 있을 거야. 지금이라면 보모 일을 할 여자가 그때가 되면 석탄을 운반하고 있겠지. 지금이라면 상점을 지킬 여자가 기관차를 몰고 있겠지. 여성들이 보호받는 성으로 머무를 때 관찰된 사실들에 근거한 모든 가정假定들은 사라지고 없을 거야. 예를 들어서 (생각이 이 지점에서 이르렀을 때, 한 분대의 군인들이 거리를 행진하며 지나갔습니다.) 여자들과 성직자들과 정원사들이 다른 사람들보다 더 오래 산다는 가정 말이야. 그 보호막을 걷어 내고 여자들에게 [남자들과] 똑같이 고된 노력과 활동을 하게 하고 군인과 뱃사람과 열차 기관사와 부두 노동자가 되게 하면 여자들이 남자들보다 훨씬 더 젊을 때 죽게 되어서 남자들이 이전 같으면 "비행기 한 대를 봤어"라고 말하는 것처럼 "오늘 여자 한 명을 봤어"라고 말할 정도로 여자가 희귀해져 있지는 않을까? 여성임이 더 이상 보호받는 직종이 아니게 되면 무슨 일이든 일어나겠지. (나는 문을 열며 생각했습니다.) 그런데 이 모든 것이 여성과 픽션이라는 내 강의의 주제와 무슨 관련이 있는 것일까? 나는 안으로 들어가며 질문을 던졌습니다.

3장

저녁이 되고, 아무런 중요한 진술문도 어떤 정확한 사실도 건지지 못한 채 빈손으로 귀가했다는 사실이 실망스러웠습니다. 여자들이 남자들보다 가난한 데는 이런저런 이유가 있겠지. 진실을 찾아 헤매면서 용암처럼 뜨겁고 설거지물처럼 혼탁한 의견의 물벼락을 머리에 맞는 일을 이제는 그만두는 게 낫겠어. 차라리 커튼을 치고 집중을 방해하는 것들을 차단한 뒤 불을 밝히고는, 질문의 폭을 좁혀서 여자들이 어떤 조건에서 살았는지를(그것도 여러 세대에 걸친 긴 기간이 아니라 어느 특정 시대에, 말하자면 엘리자베스 여왕 시대에 영국에서 어떠했는지를) 의견이 아닌 사실을 기록하는 역사학자에게 물어보는 편이 나을 것 같아.

그 시대 남자라면 한 명 걸러 한 명은 노래 가사나 소네트를 쓸 줄 알았던 것으로 보이는데, 왜 탁월한 문학 작품을 단 한 줄이라도 쓴 여자는 단 한 명도 없었는지 그것은 영원한 수수께끼입니다. 여자들은 어떤 환경에서 살았을까? 나는 질문을 던졌습니다. 왜냐하면 상상력의 산물인 픽션은 조약돌처럼 땅 위로 뚝 떨어지는 것이 아니기 때문이고(과학에서는 그럴 수도 있겠지만요),[36] 또 픽션은 허공에 걸친 듯 만 듯 살포시 매달려 있는 것 같지만 실상은 그 네 모퉁이가 삶에 착 들러붙은 거미집 같기 때문입니다. 그렇게 들러붙은 사실은 우리의 지각을 비껴가곤 합니다. 셰익스피어의 희곡들을 예로 들자면 그것들은 완벽한 모습으로 공중에 스스로 둥둥 떠 있는 것만 같습니다. 그러나 그 거미집이 어슷하게 잡아당겨지고 가장자리가 걸려 올라가고 가운데가 찢어질 때 비로소 우리는 거미집이 무형의 생명체가 허공에 직조해 낸 것이 아니라 고통받는 인간들의 작품이며 건강이나 돈이나 집과 같이 지독하게 물질적인 것들에 들러붙어 있음을 상기하게 됩니다.

그리하여 나는 역사서들이 줄줄이 꽂혀 있는 서가로 가서 최신 서적 중 한 권을 꺼내 들었습니다. 그것은 트리벨리언 교수의 『영국사』였습니다. 나는 여기서도 '여성'을 색인에서 찾아보았고, 그 표제항 아래에서 세부 항목으로 '여성의 지위'가 있기에 거기에 표시된 페이지로 가 보았습니다. "아내 구타는 남자의 인정된 권리로서 부끄러운 줄 모르고 지위고하를 막론하고 행사되었다." 역사학자는 말을 이어 갔습니다. "이와 유사하게 부모가 골라 준 신사와 결혼하기를 거부하는 딸은 방에 감금하고 구타하고 내동댕이칠 수 있었는데, 이런 일은 여론에 아무런 충격을 주지 못했다. 결혼은 사적인 애정의 문제가 아닌 가문의 탐욕과 얽힌 문제였으며, 특히 '기사도적인' 상류층일수록 그 정도가 더욱 심했다. 정혼은 일방 혹은 쌍방의 당사자가 아직 요람에 있을 때 성사되는 일이 빈번했고, 결혼은 그

---

36 뉴턴의 중력 이론을 빗대어 말한 것으로 보인다.

들이 어른으로 채 성장하기도 전에 이루어지곤 했다." 이런 일이 자행된 것은 초서의 시대를 갓 벗어난 1470년경이었습니다.

　여성의 지위에 대한 그다음 언급은 약 200년이 흐른 뒤인 스튜어트 왕조의 시대에 관한 것이었습니다. "여전히 중상류층 여성이 자신의 남편감을 직접 고르는 것은 예외적인 일이었고, 일단 남편감이 정해지면 그는 적어도 법과 관습이 허용하는 한도 내에서 주인이자 지배자가 되었다." 트리벨리언 교수가 결론을 내립니다. "그런데도 셰익스피어의 작품에 등장하는 여성 인물들이나 17세기의 진정성 있는 수상록에 언급되는 여성들은(예를 들어 버니 가문의 여성들이나 히친슨 가문의 여성들은) 개성이나 인품 면에서 부족함이 없어 보인다." 생각해 보면 확실히 [『안토니우스와 클레오파트라』의] 클레오파트라는 자신만의 길을 걷는 사람이었음이 분명하고, [『맥베스』의] 맥베스 부인은 자기 의지를 가진 사람이라고 추정할 수 있으며, [『좋으실 대로』의] 로절린드는 매력적인 아가씨였다고 결론 내릴 수 있을 것입니다. 트리벨리언 교수는 셰익스피어의 여자들이 개성이나 인품 면에서 부족함이 없어 보인다고 말할 때 오직 진실만을 말하고 있습니다. (나는 역사학자는 아닌지라 거기서 더 나아가 여성이 태초 이래로 모든 시인의 모든 작품에서 횃불처럼 타올랐다고 말한다고 해도 딱히 트집 잡힐 일은 없을 것입니다.)

　극작가들을 중심으로 살펴보자면 [아이스킬로스의 『아가멤논』의 여주인공인] 클리타임네스트라와 [소포클레스의 『안티고네』의 여주인공인] 안티고네, 클레오파트라, 맥베스 부인, [장 라신의 『페드르』에 등장하는] 크레시다, 로절린드, [『오셀로』의] 데스데모나, [존 웹스터의 『몰피 공작 부인』에 등장하는] 몰피 공작 부인, 그리고 산문 작가들을 중심으로 살펴보자면 [윌리엄 콩그리브의 『세상의 길』에 등장하는] 밀러먼트, [새뮤얼 리처드슨의 『클래리사 할로』에 등장하는] 클래리사, [새커리의 『허영의 시장』에 등장하는] 베키 샤프, [톨스토이의 『안나 카레니나』의 여주인공인] 안나 카레니나, [귀스타브 플로베르의 『보바리 부인』의 여주인공인] 에마 보바리, [마르셀 프루스트의 『잃어버린 시간을 찾아서』에 나오는] 게르망트 부인 — 이런 이름들이 무리 지어 떠오릅니다. 그런데 그 이름들 역시 "개성과 인품 면에서 부족"한 여성을 연상시키지는 않습니다.

사실 여자가 남자들이 쓴 픽션 외의 곳에서는 존재하지 않는다면 여자를 지극히 중요한 사람, 매우 다양하고 영웅적이면서 비열하며 찬란하거나 추잡하고 무한히 아름다우면서 지극히 추악하고 남자만큼 아니 남자보다 더 위대한 사람이라고 상상할 수 있을 것입니다.[37] 그러나 이것은 픽션에서나 존재하는 여성상입니다. 트리벨리언 교수가 지적하듯이 현실에서의 여성은 갇히고 얻어맞고 방바닥 여기저기로 내동댕이쳐졌습니다.

그러다 보니 매우 기묘하고 복잡한 존재가 출현하게 됩니다. 상상 속에서의 여성은 더없이 보배롭지만, 현실에서의 여성은 완전히 보잘것없습니다. 여성은 시 문학에서는 모든 곳에 스며들어 있지만, 현실에서는 아무 데도 존재하지 않습니다. 픽션에서의 여성은 왕과 정복자들을 지배하지만, 현실에서는 손가락에 억지로 결혼반지를 끼워 주는 시부모의 아들에게 속한 노예였습니다. 문학에서는 가장 위대한 영감이 깃든 말과 가장 심오한 생각 중 일부가 여성의 입으로부터 나오지만, 실제 삶에서의 여성은 거의 읽을 줄도 쓸 줄도 몰랐고 남편의 소유물에 불과한 신세였습니다.

그것은 확실히 기묘한 괴물의 모습이었습니다. 역사학자들의 글을 먼저 읽고 뒤이어 시인들의 시를 읽고 난 후 마음에 떠오르는 괴물은 굳이 말하자면 독수리 날개가 달린 벌레, 부엌에서 비곗덩어리를 썰고 있는 생명과 미의 정령이라 칭할 만한 것이었습니다. 그런데 이 괴물들은 상상하기에는 흥미로울지 몰라도 실상은 존재하지 않아. 그녀에게 생명을 불어넣기 위해 할 일은 운문적으로 생각하는 동시에 산문적으로 생각하는 것인데, 그렇게 함으로써 사실과 교류하면서도(예컨대 그녀는 마틴 부인으로서 서른여섯 살이고 푸른색 옷을 입고 검은 모자를 쓰고 갈색 신발을 신었다) 동시에 픽션을 시야에서 놓쳐서는 안 돼(예컨대 그녀에게는

37 "이상하고도 설명이 거의 불가능한 사실이 하나 있는데, 그것은 여성이 거의 동양에서와 같은 억압 아래에서 성 착취와 노동력 착취에 시달리던 아테네라 할지라도, 그 무대 위에서만큼은 클리타임네스트라와 카산드라, 아토사와 안티고네, 페드르와 메데이아와 같은 인물들을 비롯하여 그 여성 혐오적인 에우리피데스의 극을 하나같이 지배하던 모든 영웅적 여성들을 산출해 냈다는 점이다. 하긴 실제 삶에서는 지체 높은 여성이 길거리에서 홀로 얼굴을 드러내는 일이 거의 불가능하지만, 무대 위에서는 여성이 남성과의 동등성이나 우월성을 보이는 이 세상의 모순이 만족스럽게 설명된 적은 결단코 없다. 현대 비극에서도 그 우월성이 똑같이 존재한다. 아무튼 셰익스피어의 작품을 매우 피상적으로만 살피는 것만으로도 우월적이고 주도적인 여성상이 로절린드로부터 맥베스 부인까지 얼마나 끈끈하게 이어지는지를 충분히 발견할 수 있다(말로나 존슨은 아닐 수 있겠으나 웹스터의 작품도 이와 비슷하다). 라신의 작품도 마찬가지여서 그의 비극 중 여섯 작품이 제목에 여성 영웅의 이름을 품고 있는데, 남성 인물 중에 에르미온과 앙드로마크, 베레니스와 록산느, 페드르와 아탈리와 같은 여성 인물에 비견할 만한 이들이 과연 있단 말인가? 헨리크 입센 또한 그러하다. 그의 작품에 등장하는 솔베이그와 노라, 헤다와 힐다 반겔, 리베카 웨스트에게 감히 어떤 남성이 필적할 수 있단 말인가?" F. L. 루커스, 『비극론』, pp. 114~15.(원주)

갖가지 영적 세력과 존재가 영원히 오가며 반짝인다). 그러나 엘리자베스 시대의 여성에 대하여 이 방법을 시도하는 순간, 한 줄기 깨달음의 가지가 축 늘어지고 맙니다. 또 다른 깨달음의 가지 하나는 사실의 희귀성에 기대어 몸을 간신히 지탱합니다. 그녀에 관해서는 어떤 상세한 것도 완벽한 진실도 본질적인 것도 오리무중이야. 역사는 좀처럼 그녀에 대해 입을 열지 않기 때문이지. 나는 트리벨리언 교수에게로 돌아가서 역사가 그에게 어떤 의미를 가졌는지를 살펴보기로 했습니다. 그리고 각 장의 제목들을 살펴보다가 역사가 지니는 의미를 알아냈습니다.

"중세 장원 법정과 공동 경작 방법…… 시토 수도회와 목양업…… 십자군…… 대학교…… 하원…… 백년전쟁…… 장미전쟁…… 르네상스 시대의 학자들…… 수도원 해산…… 농민 및 종교 투쟁…… 영국 해상력의 기원…… 스페인의 무적함대" 등등.

이따금 개별 여성이 언급되기도 하는데, 엘리자베스라든지 메리와 같은 이름으로 불리거나 여왕이나 귀부인으로 칭해집니다. 그러나 그 역사학자가 갖는 과거에 대한 종합적 관점을 보건대, 그것을 구성하는 그 어떤 위대한 운동에도 내세울 것이라곤 두뇌와 성품밖에 없는 중산층 여성이 끼어들 자리는 없어 보였습니다. 여성은 일화 모음집에서조차 찾아볼 수 없습니다. 오브리[38]도 좀처럼 여성을 언급하지 않고요. 여성은 자신의 삶에 대하여 절대 글을 쓰지 않고 일기도 거의 쓰지 않았습니다. 전해지는 것이라고는 고작 서신 몇 편이 전부입니다. 희곡도 시도 남기지 않았기에 판단거리 자체가 애초에 없습니다.

38 존 오브리John Aubrey(1626~1697). 골동품 연구가이자 자연 철학자.

나는 생각했습니다. 많은 정보가 필요해. 몇 살에 결혼했는지, 자녀는 보통 몇이나 낳았는지, 집은 어떤 모습이었는지, 자기만의 방이 있었는지, 직접 요리를 했는지 아니면 주로 하인을 부렸는지. (그런데 왜 뉴넘이나 거턴의 똑똑한 학생이 그런 정보를 제공하지 않는 것일까요?) 이 모든 사실은 어딘가에, 아마도 교구 교적부와 회계 장부에 담겨 있을 테고 엘리자베스 여왕 시대의 일반적인 여성의 삶에 대한 정보가 여기저기에 산재해 있음이 분명한데, 누군가 그런 정보를 모아서 책으로 엮어 낼 수는 없는 것일까? 그 유명한 대학의 학생들에게 역사를 다시 써 보는 게 어떻겠냐고 제안한다는 것은(나는 존재하지도 않는 책들을 찾는답시고 서가들을 둘러보며 생각했습니다) 주제넘은 욕심일 거야. 솔직히 말해서 비록 역사가 약간 괴상해 보일 때가 종종 있고 현실과 괴리되고 한쪽으로 치우쳐 있긴 하지만. 그런데 말이야, 역사에 부록을 붙여 증보판을 만들 필요가 있진 않을까? 물론 그 부록에는 눈에 잘 띄지 않는 이름을 붙여 주어야 하겠지. 그래야 여자들이 등장해도 부적절해 보이지 않을 테니까. 위대한 이들의 삶에서 잠시 모습을 드러내었다가 홀연히 배경 속으로 사라져 버리는 여자들이 언뜻언뜻 보이곤 합니다. 나는 그들이 남몰래 윙크하고 웃고 눈물을 흘린다고 이따금 생각합니다.

그리고 아무튼 우리에게는 [18~19세기 영국 소설가인] 제인 오스틴의 삶에 대한 기록들은 넘치도록 많습니다. [18~19세기 스코틀랜드 극작가인] 조애너 베일리의 비극이 [19세기 미국 작가인] 에드거 앨런 포의 시에 미친 영향은 두 번 생각해 볼 필요가 없을 만치 확실해 보입니다. [18~19세기 극작가이자 시인인] 메리 러셀 밋퍼드가 살던 집들과 즐겨 가던 곳들이 적어도 한 세기 동안 대중에게 공개되지 않았다 한들 저라면 개념치 않을 것입니다. 하지만 애석하게도(또다시 서가들을 눈으로 훑으며 나는 생각을 이어 갔습니다) 17세기와 그 이전에 살았던 여자들에 대해서는 아무것도 알려진 바가 없어. 마음속에서 이리 저리 뒤집어 보며 곱씹을 만한 본보기가 없어. (이 지점에서 나는 질문을 던지지 않을 수 없었습니다.) 엘리자베스 여왕 시대에는 왜 여자들이 시를 쓰지 않았을까? 그들이 어떤 교육을 받았는지, 글쓰기를 배우기나 했는지, 그들만의 응접실은 있었는지, 얼마나 많은 여자가 스물한 살이 되기 전에 출산을 했는지, 그리고 요컨대 아침 8시부터 저녁 8시까지 무엇을 하며 살았는지 제대로 파악할 도리가 없습니다. 그들에게는 돈이 없었음이 분명하고, 트리벨리언 교수에 따르면 좋든 싫든 보모의 손길을 벗어날 즈음, 아마도 열다섯이나 열여섯의 나이에 결혼을 했을 것입니다.

이것만 보더라도 그들 중 한 명이 갑자기 셰익스피어의 희곡을 썼다면 무척이나 기이한 일이었을 것이라는 결론을 내리면서 나는 어느 늙은 신사를 떠올렸습니다. 지금은 죽었지만, 그 당시 주교였던 것으로 생각되는 그 사람은 어떤 여자라도 — 과거의, 현재의, 그리고 미래의 그 어떤 여자라도 — 셰익스피어의 천재성을 갖는 것은 불가능하다고 공언했지. 이 주제에 대해 그는 이 신문, 저 신문에 대고 떠들어 댔습니다. 그는 자신에게 답을 구한 어느 숙녀에게 고양이는 사실상 천국에 가지 못한다고 말하기도 했습니다. 그래도 고양이에게 일종의 영혼 같은 것은 있다고 덧붙이기는 했지만요. 그런데 노신사들이 얼마나 많은 생각을 우리 대신 해 주었던지요! 그들이 접근할 때 무지의 경계선들이 어떻게 뒷걸음질하며 물러났던지요! 여러분, 고양이는 천국에 가지 못한답니다. 여자는 셰익스피어처럼 [위대한] 희곡을 쓸 수 없답니다.

그럼에도 나는 서가에 꽂힌 셰익스피어의 작품들을 바라보면서 적어도 이 부분에 있어서만큼은, 즉 셰익스피어의 시대에 그 어떤 여자라도 셰익스피어처럼 희곡을 쓰는 것이 완전히 그리고 전적으로 불가능했을 것이라는 점에 있어서만큼은 그 주교가 옳았다는 생각을 떨쳐 버릴 수 없었습니다. 사실들이란 손에 넣기가 무척이나 어려우므로 셰익스피어에게 놀라운 재능을 타고난 (가령 주디스[39]라고 불리는) 누이가 있었다면 어떻게 되었을지 한번 상상해 보자. 셰익스피어 자신은 — 어머니가 큰 재산을 상속받은 덕에 — [우수 학생들이 다니는 중등학교인] 그래머 스쿨에 다녔을 것이 거의 확실하고 그곳에서 오비디우스, 베르길리우스, 호라티우스를 공부하며 라틴어를 익히고 문법과 논리학을 공부했을 거야. 널리 알려진 바에 따르면 그는 개구쟁이였습니다. 그러니까 토끼를 밀렵하고 아마도 사슴을 사냥하기도 했을 것입니다. 그리고 결혼 적령기에 채 이르기도 전에 이웃에 사는 여자와 혼인하고, 자식도 응당 기대되는 것보다 빨리 보았겠지요. 그러한 무모한 행각의 결과, 그는 돈을 벌어야 했고 그래서 런던으로 떠나야 했습니다. 보아하니 연극이 취미에 맞는 것 같았고, 그는 무대 입구에서 말들을 지키는 일을 하며 연극의 세계에 첫발을 들여놓았습니다. 이내 그는 극장에서 일자리를 잡고 유명한 배우가 되어 우주의 중심에서 살면서 모든 사람을 만나고 모든 사람과 친분을 맺고 무대에서 기예를 펼쳐 보이고 길거리에서 위트를 뽐내며 여왕의 궁정에까지

---

39 이 책에서 주디스 셰익스피어는 대문호 셰익스피어의 가상의 누이로 등장하지만, 사실 셰익스피어에게는 성별이 서로 다른 이란성 쌍둥이 자녀가 있었는데 그중 딸의 이름이 주디스였다. 셰익스피어는 유언장에 딸에게 남긴 유산을 사위가 손대지 못하게 하는 조항을 두었다.

드나들게 됩니다.

한편 비범한 재능을 타고난 그의 누이는 집에만 머물렀다고 해 봅시다. 그녀도 셰익스피어만큼이나 모험심이 넘치고 상상력이 풍부하며 머릿속에는 세상을 향한 궁금증으로 가득 차 있었습니다. 그러나 학교에 다니지 못했습니다. 호라티우스나 베르길리우스를 접할 기회는커녕 문법이나 논리학을 배울 기회도 없었습니다. 그녀가 책을 한 권 집어 들고는, 아마 오빠의 것일 그 책을 채 몇 쪽 읽기도 전에 부모님이 들어와서 책이나 종이 나부랭이들에 정신 팔지 말고 양말이나 꿰매고 스튜나 제대로 끓이라고 말합니다. 부모님은 그 말을 따끔하면서도 부드럽게 했을 것입니다. 그들은 여자들이 처한 삶의 면면이 어떠했는지를 잘 아는 현실적 감각을 지닌 사람들인 동시에 딸을 사랑하는 부모였을 테니까요. 실로 주디스는 아버지에게 눈에 넣어도 안 아플 딸자식이었을 것입니다.

어쩌면 주디스는 사과를 저장하는 다락에 남몰래 올라가 종이 몇 장에 글을 끄적거렸을 수도 있습니다. 하지만 조심스럽게 숨기거나 불태워 버렸겠지요.

그런데 얼마 지나지 않아 스무 살이 되고, 그러자마자 부모님은 그녀를 이웃인 양모 중개상의 아들과 약혼을 시켜 버립니다. 주디스는 결혼하기 싫다고 울고불고 떼를 써 보지만, 그것 때문에 아버지에게 심하게 언어맞습니다. 구타 후에 아버지는 더 이상 딸을 꾸짖지 않습니다. 야단치는 대신 애원합니다. 아버지의 마음을 아프게 하지 말아 달라고, 결혼 문제로 아버지를 수치스럽게 하지 말아 달라고. 아버지는 딸에게 목걸이나 고운 페티코트를 선물로 주겠노라고 약속하는데, 그때 아버지의 눈에 눈물이 고입니다.

어떻게 아버지를 거역할 수 있을까요? 어떻게 아버지의 마음을 아프게 할 수 있을까요? 오직 재능의 힘만이 그것을 해냅니다. 주디스는 작은 짐 꾸러미를 싸고 어느 여름밤 밧줄을 타고 갇힌 방에서 내려와 런던으로 향하는 길에 오릅니다. 그녀는 [더 이상 가냘프고 의존적인] 열일곱 살 소녀가 아닙니다.

수풀에서 노래하는 새들도 그녀만큼은 음악적이지 못합니다. 말의 운율에 대한 그녀의 상상력은 더할 나위 없이 예리한데, 그것은 오빠와 견줄 만한 재능입니다. 오빠처럼 주디스도 연극이 적성에 맞습니다. 극장 입구에 서서 연극이 하고 싶다고 말합니다. 남자들이 주디스의 면전에 대고 웃음을 터뜨립니다. 뚱뚱하고 경망스러운 극장 지배인은 한바탕 껄껄거립니다. 그는 연기하는 여자는 춤추는 푸들 어쩌고 하면서 큰 소리로 지껄이고는 그 어떤 여자도 배우가 될 수 없다고 단언합니다. 그러고는 무언가를 넌지시 암시하는데, 그 무언가는 여러분이 충분히 상상할 만한 바로 그것입니다. 그녀는 재능을 계발할 어떤 훈련도 받지 못합니다. 선술집에서 제대로 된 한 끼의 식사라도 구할 수 있을까요? 한밤중에 길거리를 배회하게 될까요?

그럼에도 픽션에 대한 그녀의 재능은 남자와 여자의 인생을 살피고 그들의 길을 연구하며 풍부한 양분을 섭취하기를 갈구합니다. 마침내 —그녀가 매우 젊고, 묘하게도 시인 셰익스피어의 분위기가 밴 얼굴을 하고 있으며, 그와 똑같이 생긴 회색 눈과 둥근 이마를 가지고 있었던 까닭에 — 배우이자 극장 지배인인 닉 그린이라는 사람의 동정을 사게 되었습니다. 그녀는 그 신사의 아이를 배게 되어 — 여자의 몸 안에 갇히고 엉켜 버린 시인의 심장의 열기와 격정을 누가 측량이나 수 있겠습니까? ― 추운 겨울밤 스스로 목숨을 끊고 어느 교차로[40]에 묻히게 되는데, 오늘날 그곳은 엘리펀트 앤드 캐슬의 외곽으로서 버스들이 정차합니다.

만일 셰익스피어 시대에 셰익스피어의 천재성을 지닌 여자가 있었다면 그녀의 이야기는 대략 그렇게 전개되었을 것입니다. 그런데 나는 셰익스피어의 시대에 그 어떤 여자도 셰익스피어의 천재성을 지녔을 리 만무하다고 말한 (고인이 된) 그 주교와 ―그가 주교였던 것이 맞다고 칩시다 ― 의견을 같이합니다. 왜냐하면 셰익스피어의 것과 동등한 천재성은 노예처럼 노동하는 불학무식의 사람에게서는 발현되지 않기 때문입니다. 영국의 색슨족과 브리튼족에게서도 나타나지 않습니다. 오늘날의 노동 계층에서도 나올 수 없습니다. 사정이 그러할진대 하물며 트리벨리언 교수의 말에 따르면 성장기를 마치기도 전에 노동을 시작했던, 그것도 부모의 강요에 의해 노동으로 내몰렸고 법과 관습의 힘에 의해 노동에 붙들려 있던 여성의 경우는 오죽했겠습니까?

그럼에도 일종의 천재성이 여성들 가운데 존재했음이 분명하고, 마찬가지로 노동 계층에서도 존재했음이 틀림없습니다. 이따금 에밀리 브론테 같은 여성이, 그리고 로버트 번즈[41]와 같은 노동 계층의 사람이 등장하여 환하게 빛을 발하며 그 존재를 증명해 보이곤 합니다. 그러나 그러한 천재성은 결코 지면紙面에까지 이르는 법이

---

40 영국에서는 교수형을 당한 범법자와 자살자를 교차로에 묻는 관습이 있었다.
41 Robert Burns(1759~1796). 쟁기질하는 시인으로 알려진 스코틀랜드의 시인.

없었습니다.

하지만 물고문을 받는 마녀, 귀신 들린 여자, 약초를 파는 여성 주술사에 대하여 읽을 때면, 심지어는 (어머니에게서 태어났을) 매우 뛰어난 어떤 남자에 대해 읽을 때도 우리는 길 잃은 소설가, 억압받는 시인, 입이 봉해지고 수치를 당하는 제인 오스틴, 재능이 안겨 준 고난과 고뇌로 광인이 되어 황야에서 몸을 내동댕이쳐 머리를 부숴 버리거나 얼굴을 잔뜩 찌푸린 채 비통하게 대로를 어슬렁거리는 에밀리 브론테의 길을 추적하게 된다고 나는 생각합니다. 실제로 수많은 시를 지었으나 그것들을 노래하지 않은 많은 무명의 시인이 여자였을 것이라고 감히 추측해 봅니다. 그 [많은] 발라드와 민요를 지어낸 것은 여성으로서, 자녀들에게 흥얼흥얼 노래로 들려주거나 그 노래로 실잣기의 고단함을 잊거나 기나긴 겨울밤의 무료함을 달래었다는 취지의 말을 했던 사람은 에드워드 피츠제럴드가 아니었나 싶습니다.

셰익스피어의 누이 이야기를 곱씹는 가운데 나는 16세기에 위대한 재능을 타고난 여자라면 그 누구든 미쳐 버리거나, 스스로에게 총구를 겨누고 자결하거나, 반은 마녀로 반은 요술쟁이로 살면서 두려움과 조롱의 대상이 되어 마을 밖 외딴 오두막에서 생을 마감했을 것이라고 굳게 믿게 되었습니다. 그 생각은 맞을 수도 틀릴 수도 있겠지만 — 과연 누가 그것의 참과 거짓을 가늠할 수 있겠습니까? — 그 안에 어떤 진실이 담겨 있다고 생각합니다. 왜냐하면 재능이 뛰어난 여자아이가 자신의 재능을 시 쓰기를 통해 발휘하려고 시도하다가 타인으로 인해 좌절과 방해에 부딪히고, 상충하는 자신의 본능으로 인해 고통받고 갈기갈기 나뉘어 분열되면 종국에는 몸과 마음의 건강을 잃을 것이라는 점은 심리학에 조예가 얕은 사람일지라도 어느 정도 확신할 수 있을 것이기 때문입니다. 그 어떤 소녀도 스스로에게 폭력을 허락하고 고뇌로 몸부림치는 일 없이는 런던까지 걸어가서 무대 입구에서 서성대다가 배우이자 극장 지배인인 사람의 면전에 자신을 밀쳐 넣을 수는 없었을 것입니다. 그렇게 하는 것은 비이성적인 일이었을 테지만 — 왜냐하면 정조는 알 수 없는 이유로 인하여 특정 사회들이 고안해 낸 페티시일 수도 있으므로 —그럼에도 어쩔 수 없는 일이었을 것입니다. 정조란 당시에, 그리고 심지어 오늘날에도 여자의 일생에서 종교적 중요성을 띠며 신경과 본능에 돌돌 싸여 있어서 그 결박을 끊어 내고 대낮의 환한 빛 아래로 끌어내 놓으려면 극히 드문 큰 용기가 필요한 것입니다.

시인이거나 극작가인 여성에게 16세기 런던에서 자유로운 삶을 영위한다는 것은 자신을 죽음으로 내몰고도 남을 신경증적 스트레스와 딜레마를 의미했을 거야. 목숨을 부지한다고 하더라도 그녀가 집필하는 것은 그 무엇이든 잔뜩 긴장한 병적인 상상력의 소산인 탓에 왜곡되고 뒤틀리게 되었을 테지. 여성이 쓴 희곡이라곤 단 한 권도 꽂혀 있지 않은 서가를 바라보며 나는 생각했습니다. 의심의 여지없이 그녀의 작품은 저자의 서명조차 품지 못한 채 그녀의 품을 떠나갔겠지. 그렇게 하는 것은 그녀에게 도피처가 되어 주었을 것임이 분명해. 그것은 정조 관념의 유물이었고, 익명성을 여성에게 제공했으며, 19세기에조차 이런 관행은 계속되었습니다. 커러 벨[이라는 필명을 첫 작품에 사용한 샬럿 브론테], 조지 엘리엇[이라는 필명을 쓴 메리 앤 에번스], 조르주 상드[라는 필명을 쓴 아망틴 뤼실 오로르 뒤팽]. 이들 모두가 내적 투쟁의 희생자들이었음을 그들의 글이 증언해 주고, 그 사실은 남자의 이름이라는 베일로 가리려 해도 잘 가려지지 않았습니다. 남자 이름을 필명으로 사용함으로써 그들은 저쪽 성이 주입한 것까지는 아닐지라도 적극적으로 장려한 관습(남의 입에 입이 닳도록 오르내렸던 남자인 페리클레스는 여자로서 최고의 명예는 남의 입에 오르내리지 않는 것이라고 말했지요), 즉 여성이 널리 알려지는 것은 꼴불견이라는 관습에 경의를 표하고 말았습니다.

익명성이 그들의 핏속에 흐릅니다. 베일로 가리고 싶은 욕구가 여전히 그들을 사로잡고 있습니다. 여자들은 지금도 남자들과 달리 자신이 얼마나 유명한지 크게 마음 쓰지 않고, 일반적으로 무덤의 비석이나 안내판 앞을 지나갈 때 자신의 이름을 거기에 새겨 넣고 싶은 저항할 수 없는 충동도 느끼지 않는데 앨프, 버트, 채즈와 같은 남자들은 틀림없이 그렇게 하라는 본능의 충동질을 받을 테지. 그 본능은 곱상한 여자가 지나갈라치면, 아니 개 한 마리만 지나갈라쳐도 "저 개는 내 것이야"[42]라고 중얼거리지. 그리고 물론 그것은 개가 아니라(나는 [정치인과 군인의 동상이 즐비한] 의회 광장과 [베를린에 있는 승리의 거리인] 지게스 알레와 여러 다른 거리를 떠올리며 생각했습니다) 한 조각의 땅일 수도 있고 검은 곱슬머리를 한 남자일 수도 있어. 여성으로 태어나서 참 다행인 점 중 하나는 아주 예쁘장한 흑인 곁을 지나갈 때 그녀를 영국 여자로 만들고 싶다는 소원을 빌지 않는다는 것입니다.

그렇다면 16세기에 시를 쓰는 재능을 타고난 여자는 불행한 여자였고, 자신과 투쟁하는 여자였다고 말할 수 있어. 자신의 뇌에 든 것들을

---

42 블레즈 파스칼의 『팡세』에 나오는 다음 부분에서 가져온 말이다. "나의 것, 너의 것. 이 개는 내 것이야. 이 가난한 아이들이 말한다. 저기는 내 양지야. 이것이 온 세상 강탈의 시작이고 그 이미지이다."

자유롭게 풀어놓기 위해 지녀야 하는 마음의 상태에 도달하는 데 그녀의 모든 삶의 조건과 본능은 방해가 되었지. 그렇다면 창조의 행위에 가장 유리한 마음의 상태는 어떤 것일까? 그 특유의 활동을 촉진하고 가능케 하는 마음의 상태에 대한 개념을 파악해 낼 수는 있는 것일까? (이 지점에서 나는 셰익스피어의 비극을 담은 책 한 권을 펼쳤습니다.) 예컨대 『리어왕』이나 『안토니우스와 클레오파트라』를 집필할 때 셰익스피어의 마음은 어떤 상태였을까? 그것은 세상에 존재해 온 마음의 상태 중 가장 시 짓기에 적합한 마음의 상태였음이 분명해. 그러나 정작 셰익스피어는 자신의 마음의 상태에 대해서는 아무 말도 하지 않았지. 우리는 단지 셰익스피어가 "한 줄도 지운 적이 없다"는 사실을 어쩌다 우연히 발견하게 되었을 뿐이야. 18세기에 이르기 전에는 예술가들이 창작할 때 자신의 마음 상태가 어떤지에 대해 자신 입으로는 단 한마디도 하지 않은 것 같아. 아마도 그 시발주자는 [『고백록』을 쓴 장 자크] 루소였을 거야. 어찌 되었든 19세기쯤에 자의식의 발달로 제법 글깨나 쓴다는 남자들에게 자신의 마음 상태를 고백록이나 자서전의 형태로 서술하는 습관이 생겼습니다. 그들의 삶도 함께 기록되었고, 그런 기록들은 그들의 사후에 출간되었습니다. 그래서 우리가 비록 셰익스피어가 『리어왕』을 집필할 때 어떤 일을 겪었는지는 알 수 없지만, 칼라일이 『프랑스혁명』을 집필할 때 무슨 일을 겪었는지와 플로베르가 『보바리 부인』을 집필할 때 어떤 경험을 했는지, 키츠가 다가오는 죽음과 세상의 무관심에 대하여 시를 쓰려고 안간힘을 쓸 때 무엇을 겪었는지는 알 수 있는 것입니다.

그리고 고백과 자기 분석으로 이루어진 이 방대한 현대 문학을 놓고 보건대 천재적 작품의 집필은 거의 언제나 엄청난 역경의 업적이라고 생각하게 됩니다. 그것이 온전히 그리고 완전히 작가의 마음으로부터 나올 개연성은 매우 낮습니다. 대개 물리적 환경이 그 개연성에 맞서서 대항합니다. 개들이 짖습니다. 사람들이 끼어듭니다. 돈을 모아야 합니다. 건강이 쇠약해집니다. 더 나아가 이 모든 난관을 더욱 심화시키고 더욱 견디기 힘들게 하는 것이 있는데, 그것은 바로 고약한 세상의 무관심입니다. 세상은 사람들에게 시를 짓고 소설을 쓰고 지난 일을 기술할 것을 요구하지 않습니다. 세상은 그런 것들을 필요로 하지 않습니다. 플로베르가 적확한 단어를 찾아내는지 칼라일이 꼼꼼하게 사실들을 검증하는지 세상은 신경 쓰지 않습니다. 당연히 세상은 자신이 원하지 않는 것에는 돈을 지불하지 않습니다. 그래서 작가는 ─ 키츠와 플로베르와 칼라일은 ─ 고통받습니다. 창작의 고통은 특히 젊은 시절에 극에 달하는데, 온갖 형태의 것들이 마음을 산란하게 만들고 용기를 꺾어 버립니다. 저주와 고뇌의 울부짖음이 그러한 자기 분석과 고백의 책들로부터 솟고라집니다. "비참한 가운데 죽은 위대한 시인들"[43] ─그것은 그들의 노래에 지워진 짐입니다. 만일 그럼에도 이 모든 역경을 헤치고 무언가가 나온다면 그것은 기적입니다. 아마도 그 어떤 책도 원래 구상된대로 온전하고 흠 없이 태어나지는 못할 것입니다.

텅 빈 서가들을 살피면서 나는 생각했습니다. 그런데 여자들에게는 이런 고초들이 더더욱 감내하기 어렵게 무한히 가중되었지. 우선 19세기 초까지만 해도 조용하거나 방음이 되는 방은 말할 것도 없고 자기만의 방을 갖는 것은 부모가 이례적으로 부자라든지 대단한 귀족이 아니

---

43 윌리엄 워즈워스의 『결단과 독립Resolution and Independence』에서 인용한 구절이다.

고서야 가능한 일이 아니었어. 아버지가 선심 쓰듯 손에 쥐어 주는 푼돈으로는 몸에 걸칠 옷을 사고 나면 남는 게 없었습니다. 그래서 가난한 남자들이었던 키츠나 테니슨이나 칼라일조차 누릴 수 있었던 보도 여행과 프랑스로의 짧은 여행과 (비록 비루한 수준의 방이었다 하더라도 이것저것 요구하며 괴롭히는 가족으로부터의 안식처가 되는) 별도의 셋방이 안겨 주는 위안마저도 여자들에게는 허락되지 않았습니다.

물질적 어려움도 감당하기 어려웠지만 더 가혹한 것은 비물질적 시련이었습니다. 키츠와 플로베르를 비롯한 천재적 남성 작가들이 견디기 힘들어했던 것이 세상의 무관심이라면 천재적 여성 작가들의 경우에는 그 무관심이 적대감으로 대체되어 있었습니다. 세상은 남성 작가에게 말하듯이 ―"글을 쓰고 싶으면 써 봐. 난 상관치 않아."― 여성 작가에게 말하지 않았습니다. 세상은 그녀에게 상스럽게 껄껄대며 말했습니다. "글을 써? 네가 쓰는 글이 무슨 소용이 있겠니?"

이 부분에서 뉴넘과 거턴의 심리학자들이 도움이 될 수도 있겠어. (듬성듬성 비어 있는 서가들을 바라보며 나는 생각했습니다.) 확실히 예술가의 마음에 낙심이 미치는 영향을 측정할 때가 되었어. 어느 유제품 회사가 보통 우유와 A등급 우유가 쥐의 몸에 미치는 영향을 측정한 것을 본 적이 있습니다. 쥐 두 마리를 나란히 놓인 철창 우리에 넣었는데, 둘 중 한 마리는 작고 소심하며 몸을 웅크려 숨길 좋아했고 다른 한 마리는 윤기가 잘잘 흐르고 용감하고 몸집이 컸다고 했습니다. 그렇다면 우리는 어떤 음식을 여성 예술가들에게 먹여야 할까? 나는 이런 질문을 던지면서 말린 서양 자두와 커스터드로 구성되었던 일전의 저녁 식사를 떠올렸던 것 같습니다. 그 질문에 답하기 위해 내가 해야 할 일이라고는 석간신문을 펼쳐 들고 버컨헤드 경이 어떤 의견을 가졌는지를 살펴보기만 하면 될 일이었습니다만, 여기서 여성의 글쓰기에 대한 버컨헤드 경의 의견을 고스란히 옮겨 놓는 수고를 하지는 않겠습니다. 잉 주임 사제의 말도 평화롭게 제쳐 두고자 합니다. 할리 스트리트의 그 잘난 전문의가 큰 목소리로 거리에 메아리를 일으켜도 내 머리에서 머리털 한 올도 쭈뼛 올려세우지 못할 것입니다.

하지만 나는 오스카 브라우닝 씨만큼은 인용하려 합니다. 왜냐하면 오스카 브라우닝 씨는 한때 케임브리지에서 대단한 인물이었고, 거턴과 뉴넘에서 학생들에게 시험 문제를 내던 사람이었으니까요. 오스카 브라우닝 씨가 입버릇처럼 천명하던 말이 있습니다. "어떤 답안지 뭉치이건 검토를 마칠 때마다 마음에 남는 인상은 매기게 될 점수와 무관하게 여성이 제아무리 잘나도 제일 못난 남성보다는 지적으로 열등하다는 것이다." 그 말을 한 뒤 브라우닝 씨는 거처로 돌아갔는데 — 이 뒷부분은 그에게 사랑스러움과 어느 정도의 품격과 함께 인간적 면모를 부여합니다 — 그는 거기에서 소파에 널브러져 있는 마구간지기 소년을 보았습니다. "그 소년은 바싹 마른 게 해골 같았고, 휑뎅그렁한 두 볼은 누렇게 떴고, 치아는 검게 변색했으며, 사지는 제대로 기능하지 않는 것으로 보였습니다……. '그의 이름은 아서입니다'라고 브라우닝 씨가 말했습니다. '그는 정말로 그리고 한없이 고결한 마음을 가진 사랑스러운 녀석입니다.'" 이 두 그림은 내 안에서 언제나 서로를 보완해 줍니다. 그리고 이 위인전을 비롯한 전기의 시대에 두 그림은 종종 서로를 행복하게 완성해 주어서 위대한 남자들의 의견을 우리가 해석할 때 그들의 [어처구니 없는] 말만 보는 것이 아니라 그들의 [너그러운] 행실에도 주목하게 합니다.

그런데 지금이야 이런 해석이 가능하지만, 50년 전만 해도 중요한 사람들의 입에서 나오는 그러한 의견들은 [말 그대로 해석되면서] 무시무시한 효과를 냈을 것입니다. 여기에 한 아버지가 있다고 가정해 봅시다. 그는 집을 떠나 작가가 되겠다는 딸을 선량하기 짝이 없는 의도로 만류합니다. 그 아버지는 "오스카 브라우닝 씨가 하는 말에 귀 기울여 보렴"이라고 말하겠지요. 그리고 거기에는 오스카 브라우닝 씨만 있었던 게 아닙니다. 『새터데이 리뷰』라는 신문도 있었고, [19세기 칼럼니스트인 윌리엄 래스본] 그레그 씨도 있었습니다. 그는 [「왜 여성은 불필요한가?」라는 에세이에서] "여성 존재의 본질은 **남자에게 의존하고 남자에게 봉사하는 데 있다**"라고 힘주어 말했지요. 거기에는 그 어떤 지적인 것도 여성에게는 기대할 수 없다는 취지의 거대한 집단적 의견이 떡 버티고 있습니다. 설사 아버지가 그런 의견들을 소리 내어 읽어 주지 않았다 하더라도 여자아이들 스스로 읽을 수 있었을 테고, 지금으로부터 오래지 않은 19세기였지만 그런 의견들을 읽는 것만으로도 생명력이 갉아 먹히고 창작 활동에 심대한 영향을 받았을 것입니다. 언제나 저항해야 할, 극복해야 할 —"너는 이것을 할 수 없어", "너는 그것을 할 능력이 안 돼"와 같은 — 의견이 있었을 겁니다.

오늘날에는 아마도 이 병균이 소설가에게는 더 이상 맥을 출 수 없을 것입니다. 왜냐하면 걸출한 여성 소설가들이 배출되었으니까요. 그러나 화가에게는 여전히 어떤 얼얼함을 안겨 주고 있음이 분명하고, 음악가에게는 오히려 과거보다 더 왕성한 활동력으로 최고치의 독성을 발휘하고 있는 것으로 보입니다. 오늘날의 여성 작곡가는 셰익스피어 시대에 여자 배우가 섰던 자리에 서 있습니다. 닉 그린은 말했지. (셰익스피어 누이의 이야기를 떠올리며 나는 생각했습니다.) "연기하는 여자를 생각하면 춤추는 개가 연상된다"라고. 존슨은 200년 후에 설교하는 여성에 대해 그 구절을 반복했고. 그리고 여기서 이 은혜로운 해에, 바로 1928년에 (나는 음악에 관한 책을 펼치며 말했습니다.) 작곡을 시도하는 여자들에 대해 누군가가 똑같은 말을 쓰고 있지. "[프랑스의 여성 피아니스트이자 작곡가인] 제르맹 타유페르에 대해서는 존슨 박사가 여성 설교자에 대해 일갈한 금언을 단지 용어만 음악 용어로 바꾸어 반복하면 돼. '선생님, 여성이 작곡하는 것은 개가 서서 뒷다리로 걷는 것과 같습니다. 제대로 될 리 만무하지만 되긴 된다는 사실에 놀라게 되지요'"[44]라고. 역사의 자기 반복이 보이는 엄밀함이란!

오스카 브라우닝 씨의 전기를 덮고 나머지 책들을 밀어내어 치우면서 나는 결론을 내렸습니다. 그러니까 19세기가 되도록 여자가 예술가가 되는 것은 권장되지 않았음이 꽤 명확해. 예술가가 되라고 격려받기는커녕 업신여김을 받고 손찌검을 당하고 잔소리를 듣고 꾸지람을 들었지. 이것에 대항하고 저것을 반박하느라 마음은 졸아들어 가고 생명력은 좀 먹어들어 갔을 것이 분명해.

여기서 또다시 우리는 매우 흥미롭고도 불명료한 남성적 콤플

---

44 세실 그레이Cecil Gray, 『현대 음악 연구A Survey of Contemporary Music』
   (1924).(원주)

렉스의 영역 안으로 발을 들여놓게 됩니다. 그 콤플렉스는 여성 운동에 지대한 영향을 미쳐 온 욕구로서 마음 깊숙이 자리 잡은 이 욕구의 깊이로 말하자면 여성이 열등해야 한다는 욕구보다 남성이 월등해야 한다는 욕구가 훨씬 더 깊습니다. 그 욕구는 눈길이 닿는 곳마다 남성을 심어 놓아서 예술뿐만 아니라 정치로 향하는 길까지 막아서도록 합니다. 그것은 남성 자신이 져야 하는 위험 부담이 아주 적더라도, 탄원자들의 자세가 겸손하고 헌신적이어도 마찬가지입니다. 심지어는 [귀족 사회의 주요 인물이었던] 베스버러 부인조차(그녀를 떠올릴 때 그녀의 정치적 열정 또한 함께 떠올랐습니다) 스스로를 겸허히 낮추고 그랜빌 레버슨 가워 경에게 보내는 편지에 이렇게 쓸 수밖에 없었지. "정치에 관한 나의 모든 과격함과 정치라는 주제에 대해 내가 쏟아 낸 많은 말에도 불구하고, 나는 그 어떤 여자도 정치나 여타 진지한 사안에 대하여는 상대방이 의견을 구할 때만 의견을 제시해야 하고, 그런 경우가 아니라면 주제넘게 나서면 안 된다는 경의 생각에 전적으로 공감합니다." 그러고는 그녀는 자신의 열정을 어떤 종류의 장애도 만나지 않을 곳에 쏟아붓습니다. 즉 그랜빌 경이 하원에서 행할 첫 연설이라는 대단히 중요한 주제에 대해 이야기하기 시작하지요.

정말 이상한 광경이야. 여성 해방에 대한 남성 저항의 역사는 아마도 여성 해방 그 자체의 이야기보다 더 흥미로울 것 같아. 거턴이나 뉴넘의 어떤 젊은 학생이 사례를 수집하고 그것들을 바탕으로 이론을 추론해 낸다면 재미있는 책이 나올 것 같아. 그렇지만 그녀는 두 손에 두꺼운 장갑을 끼고, 자신을 보호할 든든한 순금 막대기가 여럿 필요할 거야.

그런데 지금은 웃음거리에 불과한 것이 한때는 몹시 진지하게 받아들여질 수밖에 없었지. 베스버러 부인의 서신이 담긴 책을 덮으며 나는 생각했습니다. 지금은 내가 여름밤이 무르익을 때 선별된 청중에게 들려주기 위하여 [수탉의 시끄러운 울음소리인] '꼬끼오'라는 라벨이 달린 책에 풀로 붙여 넣어 놓은 견해들이 한때는 여성들의 눈물을 쏙 빼놓았었다고 나는 장담할 수 있습니다. 여러분의 할머니와 증조할머니 가운데에도 많은 분이 두 눈이 퉁퉁 붓도록 울었을 것입니다. 플로렌스 나이팅게일조차 고뇌에 찬 비명을 질렀지요.[45]

더군다나 대학에 입학하고 이곳에서 자기만의 응접실 — 아니 단독적인 응접실이 아닌 침실 겸용 응접실에 불과하던가요? — 이라는 편의를 누리는 여러분이, 천재라면 그런 견해들에 아랑곳하지 말아야 한다든지 천재에 대해 이러쿵저러쿵 사람들이 하는 말에 대해서 초연해야 한다고 한마디 거든다면 그것은 아주 잘하는 일일 것입니다. 그러나 안타깝게도 천재성을 지닌 바로 그 남자들과 여자들이야말로 천재에 대해 사람들이 하는 말에 가장 크게 신경을 쓰는 사람들입니다. 키츠를 떠올려 보십시오. 그가 자신의 묘비에 새겨 달라고 부탁했던 글귀를 상기해 보십시오.[46] 그리고 테니슨을 생각해 보십시오. 그러나 나는 예술가는 본질적으로 자신에 대해 남들이 하는 말에 과도하게 예민한 반응을 한다는 부인할 수 없는, 그러나 어쩌면 우리에게는 참으로 다행스러운 사실에 관한 사례를 더 많이 늘어놓을 필요를 거의 느끼지 않습니다. 문학에는 타인의 견해

45 R. 스트레이치R. Strachey의 『대의The Cause』에 수록된 플로렌스 나이팅게일의 에세이 「카산드라」를 참조.(원주)
46 로마로 여행 갔다가 그곳에서 1821년 2월 스물다섯 살의 젊은 나이로 사망한 키츠는 친구에게 자신의 이름이 묘비에 적히길 원치 않는다고 하면서 "이곳에 누운 자, 그 이름 물에 적혔노라"라고만 새겨지길 바랐다.

에 비이성적이리만치 마음을 썼던 남자들의 잔해가 흩뿌려져 있습니다.

나의 생각은 본래의 물음인 '창작에 가장 적합한 마음 상태란 어떤 것인가?'로 다시 돌아갔습니다. 그들의 이러한 감수성이 이중적으로 불행인 이유는 예술가의 마음에 내재하는 예술 작품을 완전하고 온전히 해방시켜 내놓으려면 엄청난 노력을 기울이며 하얗게 불타올라야, 그것도 셰익스피어의 마음처럼 작열하여야 하기 때문이야. 나는 『안토니우스와 클레오파트라』가 펼쳐져 있는 것을 바라보면서 추론해 보았습니다.

왜냐하면 비록 우리가 셰익스피어의 마음 상태에 대해 아는 것이 전무하다고들 말하지만, 그 말을 할 때 우리는 결국 셰익스피어의 마음 상태에 관하여 한마디 하는 셈이기 때문입니다. 우리가 ― 존 던이나 벤 존슨이나 밀턴에 비해서 ― 셰익스피어에 대해 아는 바가 별로 없는 이유는 그의 불만과 앙심과 반감이 보이지 않도록 잘 숨겨져 있기 때문인지도 모릅니다. [셰익스피어의 글을 읽을 때는] 일종의 계시 같은 것이 찾아와 작가 자신에 관하여 무엇인가를 알려 주며 우리의 발목을 잡는 일이 없습니다. 항변하고 설교하고 피해를 공표하고 보복하고 어떤 고초나 원한에 대하여 세상을 증인으로 세우려는 그 모든 욕구는 불붙은 채 밖으로 내던져지고 전소되었습니다. 그리하여 셰익스피어의 시는 아무런 방해도 받지 않은 채 자유로이 흘러나올 수 있습니다. 일찍이 내면의 작품을 종이 위에 완전히 구현해 낸 사람이 있었다면 그것은 바로 셰익스피어야. (책장을 향해 몸을 돌리며 나는 생각했습니다.) 일찍이 아무런 방해도 받지 않고 하얗게 불타오른 마음이 있었다면 그것은 셰익스피어의 마음이야.

4장

　　그런 마음 상태를 지녔던 여인을 16세기에 찾아볼 수 있었을 까요? 그것은 명백히 불가능한 일이었습니다. 당시에는 그 어떤 여자도 시를 쓸 수 없었을 것임을 깨닫는 데는 큰 노력이 필요치 않습니다. 남겨진 아이들이 두 손을 깍지 끼고 무릎을 꿇고 있는 엘리자베스 여왕 시대의 묘비들과 젊은 나이에 맞이해야 했던 죽음을 머릿속에 그려 보는 것만으로도, 그리고 어둡고 비좁은 방이 있는 그들의 집을 바라보는 것만으로 충분합니다. 그나마 희망적인 것이 있다면, 세월이 다소 흐른 뒤에 어느 지체 높은 숙녀분이 남들보다 넉넉하게 누리던 자유와 안락을 이용하여 자신의 이름을 내걸고 글을 발표하면서 괴물이라고 손가락질 받는 위험을 무릅쓰는 일을 벌인다는 것이야. 물론 남자들이 고상이나 떠는 속물인 건 아니지. (리베카 웨스트의 '꼴통 같은 페미니즘'과 조심스럽게 거리를 두면서 나는 생각을 이어 갔습니다.) 그러나 남자들은 어느 백작 부인이 시를 쓰려고 애쓸 때 [그 앞에서는] 동정 어린 마음으로 노력을 치하하곤 했지. 그나마 작위가 있는 귀부인이라면 알아주는 이 없던 오스틴이나 브론테 같은 여인들보다는 훨씬 더 많은 격려를 받았을 것이라고 짐작해 볼 수 있어. 그러나 귀부인의 마음이 불순물 같은 공포와 증오라는 감정의 격류에 휘말리고 그 격류의 찌꺼기가 그녀의 시에 흔적을 남겼으리라는 것 또한 추측해 볼 수 있지. 예를 들자면 윈칠시 부인[47]이 있지. 나는 높은 곳에 꽂힌 그녀의 시집을 집어 내리며 생각했습니다.

그녀는 1661년에 태어났고 친정과 시댁 모두가 귀족 집안이었습니다. 아이가 없었고, 시를 썼습니다. 그런데 우리는 그녀의 시집을 펼쳐보는 것만으로도 여성의 지위에 대해 분기탱천해 있는 그녀를 만나 볼 수 있습니다.

어찌나 영락했는지, 우리는!
오판된 규칙들에 발목 잡힌 채,
타고나기보다는 길러진 바보들.
마음의 진보를 향한 모든 길이 가로막힌 채
맹하도록, 빤하도록, 놀아나도록 키워졌지.
그리고 더 뜨거운 꿈과 더 억눌린 야망으로
남들보다 더 높이 날아오를라치면
어김없이 등장하는 강력한 반대파에 부딪히고
여지없이 그 공포에 날아오를 희망이 꺾여 버린다.

---

47 앤 핀치Anne Finch, 윈칠시 백작 부인(1661~1720). 영국의 시인이자 조신朝臣으로, 작품을 통해 시인으로서 존경받지 못하는 여성의 현실을 개탄했다. 생전에 한 권의 시집이 발간되었지만, 20세기 초에 시집을 통해 널리 세상에 이름을 알렸다.

그녀의 마음은 "모든 방해물을 전소시키며 하얗게 작열"하지 않았음이 분명합니다. 그녀의 마음은 오히려 미움과 원망으로 고통받고 갈피갈피 분열되었습니다. 그녀에게 있어서 인류는 두 개의 당파로 갈라져 있었습니다. 남자들은 반대파였습니다. 남자들은 미움과 두려움의 대상이었습니다. 왜냐하면 그녀가 하고 싶은 일인 시 쓰기를 가로막는 힘이 그들에게 있었기 때문입니다.

> 아아! 감히 펜을 쥐는 여자라니,[48]
> 주제넘은 생명체 같으니라고,
> 그 잘못, 그 어떤 미덕으로도 덮을 수 없구나.
> 그들은 말하지, 우리의 성과 우리의 길에 대해
> 우리가 오판하고 있다고.
> 훌륭한 가정교육, 패션, 댄스, 치장, 유희야말로
> 우리가 갈구할 소양이라고.
> 쓰거나 읽거나 생각하거나 물음을 던지는 일은
> 우리의 아름다움을 가리고 우리의 시간을 고갈시키며,
> 꽃다운 우리 청춘의 정복자들을 방해할 뿐이라고.
> 한편 노예의 집의 따분한 관리야말로
> 어떤 자들에 따르면, 우리의 최고의 기예이자 소용이라지.

48 이다음에는 원래 "남자의 권리를 짓밟는 침해자"라는 시행이 있으나 울프가 생략했다.

실로 그녀는 자신이 쓰는 글이 결코 출간되지 않을 것이라고 전제하면서도 글을 쓰기 위해 스스로를 독려해야 했고, 이런 슬픈 노래로 자신을 달래야 했습니다.

> 너의 비애를 노래하라, 손꼽도록 적은 벗들에게.
> 월계수 수풀들은 너의 운명이 아니라고.
> 너의 그늘 어둠은 차고, 거기서 너 만족하라.

그렇지만 그녀가 마음에서 증오와 공포를 몰아내고 쓰라림과 한을 차곡차곡 쌓는 일을 피할 수 있었더라면 내면의 불길이 뜨겁게 타오를 수 있었을 것입니다. 이따금 내면의 순수한 시심으로부터 영롱한 시어들이 흘러나옵니다.

> 빛바래져 가는 비단으로는 짓지 않으리,
> 어렴풋이라도 그 비길 데 없는 장미를.

이 시어들은 머리 씨[49]에게서 받아 마땅한 찬사를 받았습니다. 그리고 알렉산더 포프는 그녀의 다른 시구들을 기억해 두었다가 자기 시에 도용했다고 여겨지고 있습니다.

> 바야흐로 노란 수선화가 미력한 두뇌를 사로잡자

---

[49] 1928년 발간된 윈칠시 부인의 시집에 영국의 평론가 존 미들턴 머리가 머리말을 썼다.

우리는 향기롭고 미려한 고뇌로 실신한다.

이렇게 글을 훌륭하게 쓸 수 있는 여자가, 자연과 사색에 어울리는 마음을 지녔던 여자가, 어찌할 수 없는 분노와 쓰라림을 겪을 수밖에 없었다는 사실은 유감천만인 일입니다. 그런데 그녀에게 과연 어찌해 볼 수 있는 일이란 것이 있었을까? 나는 질문하며 그 모든 비아냥거림과 폭소, 아첨꾼들의 입에 발린 칭찬, 직업 시인의 회의적 시각을 상상해 보았습니다.

시골 저택의 어느 방에 처박혀서 글을 쓸 때 그녀의 마음은 쓰라림으로(그리고 어쩌면 양심의 가책으로) 갈기갈기 찢겼을 것임에 틀림없습니다. 남편이 한없이 자상했다고 한들, 결혼 생활이 완벽했다고 한들 무슨 소용이 있었을까요? 내가 [그녀가 '그랬다'고 단언하지 않고] 그녀가 '그랬을 것임에 틀림없다'고 말하는 데는 다 이유가 있습니다. 늘 그렇듯이 나는 윈칠시 부인에 대해서도 사실 관계들을 파악해 보려 했습니다. 그런데 그녀에 관한 정보는 거의 전무했습니다. 다만 그녀가 울적한 감정에 끔찍하게 시달렸다는 것만큼은 알 수 있습니다. 그 사실은 울적함의 손아귀 안에서 즐겨 하던 상상을 들려주는 그녀의 목소리가 어느 정도 설명해 줍니다.

나의 시를 꾸짖고, 나의 업을 나무라기를,
쓸데없는 어리석음 혹은 건방진 짓이라 하네.

그렇게 비난을 받았지만 그 업이란 것은 내가 아는 한도 내에서 판단하건대 들판을 거닐며 꿈을 꾸는 일이었고, 그것은 아무런 폐도 끼치지 않는 일이었습니다.

> 나의 손은 색다른 것을 기쁜 마음으로 뒤좇고,
> 나의 발은 다들 걷는 길로부터 벗어난다.
> 빛바래져 가는 비단으로는 짓지 않으리,
> 어렴풋이라도 그 비길 데 없는 장미를.

그것이 그녀의 습관이었고 즐거움이었다면 그녀가 기대할 수 있는 것이 빈정거림뿐이었음은 너무도 당연합니다. 실제 포프나 [시인이자 극작가였던 존] 게이는 그녀를 "끼적거리고 싶어서 안달이 난 블루스타킹"[50]이라고 비꼬았습니다. 한편 그녀는 게이를 조롱하여 그의 부아를 돋우었다고 합니다. 그녀는 게이의 장시長詩 『트리비아』를 보면, "그는 가마를 타기보다는 가마 앞에서 걷는 게 더 어울리는 사람"이라는 것을 알 수 있다고 말했다고 합니다. 그러나 머리 씨는 "이 모든 전승이 신빙성 없는 뒷담화"에 불과하고 "흥미를 끌 만한 것이 못 된다"라고 말합니다. 그런데 나는 생각이 다릅니다. 나 같으면[그녀의 시집을 위해 머리말을 쓰는 입장에 놓인다면] 신빙성이 떨어지는 뒷담화라 할지라도 더 많았으면 하고 바랐을 테니까요. 그래야만 들판 배회하기를 즐기고 독특한 것들에 대해 생각하기 좋아하고 너무 경솔하고 분별없이 "노예의 집의 따분한 관리"를 경멸했던 이

---

50 17세기 후반 격식에 따라 검은 실크 스타킹이 아닌 파란색 소모사 스타킹을 신은 남자를 일컫는 말이었으나 18세기에 블루 스타킹스 소사이어티Blue Stockings Society의 회원을 가리키는 말로 쓰이다가 점차 교육받은 지성인 여성을 비꼬아 지칭하는 말이 되었다.

우울한 숙녀분의 이미지를 더 명확히 밝혀내거나 지어낼 수 있었을 테니까요.

그런데 머리 씨는 그녀가 허파에 바람이 들고 넋이 나가기 시작했다고 말합니다. 그녀의 재능은 온통 잡초에 둘러싸인 채 자라났고 무성한 찔레 덤불과 얽혀 있습니다. 그녀의 재능은 섬세하고 탁월한 본래의 모습을 있는 그대로 발현할 기회를 놓쳐 버리고 맙니다.

그리하여 시집을 도로 서가에 꽂으며 나는 또 다른 위대한 여성에게 눈길을 돌렸습니다. 그 귀부인은 뉴캐슬 공작 부인으로서 찰스 램의 사랑을 받았고, 무모함과 상상력이 흘러넘쳤습니다.[51] 그는 윈칠시 부인보다 연배는 높지만 그 둘은 얼추 비슷한 시대를 살아갔습니다. 이 둘은 서로 매우 다르면서도 몇 가지 공통점을 지녔습니다. 둘 다 귀족이었고 자녀가 없었으며, 최고의 신랑감과 결혼했습니다. 두 사람 모두 시를 향해 똑같이 뜨거운 열정을 불태웠고, 두 사람 모두 동일한 사유로 인하여 망가지고 어그러졌습니다.

뉴캐슬 공작 부인의 책을 펼치니 동일한 분노의 폭발음이 귀에 쟁쟁하게 들립니다. "여자는 박쥐나 올빼미처럼 살고 짐승처럼 일하다가 지렁이처럼 죽는다……." 공작 부인 역시 시인이었을지도 모릅니다. 우리 시대라면 그 모든 활동이 운명의 물레라는 것을 돌려놓았을 것입니다. [그 시대에] 무엇이 있어서, 가르침으로 다듬어지

---

51 버지니아 울프는 『보통의 독자』에서 뉴캐슬 공작 부인(마거릿 캐번디시)에 대해 화려한 옷차림, 괴이한 습관, 정숙한 처신, 거친 언변 등을 통해 위대한 사람들의 조롱과 학자들의 찬사를 받는 데 성공했다고 서술한다.

지 않은 흘러넘치는 그 야성적 지성을 인류에게 소용이 되는 방향으로 묶어 매거나 길들이거나 교화하는 게 가능했겠습니까? 그 지성은 운율과 산문의 급류와 시와 철학의 격류로 두서없이 쏟아져 나오며 마구 엉겨 붙어서 아무도 결코 읽지 않는 4절판과 2절판의 책들을 이루었습니다. 그녀의 손에 현미경을 쥐여 주어야 했는데, 그녀는 별을 바라보고 과학적으로 추론하는 법을 배워야 했는데. 그녀의 재기는 고독과 방종과 함께 변질되어 갔습니다. 그 누구의 제지도 없었습니다. 그 누구의 가르침도 받지 않았습니다. 교수들은 그녀 앞에서는 입에 발린 말을 늘어놓으면서도 궁정에 들어가서는 그녀를 조롱하는 말을 했습니다. 에저턴 브리지스 경은 [그녀의 말이] "궁정에서 자라난 지체 높으신 귀부인으로부터 흘러나온 것"치고는 거칠다고 비난했습니다. 그녀는 웰벡[수녀원]에 틀어박혀 버렸습니다.

　　마거릿 캐번디시를 생각할 때 마음에 떠오르는 심상은 어찌나 외롭고 맹렬하던지! 그 심상은 마치 거대한 오이 넝쿨이 정원의 모든 장미와 카네이션 위로 뻗어 가며 그 꽃들을 목 졸라 죽이는 형상을 하고 있었습니다. 얼마나 큰 낭비인지, "최상의 양육을 받은 여성이 최고로 계몽된 마음을 지닌 여성이다"라고도 썼던 이 여인이 어두움과 우매함의 깊음 속으로 더욱 아득히 뛰어들어 허튼소리를 끄적이는 데 시간을 허비한 것. 얼마나 그랬길래 그녀가 모습을 집 밖으로 드러낼 때면 마차 주변으로 구름처럼 사람들이 모여들었을까! 이 얼빠진 공작 부인은 머리 좋은 소녀들을 겁에 질리게 하는 요물이 되어 갔음이 분명해. 여기 어딘가에 도러시 오즈번이 공작 부인의 신작에 대해 템플에게 보낸 편지가 있었는데. 나는 공작 부인의 책을 치우고 도러시 오즈번의 서신 모음집을 펼치면서 기억을 더듬었습니다. "그 불쌍한 여인네는 살짝 얼이 빠졌음이 분명합니다. [여자가] 언감생심 어디 책을, 그것도 운문을 쓰겠다고 나서다니요. 그렇게 나서지 않았더라면 그토록 우스꽝스러워지지는 않았을 텐데요. 저라면 열나흘을 못 잔다고 해도 그런 상태까지는 가지 않을 것입니다."

분별력 있고 음전한 여자가 책을 쓰는 일은 있을 수 없는 일이었기에, 공작 부인과는 기질상 정반대인 예민하고 우울한 도러시는 아무 글도 쓰지 않았습니다. 단 편지만은 예외였습니다. 여자는 죽어 가는 아버지의 침상을 지키며 그 곁에서 편지를 썼는지도 몰라. 남자들끼리 이야기를 나눌 때 그들을 방해하지 않으면서 불가에 앉아서 편지를 썼을 수도 있겠지. 참 놀라운 재능이야. 도러시의 서신 모음집의 책장을 하나둘 넘기며 나는 생각했습니다. 이 배운 것 없는 외톨이 아가씨가 문장을 이렇게 잘 구성하고 장면 장면을 이렇게 잘 그려 내다니 참 기가 막혀. 그녀가 숨도 쉬지 않고 재잘거리는 이야기에 한번 귀 기울여 보십시오.

성찬을 즐긴 후 우리는 앉아서 이야기를 나눕니다. 그러다가 B 씨가 화제로 떠오르자 저는 자리를 뜹니다. 한낮의 열기가 한창일 때는 글을 읽거나 일하고, 예닐곱 시쯤 되었을 때 집 바로 옆에 펼쳐진 들판으로 걸어 나가는데, 거기에는 젊은 처자들 여럿이 양과 소를 치면서 그늘에 앉아 발라드를 부르고 있습니다. 저는 그들에게 다가갑니다. 그들의 목소리와 아름다움을 책에서 읽었던 까마득한 옛날 양치기 소녀들의 것과 비교하고는 엄청난 차이를 발견하지요. 그러나 저는 진심으로 이들이 그들만큼이나 순수하다고 생각해요. 저는 그들에게 말을 겁니다. 그러고는 깨달아요. 그들이 이 세상에서 가장 행복한 사람들이 되기 위해 필요한 것은 아무것도 없다는 사실을요. 단지 그들이 그것을 모를 뿐. 보통 우리가 이야기를 한창 나누고 있을 때 한 명이 주변을 둘러보다가 자기 집 소들이 옥수수밭으로 들어가는 것을 발견하기라도 할라치면 모두 내달리는 겁니다. 마치 발꿈치에 날개라도 달린 것처럼요. 저는 그렇게 날래지 못한 탓에 뒤처지게 되는데, 그들이 가축을 몰고 집으로 가는 것을 보면서 '나도 귀가할 시간이 되었구나'라는 생각을 하게 됩니다. 저녁을 먹고 나서 정원으로 가 그 곁으로 흐르는 시내로 나아가서 물가에 앉아 당신이 내 곁에 있었으면 하고 소원하며……

그녀에게는 작가의 소질이 있다고 장담할 만합니다. 그러나 그녀는 말했습니다. "저라면 열나흘을 못 잔다고 해도 그런 상태까지는 가지 않을 것입니다"라고요. 글쓰기에 굉장한 소질을 보인 여자라 할지라도 여자가 책을 쓰는 것은 우스꽝스럽다고, 심지어는 살짝 얼이 빠진 행동이라고 스스로 믿었다는 사실 앞에서 그 당시 글 쓰는 여자에 대한 반감이 얼마나 팽배했는지를 짐작해 볼 수 있습니다. 그리하여 우리는 벤[52]을 만나게 되지. 도러시 오즈번의 얄팍한 단행본으로 출간된 서간집을 서가에 도로 꽂아 넣으면서 나는 생각했습니다.

그리고 우리는 벤 부인과 함께 매우 중요한 길모퉁이를 돌게 됩니다. 그 모퉁이를 돌면서 우리는 자신들이 쓴 2절판 책들과 함께 자기만의 뜨락에 틀어박힌 채 읽어 줄 독자도 평가해 줄 비평가도

---

52 애프라 벤Aphra Behn(1640~1689). 영국 최초의 전업 여성 작가.

없이 오직 자신의 즐거움을 위하여 글을 쓴 고독하고도 위대한 귀부인들을 뒤로하게 됩니다. 이제 우리는 시내로 나와서 거리에서 보통 사람들과 어깨를 부대낍니다. 벤 부인은 유머, 활력, 용기라는 서민적 덕목을 두루두루 갖춘 중산층 여성이었는데, 남편의 죽음을 비롯한 불운한 일을 몇 번 겪으면서 먹고살기 위해 어쩔 수 없이 힘이 닿는 대로 이런저런 일을 하게 되었습니다. 그녀는 남자들과 대등하게 일해야 했습니다. 그녀는 악착같이 일해서 먹고살기에 충분한 수입을 올렸습니다. 이 사실은 매우 중요합니다. 그녀가 썼던 그 어떤 글도 — 심지어는 「천 명의 순교자를 내가 내었네」라든가 「사랑이 환상적 승리 가운데 좌정하고」와 같은 시들조차도 — 중요성 면에서 이 사실과 견줄 수 없습니다. 이 사실이야말로 마음의 자유가 시작되는 출발점, 아니 그보다는 글을 쓰고 싶은 대로 자유롭게 쓰게 되는 가능성의 출발점이기 때문입니다. 이제 애프라 벤이 그 일을 해내었으니 소녀들은 부모에게 가서 말할 수 있게 되었기 때문입니다. "용돈은 안 주셔도 됩니다. 글쓰기로 돈을 벌 수 있어요." 물론 오랜 세월 "어지간히 잘 벌겠네, 애프라 벤 꼬락서니로 살면서! 차라리 죽는 편이 나을 거야!"라는 대답을 들었으며, 방문은 전에 없이 빠르게 꽝 닫혔을 테지만요.

그 심오하도록 흥미로운 주제 — 즉 여성의 정조에 남자들이 얹어 놓은 가치와 그것이 여성의 교육에 미친 영향이라는 주제 — 가 여기서 논제로서 고개를 드는데, 만일 거턴이나 뉴넘의 어느 학생이 수고롭게도 그 문제를 파고든다면 흥미로운 책 한 권이 나올지도 모를 일입니다. 권두 삽화로는 스코틀랜드의 어느 황무지에서 깔따구 떼에 휩싸인 채 다이아몬드 더미에 앉아 있는 더들리 부인의 모습이 제격일 것 같습니다. 일전에 더들리 부인이 사망했을 때, 「더 타임스」는 더들리 경이 "세련된 취향과 풍부한 소양을 갖춘 남자로서 자애롭고 너그럽지만 변덕스러운 독재자"였다고 묘사하면서 "그는 아내가 언제나 머리끝부터 발끝까지 잘 차려입어야 한다고 고집했고, 스코틀랜드 고지의 지독히 외딴 사냥터의 산장에서조차 그 고집을 꺾지 않았다. 그는 그녀를 아름다운 보석들로 치렁치렁 장식했다"라고 말한 뒤, "그는 그녀에게 모든 것을 주었으나 단 한 가지 허락하지 않은 것이 있었으니, 책무라고는 눈곱만큼도 지우지 않았다"라고 서술했습니다. 그러다가 더들리 경이 뇌졸중으로 쓰러졌고, 그 이래로 쭉 더들리 부인은 남편을 간호하는 동시에 그의 재산을 비길 데 없이 특출한 수완을 발휘하며 관리했습니다. 그 변덕스러운 독재자의 이야기가 [지금으로부터 오래지 않은] 19세기에 펼쳐졌음은 눈여겨볼 만합니다.

다시 돌아가 봅시다. 애프라 벤은 [여자도] 글을 써서 돈을 벌 수 있다는 것을 입증했습니다(물론 거기에는 희생이 뒤따랐는데 아마 착한 여자에게 기대되는 자질들은 포기해야 했겠지요). 그래서 서서히 글쓰기가 단순한 어리석음이나 헛바람이 든 마음의 징후를 넘어서서 실질적 필요성(즉 남편이 죽거나 어떤 재앙이 가족을 덮쳤을 때 등장하는 필요성)의 표식이 되어 갔습니다. 수백 명의 여자가 18세기가 다 가오면서 번역을 하거나 셀 수 없이 많은 저급한 소설들(이제는 교과서조차 더 이상 언급하지 않지만 [런던 중심의 서점가인] 채링 크로스 로드에서 4페니짜리 전용 상자에 담겨 판매되고 있는 소설들)을 집필하여 자신들의 쌈짓돈에 보태거나 곤궁에 빠진 가족을 부양하기 시작했습니다. 18세기 후반의 여성들 사이에서 드러나는 왕성한 정신 활동 ― 담화, 모임, 셰익스피어에 대한 에세이 집필, 고전 번역 ― 은 글쓰기가 여자에게 돈벌이가 된다는 확고한 사실에 기반을 두고 있었습니다. 돈의 지불 없이는 하찮은 일로 치부될 뻔한 일에 돈이 품격을 더해 주었습니다. '끄적거리고 싶어서 안달이 난 블루스타킹'들을 향한 조롱은 물론 그대로였겠지만, 그들이 지갑에 돈을 챙겨 넣을 수 있었다는 사실만큼은 부정할 수 없습니다.

그리하여 18세기가 저물어 갈 무렵 어떤 변화가 일렁이게 됩니다. 그것은 내가 역사를 다시 쓴다면 십자군이나 장미전쟁보다 더 충실히 기록하고 더 큰 의미를 부여했을 법한 변화입니다. 바로 중산층 여성이 글을 쓰기 시작한 것입니다. 만일 『오만과 편견』이 중요하다면, 그리고 『미들마치』와 『빌렛』과 『워더링 하이츠』가 중요하다면 (자신의 2절판 책과 아첨꾼에게 둘러싸여 시골 저택에 칩거하던 외로운 귀족 여성만이 아니라) 일반적으로 널리 여자들이 글을 쓰게 되었다는 사실 역시 중요하며, 그 중요성은 내가 한 시간의 담화로 증명해 보일 수 있는 정도를 훌쩍 뛰어넘습니다. [16세기 영국의 극작가인 크리스토퍼] 말로 없이는 셰익스피어가, [14세기 영국의 시인 제프리] 초서 없이는 말로가, 앞서 길을 닦고 혀의 타고난 야만성을 길들인 잊힌 시인들 없이는 초서가 글을 쓸 수 없었던 것처럼 제인 오스틴과 브론테 자매와 조지 엘리엇도 이런 선구자들이 없었더라면 글을 쓸 수 없었을 것입니다. 왜냐하면 걸작이란 홀로 동떨어져 탄생하는 것이 아니기 때문입니다. 걸작이란 오랜 세월에 걸친 공동 사고의 결과물, 즉 여러 사람의 생각의 산물로서 다수의 경험이 단일한 목소리의 배경을 이룹니다. 제인 오스틴은 패니 버니의 무덤에 화환을 놓고 조지 엘리엇은 [18세기 후반 최초의 블루스타킹 중 한 사람인]

엘리자 카터가 드리워 준 시원한 그늘에 경의를 표하는 것이 마땅합니다(엘리자 카터로 말하자면 늘그막에 아침 일찍 일어나 그리스어를 공부하겠다고 침대에 종을 달아 놓았었지요). 그리고 모든 여자는 다 함께 웨스트민스터 사원에 안치된 애프라 벤의 무덤에 꽃을 바치는 것이 마땅합니다(그녀의 웨스트민스터 사원 안치는 많은 논란을 불러일으켰으나 꽤나 적절한 결정이었습니다). 왜냐하면 여자들에게 마음을 말할 권리를 쟁취해 준 사람이 바로 그녀이기 때문입니다. 비록 수상쩍고 색정적인 인물이긴 했지만 내가 오늘 밤 여러분에게 "힘이 닿는 대로 이런저런 일을 하며 1년에 500파운드를 버십시오"라고 말해도 그리 허무맹랑하게 들리지 않게끔 만들어 준 사람이 바로 그녀입니다.

여기서 우리는 19세기의 문턱을 넘게 됩니다. 그리고 여기서 처음으로 나는 여성의 작품에만 오롯이 바쳐진 서가를 몇 칸 보게 됩니다. 그런데 왜 이 작품들은 극소수를 제외하고는 모두 소설인 것일까? (그 서가들을 눈으로 훑으며 나는 질문하지 않을 수 없었습니다.) 애초의 [문학적] 충동은 시를 향한 것이었는데. '노래의 궁극적 수장'은 어느 여성 시인이었지.[53] 프랑스에서나 영국에서나 여성 시인이 여성 소설가보다 먼저 등장했고. (그 유명한 네 사람의 이름을 보며 나는 생각했습니다.) 더 나아가 조지 엘리엇과 에밀리 브론테에게는 어떤 공통점이 있었을까? [『오만과 편견』을 얕잡아 본] 샬럿 브론테는 제인 오스틴을 완전히 잘못 이해했던 것은 아닐까? 그들의 만남을 가정해 보고 그들 사이의 대화를 상상

---

53 고대 그리스 시인 사포는 기원전 612년경에 레스보스섬의 귀족 가문에서 태어나 아름다운 시를 많이 남겼고 시의 여신으로 추앙된다.

해 보려는 충동은 솔깃한 유혹이야. 그들 중 그 누구도 아이를 갖지 않았다는 사실 하나를 제외하고는 이 네 인물은 서로 달라도 너무 달라. 이보다 더 상이한 조합이 한 방에서 만나는 것은 상상조차 할 수 없을 지경이지.

그런데도 어떤 이상한 힘이 작용하여 [이렇게 서로 다른] 그들이 글을 쓸 때는 하나같이 소설을 쓰도록 만들어 버렸습니다. 이 사실은 그들이 중산층 출신이라는 것, 19세기 초 중산층 가족에게는 거실이 딱 하나밖에 없었다는 사실과(에밀리 데이비스[54]가 얼마 후 대단히 인상적으로 설명한) 어떤 관련이 있는 것일까? 글 쓰는 여자는 가족 공용 거실에서 글을 써야 했을 것입니다. 그리고 나이팅게일이 그토록 격렬하게 토로했듯이 ―"여자들에게는 자기 것이라고 부를 만한 시간이……결단코 단 30분도 없다"―그녀는 끊임없이 방해받았습니다. 공용 거실에서는 시나 희곡을 쓰는 것보다는 산문과 픽션을 쓰는 편이 쉬웠을 것입니다. 집중력이 덜 소모되니까요. 제인 오스틴은 삶의 마지막 날까지 그렇게 글을 썼습니다. 그녀의 조카는 회고록에 이렇게 적고 있습니다. "고모가 이 모든 성과를 낼 수 있었던 것은 놀라울 따름인데, 그곳은 온갖 일상적 방해로부터 자유롭지 못한 장소였기 때문이다. 고모는 하인이든 방문객이든 가족이 아닌 그 누구도 자신의 일에 의혹의 눈길을 보내는 일이 없도록 조심했다."[55] 제인 오스

---

54 Emily Davies(1830~1921). 1873년 케임브리지 대학교에 거턴 칼리지를 공동 설립한 페미니스트이자 여성 참정권론자였고 여성이 대학교에 진학할 수 있도록 해야 한다고 목소리를 높인 여성 교육의 선구자였다.
55 제인 오스틴의 조카인 제임스 에드워드 오스틴-리의 『제인 오스틴 회고록Memoir of Jane Austen』.(원주)

틴은 원고를 숨기거나 압지押紙 한 장으로 덮어 두곤 했습니다.

또한 여성이 19세기 초에 받은 문학 교육이라고는 고작 인물 관찰과 감정 분석에 대한 것이 전부였습니다. 수 세기 동안 여성이 받은 문학 감성 교육은 공용 거실의 영향력 아래에 놓여 있었습니다. 사람들의 감정이 여성 작가의 마음에 각인되었고, 사적인 인간관계가 여성 문학도의 눈앞에 펼쳐졌습니다. 그러다 보니 중산층 여성이 글쓰기를 시작했을 때, 아무래도 소설을 선택하게 된 것이지요. 아주 명확히 알 수 있듯이 여기서 이름이 거론된 그 유명한 네 명의 여인 중 두 명은 타고나기를 소설가로 타고난 것이 아니었습니다. 에밀리 브론테는 시극을 썼더라면 더 나을 뻔했고, 조지 엘리엇으로 말하자면 그 창조적 충동이 역사나 전기를 위해 불살라졌더라면 그녀의 광대한 정신은 흘러넘치면서 드넓게 퍼져 나갔을 것입니다. 『오만과 편견』을 서가에서 꺼내 들며 나는 혼잣말을 했습니다. 그런데 그들은 소설을 썼지. 더 나아가 그들이 좋은 소설을 썼다고 말할 수 있겠지. 『오만과 편견』이 좋은 책이라고 말한다 해도 저쪽 성에게 거들먹거리는 셈이 된다거나 그들에게 고통을 주는 일은 없을 거야. 어쨌든 『오만과 편견』을 쓰다가 들킨다 한들 부끄러워할 일은 아니었을 것입니다. 그럼에도 제인 오스틴은 문돌쩌귀가 삐걱거리는 소리를 내 줄 때마다 기뻐했는데, 그 소리 덕분에 문밖의 사람이 들어오기 전에 얼른 원고를 숨길 수 있었기 때문입니다. 제인 오스틴은 거리낌 없는 당당함으로 『오만과 편견』을 집필하지 못했어. 그리고 제인 오스틴이 방문객들이 못 보게 원고를 숨겨야겠다고 생각하지 않았더라면 『오만과 편견』이 더 좋은 소설이 될 수 있었을까? 나는 궁금해졌습니다. 그 질문에 대한 답을 얻기 위해 한두 페이지를 읽어 보았습니다만 환경이 작업에 방해가 되었다는 증거는 조금도 찾아볼 수 없었습니다.

　　그것이야말로 어쩌면 여기서 가장 큰 기적일 거야. 여기에 한 여자가 1800년경에 글을 쓰고 있는데 아무런 증오도, 아무런 쓰라림도, 아무런 두려움도 품지 않고 아무런 항변도 아무런 설교도 늘어놓지 않아. 바로 셰익스피어가 그렇게 글을 썼더랬지(『안토니우스와 클레오파트라』를 바라보며 나는 추론해 보았습니다). 그리고 사람들은 셰익스피어와 제인 오스틴을 비교할 때, 두 사람의 마음이 모든 방해물을 하얗게 전소시켜 버렸다는 점에 주목하지. 그리고 바로 그런 까닭에 우리는 제인 오스틴이라는 사람을 알지 못하고 셰익스피어라는 사람을 알지 못하며, 또 바로 그런 이유에서 제인 오스틴은 셰익스피어가 그렇듯이 자신이 쓴 단어 단어마다 스며들어 있지.

　　만일 환경이 어떤 방식으로든 제인 오스틴을 고생시켰다면, 그것은 그녀가 짊어진 삶의 협소함 때문일 것입니다. 여자는 혼자 나다닐 수 없었습니다. 여행은 꿈도 꿀 수 없었습니다. 버스를 타고 런던을 가로질러 달릴 수도 없었고 혼자 식당에서 점심 식사를 할 수도 없었습니다. 그런데 제인 오스틴은 천성적으로 자신에게 없는 것은 원하지도 않는 사람이었나 봅니다. 그녀에게 재능과 환경이 서로 딱 맞아떨어졌던 겁니다. 그런데 샬럿 브론테는 그렇지 않았던 것 같아. 『제인 에어』를 펼쳐서 『오만과 편견』 옆에 나란히 두면서 나는 중얼거렸습니다.

　　나는 12장을 펼쳐 보았고 "누구든 나를 나무라고 싶다면 그러라지"라는 구절이 내 눈길을 사로잡았습니다. 그들은 무엇을 두고 샬럿 브론테를 나무랐을까? 나는 궁금해졌습니다. 그리고 나는 페어팩스 부인이 젤리를 만들 때 어떻게 제인 에어가 지붕으로 올라가서는 저 멀리 들판을 바라보곤 했는지를 읽었습니다. 그렇게 먼 풍광을 바라보면서 그녀는 갈구했지요. 그리고 바로 이 갈구 때문에 사람들은 그녀를 나무랐습니다.

그러고는 나는 그 한계를 넘어설 수 있는, 내가 들은 적은 있으나 본 적은 없는 그 분주한 세상, 도시, 생기 넘치는 지역에 다다를 수 있도록 해 줄 엄청난 시력을 갈구했다. 그러고는 나는 내가 쌓아 온 것보다 더 실제적인 경험과 더 많은 동류와의 교류와 여기서 내가 만날 수 있는 사람들보다 더 다양한 인물들과의 교제를 갈망했다. 나는 페어팩스 부인과 아델의 미덕(선함, 선량함)을 각각 귀하게 여겼지만 다른 종류의, 더욱 생기 넘치는 종류의 미덕이 있을 것이라고 믿었으며 내가 존재한다고 믿는 미덕을 목도할 수 있기를 소원했다.

누가 나를 비난하는가? 분명 여럿이겠지. 그들은 나를 불평꾼이라고 부른다. 어쩔 수 없다. 애끓음은 내 본성의 일부여서 때때로 나를 동요시켜 고뇌케 했다.

마땅히 인간은 안온한 삶에 안주해야 한다고 말하는 것은 허망하다. 인간은 가만히 있을 수 없고, 가만히 있어야만 하는 처지라면 움직임을 만들어 내기라도 할 것이다. 수백만의 사람이 나의 운명보다 더 정적인 운명에 처해 있고, 수백만의 사람이 자신의 운명에 항거하는 반란을 조용히 꾀하고 있다. 얼마나 많은 반란이 사람들이 발을 담그고 있는 삶의 덩어리 안에서 발효의 거품을 부글거리고 있는지 아무도 모른다. 일반적으로 여자들에게는 매우 조용히 있을 것을 기대한다. 그러나 여자들도 남자들이 느끼는 대로 똑같이 느낀다. 여자들은 오빠나 남동생이 그러하듯 여러 능력을 갈고닦을 훈련과 노력의 장이 필요하다. 여자들은 과도하게 엄격한 제약과 절대적인 정체停滯에 시달리는데, 남자들도 그런 제약과 정체를 겪는다면 똑같이 고생할 것이다. 그리고 상대적으로 더 많은 특권을 누리는 동료 생명체들이 여자들은 푸딩이나 만들고 양말이나 뜨면서, 피아노나 치고 가방에 수나 놓으면서 살아 마땅하다고 말하는 것은 속 좁고 아량 없는 일이다. 여자들이 관습이 필요하다고 선언하는 것보다 더 많은 일을 하려 들고 더 많은 것을 배우려 든다고 해서 그들을 힐난하거나 조롱하는 것은 사려 깊지 못한 일이다.

그렇게 홀로 있을 때, 그레이스 풀의 웃음소리가 들렸다.

이 부분에서 내용이 어색하게 건너뛰는 느낌이야. (나는 생각했습니다.) 갑작스럽게 그레이스 풀이 나오니 모든 것이 흐트러지고 연속성이 끊어져. (『제인에어』를 『오만과 편견』 곁에 내려놓으며 나는 생각을 이어 나갔습니다.) 누군가는 말하겠지, 이 글을 쓴 여자가 제인 오스틴보다 더 위대한 천재성을 지녔다고. 그렇지만 그 글을 다시 한번 읽고 그 안에 배인 몸서리와 분노에 주목한다면 알게 될 거야. 그녀가 자신의 천재성을 결코 온전하고 완전히 발휘하지 못하게 될 것임을. 그녀의 책들이 일그러지고 뒤틀리게 되고 말 것임을. 차분히 써 내려가야 할 곳에서 격노에 휩쓸려 쓰고 말 것임을. 지혜롭게 써 내려가야 할 곳에서 어리석음에 젖어 쓰고 말 것임을. 등장인물에 대해 써야 할 곳에서 자기 자신에 대해 쓰고 말 것임을. 그리고 그녀가 자신의 운명과 전쟁을 치르고 있음도 알게 될 거야. 옥죄어지고 좌절한 상태인 그녀가 과연 무슨 수로 요절하지 않을 수 있었을까?

이 대목에서 나는 잠시 생각의 유희에 빠져들고 말았습니다.

만일 샬럿 브론테가, 가령 연간 300파운드의 수입을 올렸더라면? (그러나 그 바보 같은 여자는 자신의 소설들에 대한 저작권을 통째로 단돈 1500파운드에 넘겨 버리고 말았지요.) 분주한 세상, 도시, 생기 넘치는 지역에 대해 더 많이 알았더라면. 실제적 경험을 더 풍성하게 쌓을 수 있었더라면. 더 많은 동류와 교류하고 다양한 인물들과 교제할 수 있었더라면. 그러한 말들을 함으로써 그녀는 자신이 소설가로서 지니는 결점을 드러낼 뿐 아니라 당시 여성들에게 결핍된 점을 정확하게 짚어 냅니다. 그녀의 천재성이 저 먼 들판을 홀로 고독하게 바라보는 데 소비되지 않았더라면, 경험과 교류의 여행이 허락되었더라면, 그랬더라면 그녀의 천재성은 제대로 발휘되었을 테고 그녀만큼 그 가능성을 잘 아는 사람도 없었습니다. 그러나 그런 기회들은 허락되지 않았습니다. 선뜻 기껍게 부여되지 않고 보류되었습니다.

그럼에도 인정해야 할 사실들이 있습니다. 그 모든 훌륭한 소설들, 『빌렛』, 『엠마』, 『워더링 하이츠』, 『미들마치』가 존경스러운 성직자 집에서의 삶 외에는 아무런 인생 경험이 없는 여자들에 의해 저술되었다는 사실, 그것도 그 존경스러운 집의 공용 거실에서 쓰였다는 사실. 게다가 그 여자들은 심지어 가난하기까지 해서 『워더링 하이츠』나 『제인 에어』를 집필할 당시 종이를 한꺼번에 대량 구매하지 못하고 찔끔찔끔 살 수밖에 없었다는 사실.

[앞서 언급한] 그 [유명한 네 여인] 중 한 명인 조지 엘리엇은 실제로 천신만고 끝에 그런 환경을 벗어나긴 했지만, 그러고서 고작 간 곳이 세인트존스우드에 있는 한적한 빌라였습니다. 거기서 그녀는 세상의 지탄이 드리우는 그림자 아래에서 뿌리를 내려 버렸습니

다.[56] 그녀는 이렇게 썼습니다. "양해를 바라는 것이 있습니다. [상대가 먼저] 초대해 줄 것을 구하지 않는 한, 그 어떤 누구에게도 저를 보러 오라는 초대를 결코 할 수 없는 제 처지를 헤아려 주시기 바랍니다." 왜 그랬을까요? 유부남과 함께 죄 가운데 살고 있어서 그녀를 보는 것만으로도 스미스 부인이나 어떤 우연한 방문객의 정절이 훼손되기라도 할까 봐? 모름지기 사회 관습에 순응하며 살아야 하는 것이므로 '이른바 세상이라는 것으로부터 끊어짐을 받아' 마땅했겠지요.

동시대에 유럽의 저편에서는 한 젊은 남자가 자유롭게 이 집시, 저 귀부인과 놀아나고 전쟁에도 참가하며 아무런 방해도 감시도 받지 않으면서 훗날 쓰게 될 글에 훌륭한 자양분이 될 경험을 삶의 온갖 다양한 면면에서 쌓아 가고 있었습니다. 만약 톨스토이가 유부녀와 함께 프라이어리[57]에서 '이른바 세상이라는 것으로부터 끊어짐을 받아' 은둔의 삶을 살았더라면 그 도덕적 교훈만큼은 따끔할지 몰라도 그는 아무래도 『전쟁과 평화』를 집필하지는 못했겠지.

그런데 소설 쓰기와 더불어 성별이 소설가에게 미치는 영향이라는 문제를 조금 더 깊이 파고들어 가 봐도 될 것 같습니다. 눈을 감고 소설을 전체적으로 조망해 본다면, 그것은 삶의 거울상을 지닌 하나의 창작된 세계로 보일 것입니다. 물론 그곳에는 셀 수 없이 많은 단순화와 왜곡이 불가피하게 존재하겠지요. 아무튼 그것은 하나

---

56 조지 엘리엇은 비평가 조지 헨리 루이스와 동거했는데 루이스의 아내는 이혼을 해 주지 않았다.
57 프라이어리는 조지 엘리엇이 조지 헨리 루이스와 함께 살았던 세인트 존스우드에 있는 집의 이름이다.

의 구조물로서 마음의 눈에 어떤 형상을 남겨. 한순간 네모나게 지어졌다가 다음 순간 탑의 형체를 띠었다가 또 다음 순간 부속동과 회랑이 날개처럼 돋아나고 또 지금은 콘스탄티노플의 성 소피아 대성당처럼 둥근 지붕을 머리에 이고 탄탄하고 다부진 모습을 하고 있지. 이 형상은(유명한 소설들을 되짚어 보면서 나는 생각했습니다) 그것에 걸맞은 종류의 감정을 사람의 마음속에 불러일으켜. 그러나 그 감정은 곧 다른 감정들과 뒤섞이고 말지. 왜냐하면 그 '형상'이라는 것이 암석 대 암석의 관계가 아닌 인간 대 인간의 관계로 빚어지는 것이기 때문이야. 그래서 소설은 우리 안에서 대립하는 상반된 감정을 불러일으킵니다.

삶은 삶이 아닌 어떤 것과 갈등합니다. 그러다 보니 소설에 대해서라면 어떤 합의든 이르기가 쉽지 않고, 우리는 내밀한 편견에 좌지우지됩니다. 한편으로 우리는 "당신 — 주인공 존 — 은 반드시 살아야 해요. 그렇지 않으면 나는 깊은 절망의 나락으로 떨어질 거예요"라고 느낍니다. 다른 한편으로 우리는 "안됐지만 존, 당신은 죽어 줘야겠어요. 책의 모양새가 그걸 요구합니다"라고도 느낍니다.

삶은 삶이 아닌 어떤 것과 갈등합니다. 동시에 그것이 부분적으로는 삶이기도 한 까닭에 우리는 그것을 삶이라고 판단합니다. "제임스는 내가 가장 싫어하는 부류의 남자야"라고 혹자는 말합니다. 또는 "이것은 온통 헛소리 범벅이야. 나라면 그런 종류의 감정은 절대 느끼지 않을 거야"라고 말합니다.

어떤 유명 소설을 되짚어 보든 간에 분명하게 드러나는 것이 있습니다. 그것은 소설이 전체적으로 한없이 복잡한 구조물이라는 점입니다. 그도 그럴 것이 너무도 다양한 판단과 너무도 다양한 감정으로 구성되어 있기 때문입니다. 그렇게 구성되는 책이 1, 2년의 세월 정도는 거뜬히 버텨 낸다거나 러시아인이나 중국인에게 전달하는 의미를 영어권 독자에게도 똑같이 전달할 가능성이 있다는 사실이 놀라울 뿐입니다. 그런 책들은 이따금 매우 훌륭히 버텨 내곤 하지. 그리고 이렇게 드문 생존 사례에서 그 책들이 잘 버텨 내도록 하는 것은(나는 『전쟁과 평화』를 생각하고 있었습니다) 흔히 인테그러티integrity, '일관된 진실성'이라고 부르는 그 무엇인데 [여기서는] 청구서 금액을 [신용 있게] 지불하거나 위기의 상황에서 명예롭게 대처하는 [정직성이라는] 의미의 인테그러티는 아니야. 소설가의 경우에 인테그러티는 소설가가 독자에게 주는 "이것이 진실이다"라는 확신을 가리킵니다. 독자는 이렇게 느낍니다. "그래요, [이 글을 읽지 않았더라면] 이것이 이럴 수 있다고는 결코 생각하지 못했을 거예요. 사람들이 그런 식으로 행동할 줄은 꿈에도 몰랐지요. 그런데 그것이 그러하고, 그런 일이 일어난다는 확신을 당신이 심어 주었어요."

독자는 글을 읽어 가면서 모든 구절, 모든 장면을 빛에 비추어 봅니다. 자연은 참으로 기이하게도 소설가의 인테그러티 혹은 디스인테그러티disintegrity를 조명하여 판단할 내면의 빛을 우리에게 부여해 준 것 같습니다. 아니 어쩌면 자연이 이성을 잃고 마음의 벽에 투명 잉크로 이 위대한 예술가들이 알아볼 수 있는 어떤 전조를, 천재성의 불에 가까이 대어 보아야만 눈에 보일 어떤 스케치를 기분 내키는 대로 그려 놓은 것인지도 모를 일입니다. 우리는 그것을 노정해 내고 그것이 살아 생동하는 것을 볼 때 황홀한 비명을 지릅니다. "그런데 이것은 내가 늘 느끼고 알고 바라던 것이 아니던가!"

그러고 흥분으로 끓어오르고 책을 덮고는 무엇인가 대단한 귀중품이라도 되는 양, 사는 동안 이따금 돌아갈 의지처라도 되는 양, 일종의 경외심마저 품은 채 그 책을 다시 서가에 꽂겠지.『전쟁과 평화』를 집어 들고 원래 자리로 돌려놓으며 나는 혼잣말을 했습니다.

반면 만일 몇몇 문장을 취해서 시험해 볼 때, 그 문장들이 형편없는 것들이라서 처음에는 밝은 채색과 매혹적인 제스처로 즉각적이고 뜨거운 반응을 불러일으키다가 거기서 멈추고 만다면, "무언가가 더 나아가지 못하도록 발목을 잡고 있는 것처럼 보이는군"이라고 말합니다. 또 만일 그 문장들을 빛 아래 비춰 보았을 때 저 구석의 희미한 낙서와 얼룩만이 눈에 띄고 아무런 온전한 완전체도 드러나지 않는다면 실망의 한숨을 내쉬며 말하는 것입니다. "이것도 망한 작품이야. 어딘가에서 난관에 봉착하고 말 거야."

물론 대부분의 소설은 어디에선가 패착을 두고 난관에 봉착합니다. 무지막지한 중압감 아래에서 상상력이 비틀거립니다. 통찰력에 안개가 낍니다. 더 이상 진실과 거짓을 분별해 내지 못합니다. 그 수많은 능력을 매 순간 활용해야 하는 벅찬 노동을 계속해 나갈 힘을 더 이상 쥐어짜 낼 수가 없습니다. 그런데 어떻게 이 모든 것에 소설가의 성별이 영향을 주는 것일까? (나는『제인 에어』를 비롯하여 여러 권의 책들을 바라보며 곰곰이 생각해 보았습니다.) 여성 소설가의 성별이 어떤 식으로든 그녀의 인테그러티 — 내가 작가의 등뼈라고 여기는 인테그러티 — 와 간섭 현상을 일으키는 것일까?

이제 내가『제인 에어』에서 인용한 구절들을 보면 분노가 소설가로서의 샬럿 브론테의 인테그러티를 가지고 노는 것이 명확히 드러납니다. 그녀는 응당 온전한 헌신을 바쳐야 할 소설의 이야기는 등한시하고 자신의 사적인 한을 토로하고 보듬는 데 몰두합니다. 그녀는 자신이 마땅히 쌓았어야 할 경험에 굶주렸던 사실을 떠올립니다. 자유롭게 세상을 떠돌고 싶을 때 목사관에 처박혀 양말이나 기우며 정체된 삶을 살았어야 했지요. 그녀의 상상력은 분노로 덜컥 탈선해 버리고 우리는 그 순간의 덜컹거림을 느낍니다. 그러나 거기에는 분노만 있는 것이 아닙니다. 다른 많은 영향력이 작용합니다. 그것들은 그녀의 상상력을 획획 잡아당겨서 갈 길에서 벗어나게 만듭니다. 예컨대 무지도 그런 영향력을 행사하는 것 중 하나이지요. [『제인 에어』의 남자 주인공인] 로체스터의 초상은 캄캄한 어둠 속에서 그려지고, 우리는 거기서 두려움의 영향력을 느낍니다. 마찬가지로 우리는 억압에서 비롯되는 어떤 신랄함을 느끼고, 열정 아래 파묻혀 모락모락 연기를 내며 타들어 가는 고통을 느끼며, 그 책들을 ―그것들이 아무리 훌륭한 책들이라 할지라도― 고통의 경련으로 오그라뜨리는 원망을 느낍니다.

그리고 소설이 실제 삶과 맺는 이런 상응 관계 때문에 소설 한 편의 가치관은 실제 삶의 가치관과 어느 정도 일치하기 마련입니다. 그러나 여성의 가치관은 저쪽 성의 가치관과 걸핏하면 어긋납니다. 자연스러운 일이지요. 그런데 우세를 누리는 쪽은 남성적 가치관입니다. 대충 말해 보자면 축구와 스포츠는 '중요'하고 패션을 숭상하고 의복을 구매하는 일은 '시시'합니다. 그리고 이러한 가치관은 불가피하게 삶에서 픽션으로 전사됩니다. 비평가는 이렇게 상정합니다. 이 책은 중요해. 전쟁을 다루고 있거든. 저 책은 보잘것없어. 응접실에서 여자들이 느끼는 감정을 다루고 있으니까. 전쟁터 장면이 상점 장면보다 더 중요하고말고. 어디에서든, 그리고 훨씬 더 미묘하게 가치관의 차이는 집요하도록 존재합니다. 그러다 보니 19세기 초 여성 작가의 경우, 소설의 전체적인 구조를 세운 정신은 곧바름이 훼손되고 외적

권위에 대한 공경심으로 맑았던 시야가 흐릿해졌습니다. 그 잊힌 옛 소설들을 대충 건너뛰듯 읽으며 소설들에 쓰인 말투에만 귀 기울여 보아도 작가가 비판에 맞닥뜨릴 것임을 예견할 수 있습니다. 작가는 공격의 방법으로 이 말을 하고, 화해의 방편으로 저 말을 하고 있어. 작가는 자신이 '한낱 여자일 뿐'이라고 자인하거나 자신이 '남자만 못하지 않다'고 항변하고 있지. 그녀는 그러한 비판을 자신의 기질에 따라 유순함과 소심함으로 혹은 분노와 역설로 마주했습니다. 어떤 방법으로 대처했는지는 별로 중요하지 않습니다. 그녀가 대상 그 자체에 집중하지 않고 딴생각을 했다는 점이 중요합니다. [사과나무에서 썩은 사과가 떨어지듯] 뚝 하니 그녀의 책이 우리 머리 위로 떨어집니다. [중심이 썩은 사과처럼] 그 속의 바로 한가운데에 결함이 있었던 것입니다. 그리고 나는 마치 얽은 자국이 있는 작은 사과들이 과수원에 널브러진 것처럼 런던의 중고 서점들 여기저기에 아무렇게나 자리하고 있을 모든 여성 작가의 소설에 대해 생각해 보았습니다. 그 책들을 썩게 만든 것은 바로 중심부에 자리한 결함이었어. 타인의 견해에 맞추려 급급한 나머지 자신의 가치관을 변질시켜 버렸던 것입니다.

그러나 오른쪽으로나 왼쪽으로나 전혀 꿈쩍하지 않는 것은 도저히 불가능했으리라. 철저히 가부장적인 사회에서 모든 비판을 마주하며 눈에 보이는 그대로의 본질을 흔들림 없이 고수하려면 도대체 어떤 천재성, 어떤 인테그러티가 필요했을까? 오직 제인 오스틴과 에밀리 브론테만이 그 일을 해냈습니다. 그것은 그들의 또 다른, 아니 어쩌면 가장 훌륭한 업적입니다. 그들은 남자들을 흉내 내어 글을 쓰지 않고 여자로서 글을 썼습니다. 당시에 소설을 썼던 그 수천 명의 여성 작가 중에 오직 그 두 사람만이 영원한 훈수꾼의 끊임없는 훈계 — 이렇게 써라, 저렇게 생각하라 — 를 완전히 무시했습니다. 오직 그 두 사람만이 그 끈덕진 목소리에 귀를 닫았습니다. 불평을 하다가, 달래다가, 으르다가, 상심하다가, 경악하다가, 분노하다가 다정한 삼촌처럼 구는 그 목소리. 여자들을 잠시도 가만 내버려 두지 못하고 언제나 밀착 감시하는 꼴이 지나치게 성실한 입주 가정교사 같고, 교양을 갖추라고 꾸짖는 꼴이 꼭 에저턴 브리지스 경 같은 그 목소리. 성 비평을 시 비평에까지 질질 끌고 들어오는 그 목소리.[58] 착한 여자가 되고 빛나는 상을 받으려면 어떤 한계 안에 머물면서 그 문제의 신사분이 적절하다고 여기는 선을 넘지 말라고 훈계하는 목소리. "여류 소설가들은 모름지기 탁월함을 갈망하려면 여성으로서 자신이 갖는 한계를 용기 있게 인정해야만 한다."[59] 이 말은 문제를 간단명료하게 보여 줍니다. 내가 여러분에게 이 문장이 쓰인 것이 다소 놀랍게도 1828년 8월이 아닌 1928년 8월이라고 말할 때, 내 생각에 여러분은 그 말이 아무리 우스꽝스러워도 그것이 거대한 몸체를 이루는 어떤 견해를, — 나는 오래된 물웅덩이를 휘젓지 않으렵니다. 그저 흘러들어 와 우연히 나의 두 발에 차이는 것을 집어 올릴 뿐입니

---

58 "(그녀에게는) 형이상학적 목적이 있다. 형이상학적 목적이란 것은 위험한 강박의 일종인데 여성에게는 더더욱 그러하다. 남자들처럼 건전하게 수사학을 사랑하는 여자는 드물기 때문이다. 다른 면에서는 더욱 원초적이고 물질주의적인 여성에게 이것이 결핍되어 있다는 점은 의아할 따름이다." 『새로운 기준New Criterion』, 1928년 6월.(원주)

59 "만일 당신이 그 리포터처럼, 여류 소설가는 모름지기 탁월함을 갈망하려면 여성으로서 자신이 갖는 한계를 용기 있게 인정해야만 한다고 믿는다면(제인 오스틴은 그와 같은 몸짓이 얼마나 우아하게 표현될 수 있는지를 보여 주었다)……" 『삶과 서신들Life and Letters』, 1928년 8월.(원주)

다 ─ 그것도 한 세기 전에는 훨씬 더 왕성하고 요란했을 견해를 대변한다는 사실에 동의할 것입니다. 1828년에 젊은 여성이 그 모든 모욕과 꾸지람에도 아랑곳하지 않고 상을 주겠다는 약속에 개의치 않으려면 무척이나 굳세고 꿋꿋해야 했을 것입니다. 선동가의 면모가 있지 않고서는 스스로에게 이렇게 말할 수 없었을 것입니다. "오, 그렇지만 그들도 문학을 돈 주고 살 수 없기는 마찬가지이지. 문학은 만인에게 열려 있으니까. 당신이 관리인이라 해도 나를 잔디밭에서 내쫓도록 그냥 두고 보기만 하진 않겠어. 당신이 관리하는 도서관들을 잠글 테면 잠가 보라지. 아무리 그래도 내 마음의 자유를 속박하기 위해 당신이 걸어 잠글 대문이나 자물쇠나 빗장 따위는 없으니까."

그러나 낙심과 비판이 여성의 글쓰기에 어떤 영향을 미쳤든 간에 ─ 나는 아주 큰 영향을 미쳤다고 생각하지만 ─그런 것들이 그들이 (나는 아직 19세기 초의 소설가들에 대해 생각하고 있었습니다) 막상 자신의 생각을 종이 위에 펼쳐 놓으려 할 때 직면해야 했던 또 다른 어려움에 비할 바는 아니었지. 즉 그들에게는 뒷배가 되는 전통이 없었던 거지. 설령 있었다손 치더라도 그 전통은 너무도 짧고 편향적이어서 거의 도움이 되어 주지 못했어. 그도 그럴 것이 우리는(여기서 우리가 여자라면) 우리의 어머니들을 통해 과거를 되짚어 보기 마련이니까. 쾌락을 위해서라면 뻔질나게 발길을 할 수 있을는지 모르지만, 도움을 받기 위해 위대한 남성 작가들을 찾아가는 것은 아무짝에도 쓸모없는 짓입니다. 램, 브라운, 새커리, 뉴먼, 스턴, 디킨스, 드퀸시 ─그 어떤 남성 작가도 ─ 결코 여성에게 도움이 된 적이 없습니다. 물론 그들이 부리는 재주 몇 가지를 배워서 자신에게 맞게 바꾸어 이용한 여성은 있을 수 있겠지만요. 남자의 마음이 갖는 무게나 걷는 속도와 보폭이 여자의 것과는 너무도 달라서 여자는 남자로부터 그 어떤 본질적인 것도 성공적으로 건져 올릴 수 없습니다. 그 [흉내쟁이] 유인원은 너무도 동떨어진 나머지 충실히 흉내 낼 수 없습니다. 어쩌면 펜촉을 종이에 대는 순간 가장 먼저 깨달은 사실은 자신이 쓸 수 있도록 준비된 [남녀] 공통의 문장이 없다는 사실일 겁니다.

새커리와 디킨스와 발자크와 같은 위대한 소설가들은 하나같이 자연스러운 산문을 썼습니다. 날래고도 깔끔하게, 풍려하지만 젠체하지 않는 표현력으로 대중성을 잃지 않으면서도 자신만의 색조를 띠면서. 그들은 당대에 널리 통용되던 문장을 기반으로 삼아 글을 썼습니다. 19세기 초에 통용되던 문장이란 아마도 이런 식이었겠지요. "그들의 작품은 그들에게 중도에 멈추지 말고 전진하라고 촉구하는 언쟁을 걸어왔고, 그런 점에서 그들의 작품은 위엄이 있었다. 그들에게 예술 활동을 펼치고 진리와 아름다움을 끝없이 창출하는 것보다 더 큰 흥분이나 만족을 주는 것은 없었다. 성공은 부단한 노력을 재촉하고 습관은 성공을 촉진한다." 이것은 남성의 문장입니다. 그 뒤에는 새뮤얼 존슨 박사와 에드워드 기번을 비롯한 이들이 떡하니 자리 잡고 있습니다.

이것은 여성이 사용하기에는 부적합한 문장이었습니다. 샬럿 브론테는 산문에 대한 탁월한 재능을 타고났음에도 자신의 손에 맞지 않는 무기를 쥐고는 휘청거리며 넘어졌습니다. 조지 엘리엇이 그 무기를 들고 저지른 참사들로 말하자면 말이 궁할 지경입니다. 제인 오스틴은 그 무기를 보았고, 그 무기를 비웃었고, 자신의 소용에 딱 맞는 완벽하게 자연스럽고 맵시 있는 문장을 고안해 내었습니다. 그리고 결코 거기서 벗어나지 않았습니다. 그래서 글쓰기에 대한 재능으로 치자면 샬럿 브론테가 더 빛났지만, 무한히 더 많은 것이 제인 오스틴의 글을 통해 이야기될 수 있었습니다. 실로 충만한 표현의 자유야말로 예술의 정수이므로 그러한 전통의 빈약함이나 도구의 결여와 부적절성은 여성의 글쓰기에 분명히 심대한 영향을 미쳤을 것입니다. 더욱이 끝과 끝을 이어서 문장들을 늘어놓는다고 책이 되는 것은 아닙니다. 심상을 빌려 설명하자면, 책은 회랑이나 둥근 지붕과 같은 구조물로 건축해 놓은 문장들로 구성됩니다. 이러한 형상 역시 남자들이 자신들의 소용을 위해 자신들의 필요에 따라 만들어 왔습니다. '문장이 여성에게 안 맞는다 해도 서사시나 시극의 형태는 여성에게 어느 정도 맞지 않겠는가'라고 생각할 이유는 없습니다.

그런데 더 오래된 문학의 모든 형식은 여성이 작가가 될 즈음에는 이미 경화되고 고착되어 있었습니다. 오직 소설만이 여성의 손안에서 말랑거릴 정도로 새로운 형식이었고, 어쩌면 이것이 여성이 소설을 쓰게 된 또 다른 이유일 것입니다. 그럼에도 누가 말할 수 있겠습니까? 심지어 오늘날에조차 '그 새로운 형식the novel'이(내가 작은따옴표를 붙인 것은 소설을 그렇게 지칭하는 것이 부적합하다는 느낌을 표현하기 위해서입니다), 모든 형식 중 가장 말랑거리는 이 형식조차 여성의 소용에 맞게 만들어졌다고 그 누가 말할 수 있겠습니까? 두말할 나위 없이 여성이 사지를 자유롭게 쓸 때가 오면 그것을 자신에게 맞는 형상으로 두들겨 만들어 내는 것을 우리는 보게 될 거야. 내면의 시를 펼쳐 내보이는 데 이용할 새로운 매개체를 내어놓는 것을 우리는 보게 될 테지. 그것이 꼭 운문의 형식은 아닐 수도 있어. 아직 시에게는 출구가 허락되지 않았거든. 나는 이어서 오늘날의 여성이 5막으로 구성된 운문

117

4장

비극을 쓴다면 어떻게 쓰게 될지 깊이 생각해 보기 시작했습니다. 운문을 사용하게 될까? 차라리 산문으로 쓰게 되진 않을까?

그러나 이런 것들은 미래의 땅거미 속에 어슴푸레 묻혀 있는 까다로운 질문들입니다. 나는 그것들을 뒤로하고 갈 길을 가야겠습니다. 오직 그것들이 마치 본래 주제에서 벗어나 정처 없이 길도 없는 숲속 ― 들어갔다가는 길을 잃고 아마도 분명히 짐승들에게 잡아먹힐 숲속 ― 으로 걸어 들어가도록 나를 부추기기라도 하는 것처럼 말입니다. 나는 바로 그 암울한 주제, 즉 픽션의 미래라는 주제를 꺼내고 싶지 않고 여러분도 내가 그러기를 원치 않는다고 확신합니다. 그래야 여기서 내가 잠시 쉬면서 여러분의 관심을 환기해 미래에 여성과 관련하여 물리적 조건이 담당할 아주 중요한 역할에 대해 이야기할 수 있을 테니까요. 책은 어떤 식으로든 신체에 맞추어져야 합니다.

그리고 일단 떠오르는 대로 대충 말해 보자면, 여자들의 책은 남자들의 책보다 더 짧고 더 농축적이고, 오랜 시간 꾸준히 방해받지 않고 책상에 앉아 있을 필요가 없도록 구성되어야 한다고 말할 수 있어. 방해란 것이 늘 끼어들 테니까. 그리고 두뇌에 신호를 전달하는 신경들은 남자와 여자가 다른 것으로 보이는데, 그것들이 가장 열심히 일할 수 있도록 맞춤식 처방을 반드시 찾아내야만 해. 이를테면 아마도 수백 년 전에 수도승들이 고안해 낸 여러 시간에 걸친 강의들이 적합한지 여부의 문제라든지, 일과 휴식을 어떻게 번갈아 가며 할 것인지의 문제라든지, 여기서 휴식이란 것을 손도 까딱하지 않는 쉼이 아니라 뭔가 다른 것을 하는 쉼으로 해석할 때 '다른 것'이란 어떤 것이어야 할지의 문제에 관한 처방을 찾아내야 할 테지. 이 모든 것이 논의되고 [처방이] 발견되어야 해. 이 모든 것은 '여성과 픽션'이라는 문제의 일부분이니까. 그럼에도(나는 생각을 이어가며 책장으로 다시 다가섰습니다) 여기서 내가 과연 여성이 쓴 여성의 심리에 대한 공교한 연구를 찾아낼 수 있을까? 여자들이 축구를 할 능력이 없다고 의사가 되는 길도 막아 버린다면…….

다행스럽게도 생각은 또 다른 모퉁이를 돌았습니다.

5장

이렇게 거니는 중에 나는 마침내 현존하는 여성 작가와 남성 작가의 책이 꽂혀 있는 서가에 이르게 되었습니다. 이제는 여성이 집필한 책의 수가 남성이 집필한 책의 수와 엇비슷하기 때문입니다. 아니 아직은 그렇게까지는 되지 않았을지라도, 즉 아직은 남성이 더 입심 좋게 떠드는 성이라 할지라도 여성이 이제는 소설만 쓰고 앉아 있지는 않다는 사실만큼은 분명합니다.

그리스 고고학에 대한 제인 해리슨[60]의 책들이 있습니다. 미학에 대한 버논 리의 저서들이 있습니다. 페르시아에 대한 거투르드 벨의 도서들이 있습니다. 한 세대 전만 해도 여성이 손도 대어 보지 못했을 온갖 주제에 대한 책들이 여성의 손으로 집필되어 세상에 나와 있습니다. 시와 희곡과 비평을 담은 책이 있고 역사서와 전기, 여행에 대한 책과 학술 연구서가 있습니다. 심지어는 철학 서적도 몇

---

60 1장에서 JH로 언급된 인물이다.

권 보이고 과학과 경제학 책도 눈에 띕니다.

그리고 비록 소설이 주를 이루고 있기는 하지만, 소설 자체가 다른 부류의 책과 교류하면서 그 모습이 달라져 있을 테지. 여성의 글쓰기에서 [개인적] 서사의 시대와 함께 그 자연스러운 단순성도 가고 없을 테고. 해석과 비평은 여성의 폭을 한층 넓혀 주고 감수성에 정교함을 더해 놓았을 수도 있겠지. 자전적 글쓰기를 향한 충동은 소진되어 버렸을 거야. 이제는 글쓰기를 자기표현의 수단이 아닌 예술의 도구로 삼기 시작하고 있을 것 같기도 해. 모든 새로운 소설 가운데에서 그런 몇 가지 질문에 대한 답을 찾아볼 수 있을지도 몰라.

나는 손에 잡히는 대로 책 한 권을 꺼내어 들었습니다. 그 책은 서가의 한쪽 끝에 꽂혀 있었는데 제목이 『생의 모험』, 뭐 그런 비슷한 것이었고 저자는 메리 카마이클[61]이었으며 바로 이달, 즉 올 10월에 출간된 따끈따끈한 신작이었습니다. 작가의 첫 작품인가 본데. 나는 혼자 중얼거렸습니다. 그래도 지금껏 훑었던 그 모든 책 — 윈칠시 부인의 시와 애프라 벤의 희곡과 위대한 네 명의 소설가들의 소설 — 으로 이루어진 꽤 긴 연작물의 마지막 권이라도 되는 양 읽어야만 해. 왜냐하면 책들이란 상호 연속성을 갖기 마련이니까. 물론 우리는 습관적으로 책에 관해 개별적 판단을 내리곤 하지만. 그리고 나는 그녀를 — 이 무명의 여성을 — 다른 여성들(즉 내가 지금껏 그 처했던 상황을 훑어본 여성들)의 후손으로 간주해야 하며 그녀가 그들의 어떤 특징과 제약을 계승했는지 알아보아야 해.

---

61 1장에서 화자의 이름과 관련하여 언급되었던 세 이름 중 하나다. 이로써 메리 해밀턴을 제외한 나머지 세 시녀의 이름(메리 시턴, 메리 비턴, 메리 카마이클)이 다 등장했다.

그래서 나는 메리 카마이클의 첫 소설 『생의 모험』으로 내가 할 수 있는 것을 하기 위해 공책과 연필을 가지고 자리 잡고 앉았습니다. 그런데 한숨이 절로 나오고 말았습니다. 소설이란 것이 너무도 자주 해독제가 아닌 진통제를 주면서, 벌겋게 타오르는 횃불로 각성시키기보다는 나른한 잠으로 빠져들게 만들기 때문입니다. 우선 나는 눈을 위아래로 굴리며 지면을 훑었습니다. 먼저 그녀가 어떤 문장을 구사하는지에 대해 감을 잡아 보자. 누구 눈이 푸르고 누구 눈이 갈색인지, 클로이와 로저가 어떤 관계인지와 같은 특성을 내 기억 속에 채워 넣는 일은 그러고 난 뒤에 할 테야. 그건 그녀가 손에 펜을 들었는지 곡괭이를 들었는지를 판단하고 난 뒤에 해도 늦지 않으니까. 그래서 나는 한두 문장을 입에 붙여 보았습니다. 무엇인가 어긋나고 있음이 이내 분명해졌습니다. 문장과 문장의 연결은 매끄럽게 흐르다가도 어느 순간 장애물에 부딪히기 일쑤였습니다. 무언가 찢어지고 무언가 할퀴어져 있었습니다. 여기저기에서 단어들이 제각각 횃불처럼 번쩍이는 것이 내 눈에 들어왔습니다. 옛 희곡들의 표현을 빌리자면, 그녀는 자신을 "잡고 있는 손을 놓아 버리고" 있었습니다. 그녀는 마치 불이 붙지 않을 성냥을 긋는 사람과도 같다고 생각했습니다. 나는 그녀가 곁에 있기라도 한 듯 그녀에게 질문을 던졌습니다. "그런데 왜 제인 오스틴의 문장들이 당신에게는 맞지 않다는 거지요? [『에마』의 주인공인] 에마와 [그녀의 아버지인] 우드하우스 씨가 이제 죽었으므로 제인 오스틴의 문장들도 모두 폐기 처분되어야 한다는 건가요? 이런, 그래야 한다는 거군요." 나는 한숨을 내쉬었습니다. 제인 오스틴이 이 운율에서 저 운율로 치고 나가는 것은 모차르트가 이 멜로디에서 저 멜로디로 치고 나가는 것과 같이 매끄러운 반면, 메리 카마이클의 글을 읽는 것은 갑판도 없는 작은 배를 타고 바다에 나간 것과 같았기 때문입니다. 위로 솟구쳤다가 아래로 푹 꺼졌습니다. 이 당돌한 간결함과 숨이 가쁘도록 짧은 호흡은 어쩌면 그녀가 '감상적'이라고 불리기를 두려워했음을 뜻하는지도 몰라. 아니면 여자들의 글이 꽃으로 장식된 듯 화려하다고들 하는 말을 떠올리고는 너무 많은 가시를 박아 넣은 것인지도. 그렇지만 그녀가 자기 자신으로서 글을 쓰고 있는지 아니면 남이 되어 글을 쓰고 있는지 여부를 확실히 알려면 주의를 좀 기울이면서 어떤 한 장면을 완전히 읽어 내야 해. 그전까지는 알 수 없어. 아무튼 진을 빼놓지는 않네. (좀 더 주의를 기울여 읽으면서 나는 생각했습니다.) 그렇지만 너무 많은 사실을 쌓아 올리고 있어. 이런 분량의 책이라면 그 사실 중 절반도 써먹지 못할 텐데. 그 책의 길이는 『제인 에어』의 절반 정도였습니다. 그런데도 어찌어찌 하여 그녀는 우리 모두 — 로저, 클로이, 올리비아, 토니, 빅엄 — 를 강을 거슬러 오르는 카누에 오르게 하는 데 성공했습니다. 잠깐만! 더 진도를 나가기 전에 좀 더 면밀하게 이 모든 것을 살펴봐야겠는걸. 몸을 뒤로 젖혀 의자에 폭 기대며 나는 말했습니다.

거의 확실해. 메리 카마이클이 우리에게 술수를 쓰고 있는 것이(나는 혼잣말을 중얼거렸습니다). 다음 순간 아래로 쑥 내달릴 것만 같던 롤러코스터 차량이 꿈틀거리며 용솟음치듯 올라갈 때 탑승자를 엄습하는 느낌이 나를 덮치고 있기 때문이지. 메리는 사건 흐름의 예상이 어긋나도록 장난질을 치고 있어. 물론 그런 걸 하지 말란 법은 없지만. 파괴를 위해서가 아니라 창조를 위해서 해야 하지. 둘 중 어떤 경우에 해당하는지는 그녀 자신이 어떤 문제 상황에 맞닥뜨리기 전까지는 내가 알 도리가 없어. 나는 그녀에게 모든 자유를 허락할 테야. 어떤 문제 상황을 펼쳐 낼 것인지를 선택할 수 있는 자유를. 설사 깡통과 오래된 주전자로 그런 상황을 만들어 낸다 하더라도 그건 그녀의 자유야. 그러나 그녀는 스스로 그것을 문제 상황으로 인식한다는 점을 내게 확신시켜야만 해. 그리고 그렇게 문제 상황을 만든 뒤에는 그것을 대면해야만 하지. 뛰어넘어야만 해. 그리고 내가 그녀에게 지워 준 작가로서의 책무를 그녀가 수행한다면 나는 그녀가 내게 지워 준 독자로서의 책무를 다하겠노라는 결심을 다지면서 책장을 넘기며 읽어 나갔습니다……. 아, 그런데 갑자기 엉뚱한 소리를 해서 죄송합니다만, 이 자리에 남자는 한 명도 없는 것이 맞지요? 설마 저쪽 붉은 커튼 뒤에 차터스 바이런 경[62]이라는 인물이 몸을 숨기고 있는 건 아니겠지요? 여자들뿐이라고 장담할 수 있나요? 그렇다면 내가 바로 다음 순간 읽었던 부분을 말해 드릴 수 있습니다. "클로이는 올리비아를 좋아했다." 놀라지 마십시오. 낯을 붉히지도 마십시오. 우리끼리인데 인정합시다. 이런 일들이 이따금 일어난다는 것을. 여자가 여자를 좋아할 수도 있다는 것을.

"클로이는 올리비아를 좋아했다." 그 부분을 나는 읽었습니다. 그러고는 그곳에 자리한 크나큰 변화를 깨달으며 머리가 띵해졌습니다. 클로이가 올리비아를 좋아한 사건은 어쩌면 문학사상 전대미문의 일일지도 몰라. 클레오파트라는 옥타비아를 좋아하지 않았어. 그리고 클레오파트라가 옥타비아를 좋아했더라면 『안토니우스와 클레오파트라』는 완전히 다르게 전개되었을 거야! 이 깨달음이 미안하게도 『생의 모험』으로부터 내 마음을 살짝 밀어내고 있어. 그 와중에 나는 생각했습니

---

62 헨리 차터스 바이런Henry Chartres Biron은 래드클리프 홀Radclyffe Hall의 『고독의 우물』이 외설적이라는 판결을 내린 치안 법원 판사다.

다. 톡 까놓고 말하자면 온통 단순하고 상투적인 것이 터무니없을 정도야. 클레오파트라는 옥타비아를 향해 일종의 질투 외에는 그 어떤 감정도 느끼지 않습니다. 나보다 키가 더 클까? 머리 손질은 어떻게 할까? 그 희곡은 아무래도 이것으로 족했나 봅니다. 그렇지만 그 두 여자의 관계가 조금만 더 복잡했더라면 훨씬 더 흥미진진해지지 않았을까? 여자들 사이의 모든 관계는 너무도 단순해. 너무도 많은 것이 생략되었어. 시도조차 하지 않았지. 픽션에서 기술되는 여자들의 화려한 면면을 순식간에 떠올리며 나는 생각했습니다. 나는 두 여자가 친구로 그려진 경우를 책에서 본 적이 있었는지 기억해 내려고 애썼습니다.『교차로의 다이애나』에서도 그런 시도가 있긴 했지. 또한 라신의 비극과 그리스비극에서도 서로 비밀을 나누는 막역한 여자 친구들이 나오고, 때로 그들은 모녀 사이로 그려지곤 하지. 그러나 거의 예외 없이 여자는 오직 남자와의 관계 속에서 그려지지.

그러고 보니 참으로 이상했습니다. 제인 오스틴의 시대가 도래하기 전까지는 픽션에 등장하는 위대한 여성들이 오직 저쪽 성의 눈에 비친 모습으로만, 그것도 저쪽 성과의 관계 속에서만 그려졌다니. 게다가 여성의 삶에서 그런 것이 차지하는 부분은 얼마나 하찮은지요. 그리고 남성의 앎이란 그런 것에 대해서조차 얼마나 알량한지요. 남성의 콧잔등에 성이라는 것이 걸쳐 놓은 칠흑빛 혹은 장밋빛의 안경을 통해 관찰하다 보니 그런 것이지요.

그렇기 때문에 어쩌면 이것이 픽션에 등장하는 여성들이 그렇게 극단적으로 아름답거나 끔찍하며, 천상의 선량함과 지옥의 타락 사이를 오락가락하는 이유일지도 모릅니다 — 왜냐하면 남자 자신의 마음에서 연인을 향한 사랑이 솟구치느냐 꺼지느냐, 자신이 행복하냐 불행하냐에 따라 그의 눈에 비친 연인인 여성의 모습이 그랬을 테니까요.

물론 이것은 19세기 소설가들에게는 적용되지 않습니다. 그때에 이르러서는 여성들은 훨씬 더 다채롭고 복합적인 인물들로 그려지게 되었습니다. 남성들이 점차 시극을 떠난 이유는 바로 여성들에 대해 글을 쓰고 싶다는 욕구 때문이었을지도 몰라. 시극은 그 폭력성도 폭력성이려니와 여성 인물들을 거의 활용할 수 없게 만드는 형식이니까. 그리고 그 때문에 아마도 그들은 좀 더 알맞은 그릇으로서 소설을 고안해 내게 되었을 거야. 그렇다고 해서 여성에 대한 남성의 지식이 — 남성에 대한 여성의 지식이 그러하듯 — 끔찍하도록 제한적이고 편파적이라는 사실이 어디로 가는 것은 아니지. 그러한 사실은 심지어 프루스트의 글에서조차 드러나.

책의 지면을 다시 내려다보며 나는 생각을 이어 갔습니다. 이뿐 아니라 남자들처럼 여자들도 끝없는 관심의 대상인 가정생활이라는 것 외에 다른 관심사를 갖고 있다는 사실 또한 명확해지고 있지. "클로이는 올리비아를 좋아했다. 그들은 실험실을 함께 썼고⋯⋯." 나는 계속 읽어 나가면서 이 두 젊은 여자가 간을 얇게 저미는 일을 하고 있었음을 알게 되었고, 짐작건대 그 간은 악성 빈혈의 치료제였을 테고 둘 중 한 명은 결혼하여 아마도 — 제 말이 틀림없을 겁니다 — 어린 자녀가 둘 있을 것입니다.

물론 지금까지 이 모든 세세한 면면이 누락되었어야 했기에 픽션 속 여인의 초상은 너무도 단순하고 단조로웠습니다. 예를 들어 문학에서 남성이 여성의 연인으로만 그려지고 다른 남자의 친구, 군인, 사상가, 몽상가로 그려지는 일이 결코 없다면, 셰익스피어의 희곡에서 그들이 차지하는 비중은 얼마나 보잘것없을 것이며 문학은 또 얼마나 초라할지 상상해 보십시오! 그렇게 되면 오셀로 같은 인물이 가장 많을 테고 안토니우스도 상당수 있을 테지만 카이사르도 브루투스도 햄릿도 리어도 자크도 없을 것이며, 문학은 믿을 수 없으리만치 빈곤해져 있을 테지요. 여성에게 닫힌 문들로 인해 측량할 수 없을 정도로 문학이 빈곤해져 온 것처럼 말입니다.

자기 의사와 상관없이 결혼하여 한 칸 방과 한 가지 직업에 묶여 살아가는 그들을 도대체 어떤 극작가가 충만하거나 흥미롭거나 진정성 넘치게 그려 낼 수 있었겠습니까? 사랑만이 유일한 통역사였습니다. 열정으로 타오르거나 쓰라림을 토로하는 것 외에 달리 할 수 있는 일이 시인에게는 없었겠지요. '여자들을 증오'하기로 작정한 게 아닌 이상 말입니다. 그런 경우라면 그 시인은 여성에게 매력이 떨어진다는 의미겠지요.

자, 이제 만일 클로이가 올리비아를 좋아하고 실험실을 함께 쓴다면 —그것은 둘의 우정이 더 다면적이고 공고해질 수 있음을 의미해. 사적인 면이 줄어드니까 — 만일 메리 카마이클이 글을 쓸 줄 안다면. 나는 그녀의 문체가 지닌 어떤 특질을 즐기기 시작했습니다. 만일 그녀에게 자기만의 방이 있다면 —그것에 대해서는 확실히 모르겠어 — 만일 오롯이 그녀만을 위해 쓸 수 있는 돈이 연간 500파운드가 된다면 — 이건 두고 볼 일이야 —그렇다면 아주 중요한 어떤 일이 일어났음을 뜻한다고 나는 생각해.

왜냐하면 만일 클로이가 올리비아를 좋아하고 메리 카마이클이 그것을 표현할 줄 안다면, 그녀는 아무도 가본 적 없는 드넓은 방에 횃불을 밝히게 되는 셈일 테니까. 온통 어스름한 빛 가운데 그림자가 깊게 드리운 그 방은 마치 뱀처럼 구불구불한 동굴 같아. 그런 곳에서는 촛불 한 자루를 손에 들고 위아래를 조심스레 살피며 어디로 가는지도 모르면서 발을 내디뎌야 하지. 그리고 나는 그 책을 다시 읽기 시작했고, 올리비아가 선반에 병을 올려놓으며 집에 있는 아이들에게 갈 시간이라고 말하는 모습을 클로이가 지켜보는 장면을 읽어 나갔습니다.

이런 광경은 개벽 이래 단 한 번도 나타난 적이 없어! 경탄의 외침이 내 입에서 터져 나왔습니다. 그러고 나서 호기심이 가득 차서 지켜보았습니다. 왜냐하면 보고 싶은 게 있었으니까요. 변덕스럽고 편견으로 채색된 저쪽 성의 조명이 켜지지 않은 상태에서 여성 홀로 있을 때 형성되는, 천정에 붙은 나방의 그림자만큼이나 손에 잡히지 않는, 그 기록되지 않은 몸짓과 전혀 또는 절반은 말해지지 않은 단어들을 포착해 내는 일에 메리 카마이클이 어떻게 접근하는지를 말입니다. 그 일을 해내려면 그녀는 숨을 죽여야 할 거야. 여자들은 배후에 어떤 뚜렷한 동기가 보이지 않는 관심을 받으면 짙은 의심을 하지. 그리고 은폐와 억압에 워낙 익숙해져 있는 터라 자신들을 향한 관찰의 눈이 끔벅이기라도 할라치면 금세 사라져 버리고 마니까. 나는 읽어 가면서 생각했습니다. "그 일을 해내려면 이 길밖에 없을 거예요." 나는 메리 카마이클이 바로 그곳에 있기라도 하듯 그녀에게 말을 걸었습니다. "시선을 창밖으로 고정시킨 채 무언가 다른 것에 대해서 이야기하면서 기록하되 연필로 공책에 기록하는 것이 아니라 속기 중 가장 빠른 속기로, 음절도 채 나뉘지 않은 말들로 기록하는 겁니다. 올리비아가 — 수백만 년의 세월 동안 바위 그늘에 있던 이 유기체가 — 자기 몸에 빛이 떨어질 때, 그리고 낯선 음식 부스러기가 — 지식, 모험, 예술이 — 자신에게 가까워지는 것을 볼 때 무슨 일이 일어나는

지를." 그러자 올리비아가 그 음식 조각을 향해 손을 뻗는다고 나는 책의 지면에서 눈을 떼며 생각했습니다. 이제 올리비아는 무한히 미세하게 얽혀 있고 정교한 전체적 균형을 흐트러뜨리지 않으면서 새것을 옛 것 안으로 흡수시킬 수 있도록 자신의 자원들 — 다른 목적을 위해 고도로 계발된 자원들 — 을 완전히 새롭게 조합할 방식을 고안해 내야 해.

그런데 아차차, 나는 하지 않겠노라고 결심한 짓을 저지르고 말았습니다. 무심결에 그만 내가 속한 성을 찬양하고 만 것입니다. '고도로 계발된', '무한히 미세하게 얽혀 있고 정교한', 이런 것들이 찬사의 말임을 부인할 길이 없고, 자신의 성을 찬양하는 것은 언제나 수상쩍고 이따금 어리석은 일입니다. 더욱이 이 경우에 어떻게 그 찬사를 정당화할 수 있겠습니까?

지도로 다가가서는 콜럼버스가 아메리카를 발견했는데 콜럼버스는 여자였다고 말하거나, 사과 한 알을 집어 들고는 뉴턴이 중력의 법칙을 발견했는데 뉴턴이 여자였다고 말하거나, 하늘을 올려다보면서 머리 위를 날고 있는 비행기를 가리키며 비행기를 여자들이 발명했노라고 말할 수는 없는 노릇입니다.

여성의 신장을 정밀하게 잴 수 있는 눈금들이 벽에 표시되어 있지도 않습니다. 측정 대상에게 갖다 대고서는 좋은 어머니의 자질이나 딸의 효심이나 누이의 우애나 가정주부의 역량을 잴 수 있는, 몇분의 일 인치까지 깔끔하게 눈금이 그려진 막대 자도 없습니다. 심지어 오늘날조차 대학교에서 학점이란 걸 받아 본 여자들을 찾아보기 어렵습니다. 전문 직종과 육군과 해군, 상업, 정치와 외교의 분야에서 커다란 시련의 시험대 위에 올라 본 여자들도 거의 없습니다. 여자들은 지금 이 순간에도 거의 미분류의 상태에 놓여 있습니다.

그러나 예컨대 홀리 버츠 경에 대해 모든 것을 알고자 한다면 그저 버크나 더브렛의 귀족 계보[63]를 펼치기만 하면 될 일입니다. 그러면 저는 이런 사실들을 발견하게 되겠지요. "그는 이러저러한 학위를 취득했고, 대저택의 소유자이며, 상속자가 있으며, 모 위원회 서기를 역임했고, 캐나다에서 대영 제국을 대표했으며, 학위와 직위와 메달과 기타 훈장을 몇 개씩 받았는데, 그것들은 영원히 지워지지 않은 표식으로써 그의 공훈을 인물에게 아로새겨 놓았다." 신이 아니고서야 홀리 버츠 경에 대해서 그보다 더 많이 알 수는 없을 것입니다.

이런 곤경에 직면하여 과연 무엇을 할 수 있을까요? 나는 책장을 다시 보았습니다. 거기에는 전기들이 꽂혀 있었습니다. 존슨과 괴테와 칼라일과 로런스 스턴과 윌리엄 쿠퍼와 퍼시 비쉬 셸리와 볼테르와 로버트 브라우닝과 그 밖에 많은 이들.

그리고 나는 그 모든 대단한 남자들에 대하여 생각하기 시작했습니다. 이 남자들은 이런저런 이유로 반대쪽 성의 특정인들을 추앙하고 뒤쫓고, 그들과 함께 살고 비밀을 나누고 사랑을 나누고, 그들에 대해 글을 쓰고 그들을 신뢰하고, 또 그들에 대한 필요와 의존이라고에는 설명할 수 없는 모습들을 보였습니다. 이 모든 관계가 마냥 플라토닉하기만 했느냐의 문제에 대해서는 저는 단언하지 않으

---

63 1826년 존 버크John Burke가 설립한 출판사에서는 영국의 귀족, 준남작, 훈작, 상류 지주 계층의 족보에 대한 권위 있는 가이드를, 존 더브렛John Debrett이 설립한 출판사에서는 귀족들의 가족사를 기록한 책을 출간해 오고 있다.

렵니다. 아마도 [점잖은 것을 좋아하는 권위주의자인] 윌리엄 조인슨 힉스 경은 그렇지 않았다고 말하겠지요.

그런데 만일 우리가 이 걸출한 남자들이 그 동지들로부터 따뜻한 위안과 달콤한 말과 육체적 쾌락 외에는 얻은 것이 없다고 우긴다면 그들을 대단히 폄훼하는 셈이 될 것입니다. 그들이 자기네 성은 줄 수 없는 무언가를 우리네 성에서 얻었다는 것은 분명한 사실이고 더 나아가 그들이 그렇게 얻은 것을, 시인들이 읊조리는 열정적 표현을 군이 인용하지 않고 말하자면, 어떤 자극 — 반대편 성만이 줄 수 있는 선물에 깃든 창조적 힘이 이룩하는 어떤 갱생 — 이라고 정의한다 해도 경솔한 짓은 아닐 것입니다.

나는 생각했습니다. 남자가 응접실이나 애들 방의 문을 열면 아이들에 둘러싸여 있거나 무릎에 자수거리를 올려놓은 여자가 눈에 들어왔을 테지. 어떤 경우이든 그것은 어떤 다른 삶의 질서와 체계의 중심이었을 거야. 그 세계가 그의 세계 —그것이 법정이든 하원이든 — 와 이루는 대조는 기다렸다는 듯이 그에게 새로움과 활력을 불어넣어 주고, 그에 뒤이어 아주 간단한 대화에서조차 발견되는 자연스러운 의견 차이는 그의 속에서 메말라 버렸던 아이디어에 새로운 자양분을 공급했을 거야. 자신의 것과는 다른 배지培地에서 자라나는 여자의 창조 행위를 볼 때 그의 창조적 힘은 자극을 받아 깨어나고 그의 척박한 마음은 시나브로 일을 꾀하기 시작하면서, 그녀를 방문하기 위해 모자를 쓸 때만 해도 떠오르지 않던 구절이나 장면이 떠오르게 되었을 거야.

모든 새뮤얼 존슨에게는 그만의 트레일이 있습니다.[64] 앞서 언급한 이유로 존슨은 트레일 곁에 머물게 되고, 그러다가 트레일이 그녀의 이탈리아인 음악 선생과 결혼할 때 존슨은 분노와 역겨움으로 반미치광이가 되는데, 단지 스트리텀에서의 유쾌한 저녁 시간이 이제는 다시 없을 과거의 일이 되어 버려서가 아니라 그의 삶의 빛이 '꺼진 것과 같이' 될 것이기 때문이었습니다. 우리는 여성에게서 미세하게 얽혀 있는 정교한 성질과 고도로 계발된 창조적 능력의 힘을 — 존슨 박사나 괴테나 칼라일이나 볼테르가 아니더라도, 그리고 그 대단한 사람들과는 대단히 다른 방식으로겠지만 — 느낄 수 있습니다.

한 여자가 어느 방으로 들어가 그곳에서 무슨 일이 일어나는지 스스로 말할 수 있으려면 — 단 영어라는 언어의 자원들은 비상을 위해 날개가 한껏 펼쳐져야 할 테지 — 그 모든 단어의 비행 편대들은 변칙 비행을 통하여 존재성을 획득할 필요가 있을 거야. 그 방들은 완전히 달라서 고요하거나 떠들썩하고, 바다를 향해 탁 트여 있거나 반대로 교도소 뜰을 바라보고 있고, 빨래가 널려 있는가 하면 오팔과 실크로 생기가 넘치고, 말총처럼 뻣뻣하거나 깃털처럼 부드럽지. 그저 어느 거리의 어떤 방이든 들어가기만 하면, 여성성의 지극히 복합적인 힘이 얼굴로 날아들 거야. 어떻게 그렇지 않을 수 있을까? 여자들은 수백만 년의 세월 동안 방구석에 처박혀 있었고, 그러다 보니 방의 벽에 속속들이 여자들의 창조적 힘이 스며들게 되었지. 벽을 이루는 벽돌들과 모르타르는 더 이상 그 창조력을 수용할 수 없는 정도가 되었고, 이제는 바야흐로 그 창조력이 펜과

---

64 헤스터 린치 트레일Hester Lynch Thrale(1741~1821)의 일기와 서신은 새뮤얼 존슨을 비롯한 18세기 많은 영국인에게 큰 정보의 원천이었다. 첫 남편 헨리 트레일과 1763년 결혼한 후 그녀는 새뮤얼 존슨을 비롯한 많은 문학인과 만나고 교류했다. 1781년 헨리가 사망한 후 이탈리아인 음악 교사와 결혼하면서 존슨과의 우정에 금이 가게 된다.

붓과 사업과 정치에 침투하는 것을 막을 수 없는 지경까지 이르게 되었어. 그런데 이 창조력은 남성의 창조력과는 크게 달라.

그리고 그것이 방해받거나 허비된다면 유감천만인 일일 것이라는 결론에 도달할 수밖에 없게 되지. 왜냐하면 그 힘은 여러 세기에 걸친 고단하기 짝이 없는 훈련으로 획득된 것이고 그것을 대신할 수 있는 것은 전무하므로 여자가 남자처럼 글을 쓴다든지, 남자처럼 산다든지, 남자처럼 보인다면 유감천만인 일일 거야. 왜냐하면 세상의 광활함과 다양함을 고려할 때, 두 가지 성으로도 모자랄 판국인데 어떻게 하나의 성만으로 꾸려 나갈 수 있겠어? 교육은 마땅히 유사점보다는 차이점들을 끄집어내고 강화해야 하는 것이 아닐까? 왜냐하면 우리는 서로 너무 많이 닮았으니까. 만일 먼 길을 떠났던 탐험가가 다른 나무들의 가지 사이로 다른 하늘을 우러러보는 다른 성들의 소식을 가지고 돌아온다면, 단연코 인류에 대한 최고의 봉사가 될 거야. 게다가 우리는 덤으로 X 교수가 자신의 '우월함'을 증명해 줄 잣대를 가지러 허둥지둥 뛰어가는 꼴을 지켜보는 즐거움을 누릴 수 있게 되겠지.

여전히 책의 지면 위 허공을 주시하면서 나는 생각했습니다. 메리 카마이클은 스스로를 단순히 관찰자로 둔 채 작품을 지어 나갈 거야. 아무래도 그녀는 관조적 소설가가 아닌 (내 생각에는 그다지 흥미롭지 않은 분파인) 자연주의 소설가가 되고 싶은 유혹을 받게 되겠지. 그녀에게는 관찰해야 할 새로운 사실들이 정말 많아. 이제 더 이상 스스로를 남부끄럽지 않은 중상류층 저택에 묶어 둘 필요가 없어. 친절을 베풀거나 겸양을 떨 필요 없이 동료 정신이라는 향이 짙게 밴 작은 방들로 들어갈 거야. 그곳에는 애첩과 창부, 퍼그 강아지를 끼고 앉은 여자가 있어. 거기서 그들은 아직도 남성 작가가 그들의 어깨에 멋대로 턱 걸쳐 놓은 조악한 기성

복을 걸친 채 앉아 있지. 그런데 메리 카마이클이 가위를 꺼내 들고는 둥글거나 각진 모든 굴곡에 맞추어 재단을 해 나갈 거야. 마침내 이 여자들을 있는 모습 그대로 보게 될 때 그 광경은 호기심을 자아내겠지. 하지만 우리는 좀 더 기다려야 할 거야. 우리의 성적 야만성의 유산인 '죄' 앞에서 자의식이라는 것이 여전히 걸리적거리며 메리 카마이클을 방해할 것이므로. 겉만 번지르르한 계급의 낡은 족쇄가 그녀의 발목에 여전히 채워져 있을 것이므로.

하지만 대다수의 여자는 매춘부도 애첩도 아니지. 그들은 오후 내내 칙칙한 벨벳 옷을 입고 퍼그 강아지를 꼭 끼고 앉아 있지도 않아. 그렇다면 그들은 무엇을 할까? 그때 내 마음의 눈 앞에 펼쳐지는 것이 있었습니다. 그것은 셀 수 없이 많은 사람으로 빼곡히 채워진 집들이 양옆으로 끝없이 늘어선 강의 남쪽 어딘가의 길게 뻗은 거리 중 하나였습니다. 상상의 눈으로 나는 폭삭 늙어 버린 노파가 딸처럼 보이는 중년 여성의 팔에 의지하며 길을 건너는 모습을 보았습니다. 두 사람 모두 품위 있게 부츠를 신고 모피를 둘렀는데, 오후의 그 점잖은 차림새는 일종의 의식임이 틀림없으며, 옷가지들은 해마다 여름이면 방충제와 함께 옷장에 치워진 채로 그 계절을 꼬박 보냈을 것입니다. 그들이 길을 건널 때 불들이 하나둘 밝혀질 거야. 황혼 녘이야말로 그들이 하루 중 가장 좋아하는 시간대니까. 그 둘은 해마다 늘 어스름 속에서 그 길을 건넜을 테지. 노파는 80줄에 가까워 보이는데, 인생이 어떤 의미였는지 누군가 묻는다면 그녀는 발라클라바 전투로 거리가 환하게 밝혀졌던 일이 기억난다든지 에드워드 7세의 탄생을 기념하여 하이드 파크에서 쏘아 올렸던 축포들이 울리는 소리를 들었다고 답할 거야. 그리고 누군가가 사건의 순간을 날짜와 계절까지 콕 집어서 알고 싶은 마음에, 가령 1868년 4월 5일이라든지 1875년 11월 2일에 무엇을 했냐고 묻는다면 노파는 멍한 표정을 지으며 아무것도 기억이 나지 않노라고 말하겠지. 왜냐하면 끼니때마다 밥상을 차리고 설거지를 했고, 아이들을 학교에 보냈고 그러고는 세상으로 내보냈으니까. 그 모든 수고로움에도 남은 건 아무것도 없지. 모두 사라져 버렸어. 그 어떤 전기나 역사책도 그 수고에 대해서는 말 한마디 하지 않아. 그리고 소설은 의도치 않게 불가피한 거짓말을 늘어놓지.

"무한한 무명無名에 가려진 이 모든 인생이 기록되지 않은 채 묻혀 있어요." 나는 마치 메리 카마이클이 곁에 있기라도 한 듯 말을 걸고는 머릿속에서 런던의 거리를 계속해서 걸어가면서 기록되지 않고 쌓여 온 삶이 가하는 잠잠한 함묵含默의 압력을 느꼈습니다. 그 압력은 살이 쪄서 부풀어 오른 손가락에 반지를 욱여넣고 허리춤에 양손을 얹은 채 길모퉁이에 서서 셰익스피어의 너울거리는 운율처럼 남실대는 몸짓과 함께 이야기하는 여인들로부터 왔을 수도 있고, 혹은 대문간 저 아래 쪼그리고 앉은 제비꽃 장수, 성냥팔이, 쭈글쭈글한 노파로부터 왔을 수도 있고, 아니면 햇살과 구름 아래 찰랑이는 물결처럼 남자나 여자가 밀려오거나 쇼윈도의 불빛들이 명멸할 때 낯빛이 바뀌는 떠돌이 소녀들로부터 왔을 수도 있습니다.

"이 모든 것을 탐색해야만 합니다." 나는 메리 카마이클에게 말했습니다. "횃불을 꽉 움켜쥐고서. 무엇보다도 심오함과 천박함이 산재하고 허영과 너그러움이 뒤죽박죽 혼재하는 자신의 영혼에 빛을 비추며 말해야만 합니다. 자기 외모의 잘남이나 못남이 자신에게 어떤 의미를 갖는지를, 그리고 그 쉼 없이 변하고 바뀌는 장갑과 신

135

발과 물건들 — 약사의 약병에서 휘발하여 나오는 옅은 향기가 옷감 가게가 늘어선 아케이드를 따라 인조 대리석 바닥 위를 흐르는 가운데 아래위로 흔들리는 것들 — 의 세상과 당신이 어떤 관계를 맺고 있는지를."

상상 속에서 나는 이미 어느 매장 안에 들어가 있었습니다. 그곳은 검고 흰 바닥재가 깔려 있고 유채색의 리본들이 놀랍도록 아름답게 매달려 있었습니다. 메리 카마이클도 지나는 길에 이곳을 눈여겨봤을 수 있어. 나는 생각했습니다. 안데스산맥의 눈 덮인 봉우리나 바위투성이 협곡이 그렇듯이 글로 묘사하기에 아주 적합한 광경일 테니까. 그리고 거기에는 카운터 일을 보는 소녀도 있지. 내가 그녀의 진실한 역사를 손에 넣는 건 나폴레옹의 150번째 전기나 현재 늙은 Z 교수와 그 동류들이 집필 중인 키츠와 그의 밀턴식 도치에 대한 70번째 연구서가 나올 즈음이 될 것이야. 그러고 나서 나는 아주 조심스럽게 — 워낙 겁이 많은 데다가 [앞서 교구 관리인에게] 어깨를 찰싹 한 대 얻어맞을 뻔했던 기억에 몸을 사리면서 — 까치발을 한 채 계속 중얼거렸습니다. 그녀는 저쪽 성의 허영을 — 차라리 '특이성'이라고 해야 하나? '허영'이라는 말은 기분을 상하게 할 테니 — 조롱하는 법도 배워야 해.

사람의 뒤통수에는 스스로 볼 수 없는 1실링 동전만 한 반점이 있습니다. 뒤통수의 그 동전 크기의 반점을 묘사해 주는 것, 그것은 한 성이 다른 성에게 베풀 수 있는 호의 가운데 하나입니다. 여성들이 유베날리스가 날린 논평과 스트린드베리가 남긴 비평[65]의 알

---

[65] 고대 로마의 풍자 시인인 유베날리스는 결혼과 여성을 비판했고, 『미스 줄리』를 쓴 스웨덴 극작가 스트린드베리는 이성 간의 갈등에 몰두했고 해방된 여자를 자신의 적으로 여겼다.

량한 덕을 얼마나 보았는지 생각해 보십시오. 아득한 옛날부터 남성들이 어떤 인간성과 말재간으로 뒤통수의 그 어두운 곳을 여성들에게 가리켜 보였는지를 생각해 보십시오! 그리고 만일 메리 카마이클이 아주 용감하고 정직하다면, 그녀는 저쪽 성의 뒤편으로 가서 그곳에 무엇이 있는지 보고 우리에게 말해 줄 테지요. 남성의 진실한 그림이 온전하게 그려지려면 한 여성이 1실링 동전만 한 반점을 묘사하는 일이 선행되어야만 합니다. [조지 엘리엇의 『미들마치』에 등장하는] 우드하우스 씨와 캐서번 씨는 딱 그 크기와 성질의 반점들 그 자체입니다. 물론 제정신인 사람이라면 그 누구도 그녀에게 의도적인 경멸과 조롱을 견뎌 내라는 조언을 건네지는 않을 것입니다. 문학은 그런 정신으로 쓰인 것이 무익하다는 것을 보여 줍니다. "진실하여라"라고 우리는 말할 테고, 그 결과는 놀랍도록 흥미로울 수밖에 없습니다. 희곡은 풍성해질 수밖에 없습니다. 새로운 사실들이 발견될 수밖에 없습니다.

그러다가 시선을 낮추어 다시 책의 지면을 들여다볼 때가 왔지요. 메리 카마이클이 앞으로 무엇을 쓸 것이며 무엇을 써야 할지 궁리해 보는 것보다는 메리 카마이클이 실제로 무엇을 썼는지를 살펴보는 편이 낫겠어. 그래서 나는 다시 읽기 시작했습니다. 내가 그녀에게 어떤 불만을 품었다는 사실이 기억났습니다. 그녀는 제인 오스틴의 문장을 쪼개어 놓음으로써 나의 흠 잡을 데 없는 취향과 섬세한 귀에 대해 우쭐거릴 기회를 주지 않았습니다. 왜냐하면 내가 그 둘에게 유사점이 없다는 것을 인정할 수밖에 없는 마당에 "그래요, 그래. 이 부분은 아주 근사해요. 그래도 작가님보다는 제인 오스틴이 훨씬 더 글을 잘 썼습니다"라는 말은 하나 마나 한 말일 테니까요.

그녀는 거기서 더 나아가 흐름 — 예상되는 순서와 질서 — 까지 쪼개어 놓았습니다. 어쩌면 그녀는 여자처럼 글을 쓰는 여자가 흔히 하듯이 사물에 자연스러운 질서를 부여하는 와중에 무의식적으로 그랬을 수도 있겠지요. 그러나 그것은 웬지 당혹스러운 효과를 내었습니다. 몸집을 불려 가는 파도도, 다음 모퉁이를 돌아 나올 위기도 눈에 들어오지 않았습니다. 그러다 보니 나는 내 감정들의 깊이에 대해서도, 인간 마음에 대한 나의 심오한 지식에 대해서도 우쭐거릴 수 없었습니다. 왜냐하면 사랑과 죽음에 대해 내가 일상적인 장소에서 일상적인 것들을 막 느끼려는 찰나마다 그 짜증 나는 생물체가(그 작가가 혹은 그 작품이) 나를 휙 밀쳐 버렸기 때문입니다. 마치 그 중요한 지점은 조금 더 가야만 나오기라도 할 것처럼.

그래서 그녀는, 우리가 겉으로는 영악하기 그지없어 보일지 몰라도 실은 그 속을 들여다보면 매우 진지하고 심오하고 고매하다는 우리의 신념을 지탱해 줄 모든 글귀를, 그리고 '기본적인 감정'과 '공통된 인간성'과 '인간 마음의 깊이'에 대한 나의 낭랑한 문구들을 도르르 펼쳐낼 기회를 주지 않았습니다. 반대로 그녀 때문에 나는 사람이 진지하고 심오하고 고매하기는커녕 — 훨씬 덜 매혹적인 생각입니다만 — 정신이 게으를 뿐 아니라 인습적이기까지 할지도 모른다고 느끼게 되었습니다.

그럼에도 나는 계속 읽어 나갔고 몇 가지 다른 사실들이 눈에 들어왔습니다. 그녀가 '천재'가 아니란 점은 확실했습니다. 그녀에게는 윈칠시 부인, 샬럿 브론테, 에밀리 브론테, 제인 오스틴, 조지 엘리엇과 같은 위대한 선배들이 지녔던 자연에 대한 사랑, 맹렬한 상상력, 자유로운 시적 흥취, 사색적 지혜 같은 것이 없었습니다. 그녀는 도리어 오즈번의 운율과 기품으로 글을 쓰지 못했습니다. 사실 그녀는 영리한 젊은 여자에 지나지 않고 10년 내로 출판업자들이 그녀의 책을 펄프로 재활용할 게 뻔해 보였습니다.

그러나, 그럼에도 불구하고, 그녀는 고작 반세기 전만 해도 제 아무리 뛰어난 재능을 지닌 여성이라 해도 누릴 수 없었던 어떤 이점들을 갖고 있습니다. 남자들은 더 이상 그녀의 '반대파'가 아닙니다. 그녀는 남자들에게 한바탕 퍼붓느라 시간을 허비할 필요가 없어. 그녀는 지붕 위로 기어 올라가서 자신에게 허락되지 않은 여행, 경험, 세상과 인물에 대한 지식을 희구하느라 마음의 평화를 깨뜨릴 필요가 없지. 공포와 증오는 거의 사라지고 없었습니다. 희미한 흔적만이 자유의 기쁨을 적당히 과장할 때나 저쪽 성을 낭만적이기보다는 신랄하고 풍자적인 방향으로 취급하는 경향성을 보일 때 슬쩍 드러날 뿐이었습니다.

그녀가 소설가로서 상당한 수준의 장점들을 타고났다는 점에는 의심의 여지가 없었습니다. 그녀는 매우 폭넓고 뜨겁고 자유로운 감수성을 지녔더군요. 그녀의 감수성은 거의 감지하기 어려운 미세한 건드림에도 반응했습니다. 그 감수성은 마치 막 심어져 처음으로 옥외에 놓여 바깥바람을 맞는 식물처럼 다가오는 모든 광경과 소리로 만찬을 즐기고 있었습니다. 또한 그 감수성은 거의 알려지지 않거나 기록되지 않은 것들 사이를 호기심에 가득 차서 사푼사푼 돌아다니고 있었습니다. 그 감수성은 사소한 것들과 조우하고는 그것들이 어쩌면 사소한 것들이 아닐 수도 있음을 보여 주었습니다. 그 감수성은 묻혀 있는 것들을 빛 가운데로 끄집어내고는 과연 애초에 그것들을 묻어 버릴 필요가 있었는지 질문을 던지게 했습니다.

나는 생각하기 시작했습니다. 비록 어색하고, 새커리나 램과 같은 작가가 펜을 조금만 굴려도 귀에 즐거운 글이 나오게 해 주는 오랜 전통이 무의식적으로 배어 있는 것은 아니지만 그녀는 첫째가는 중요한 교훈을 터득했구나. 여자로서 글을 쓰지만, 자신이 여성임을 잊은 여자로서 글을 쓰는구나. 그래서 성이 스스로를 의식하지 않을 때라야 가능한 진기한 성적 특질이 책의 지면 가득히 넘치는구나.

이 모든 것은 좋은 결과를 이끌어 냈습니다. 그러나 풍부한 감각이나 섬세한 지각도 찰나적이고 개인적인 것으로부터 영구적 구조물을 지어 내지 못한다면 아무 소용이 없습니다. 나는 앞서서 그녀가 '어떤 문제 상황'을 맞닥뜨릴 때까지 기다리겠노라고 말했었습니다. 그 말의 의미는 그녀가 소환하고 손짓하며 불러 모음으로써 자신이 단지 겉만 핥는 사람이 아니라 저 아래 심연을 이미 들여다본 사람임을 입증할 때까지 기다리겠다는 뜻이었습니다. 어떤 순간이 오면 "때가 왔어"라고 그녀는 혼잣말할 것입니다. 과격한 일을 벌이지 않으면서도 이 모든 것의 의미를 보여 줄 수 있는 때가. 그리고 그녀는 — 눈에 안 띄려야 안 띌 수 없는 기민함으로! — 손짓하며 소환하기를 시작할 것이며 기억 속에 반쯤 잠겨 있던 것들이, 다른 장에서 중도에 흘러가게 내버려 두었을 수 있는 다소 사소한 것들이 솟아오를 것입니다. 그리고 그녀는 최대한 자연스럽게 누군가가 바느질을 하거나 파이프 담배를 피우는 동안 그것들의 존재가 느껴지게끔 할 것이고, 우리는 그녀가 글을 계속 써 내려가는 동안 우리가 세상 꼭대기에라도 올라서서 발아래 세상이 매우 장엄하게 펼쳐진 모습을 보기라도 한 듯 느낄 것입니다.

어쨌든 그녀는 그것을 시도하고 있었습니다. 그리고 그 시험을 통과하기 위해 그녀가 몸을 쭉 펴는 것을 지켜보는 내 눈에 들어오는 것이 있었습니다(나는 그녀의 눈에는 그 장면이 들어오지 않기를 바랐습니다). 그것은 주교와 학장, 박사와 교수, 가부장과 현학자가 모두 그녀를 향해 경고와 충고를 목청껏 외쳐 대는 장면이었습니다. 이것은 능력에 부치고 저것은 해서는 안 되오! 잔디로는 펠로와 학자만이 다닐 수 있소! 여자들은 소개장 없이는 출입이 불가하오! 소설가를 지망하는 우아한 여성들은 이쪽으로! 그렇게 그들이 경마장 울타리로 모여든 관중처럼 그녀를 향해 목청을 높이는 와중에 좌로도 우로도 시선을 돌리지 않고 자신의 장애물을 넘는 것이 그녀가 치를 시험이었습니다. "욕이라도 한바탕 퍼부어 주려고 멈춘다면 끝장나는 거예요." 나는 그녀에게 말했습니다. "한바탕 웃기 위해 멈춘다 해도 마찬가지고요. 주저하거나 멈칫하면 망하는 겁니다. 오직 점프만 생각해요." 나는 탄원하듯 말했습니다. 마치 가진 돈을 몽땅 그녀의 등짝에 걸기라도 한듯이요. 그리고 그녀는 새처럼 가뿐히 넘었습니다. 그러나 그 너머에 또 하나의 장애물이 있었고, 그 너머에도 또 있었습니다. 그녀에게 버텨 낼 힘이 있을지 슬슬 의심이 들기 시작했습니다. 신경을 갉아 먹는 박수 소리와 함성이 쩌렁쩌렁했으니까요. 그럼에도 그녀는 최선을 다했습니다. 메리 카마이클이 천재가 아니고 침실 겸 거실에서 자신의 첫 소설을 쓰고 있는 무명의 젊은 여자임을 감안하면, 그리고 시간이라든지 돈이라든지 무위도식할 여유라든지 하는 유리한 조건을 충분히 갖추지 못했다는 점을 고려하면, 썩 못한 편은 아니야. 나는 생각했습니다.

그녀에게 100년의 세월을 더 주자. 나는 마지막 장을 읽으면서 결론을 내렸습니다 — 사람들의 코와 맨어깨가 별이 총총한 밤하늘을 배경으로 그 모습을 드러냈습니다. 누군가가 거실의 커튼을 홱 당겼거든요—그녀에게 자기만의 방을 하나 주고 1년에 500파운드씩 받게 하자. 마음에 있는 것을 말하게 하고 지금 쓰는 것의 절반을 들어내게 하자. 그러면 언젠가는 더 나은 책을 쓰게 될 거야. 그녀는 시인이 될 거야. 또 한 번의 100년이 지나면 말이야. 나는 메리 카마이클이 쓴 『생의 모험』을 서가의 맨 가장자리에 꽂아 넣으며 말했습니다.

6장

다음날 커튼 없는 창을 통해 들어온 10월의 아침 햇살이 먼지로 반짝이는 빛줄기를 이루며 방을 가득 채우고 있었고, 거리로부터는 차량이 윙윙거리는 소리가 올라오고 있었습니다. 런던은 다시금 힘을 내고 있었습니다. 공장에 활기가 돌았습니다. 기계들이 돌기 시작했습니다. 그 모든 책을 읽고 나니 창밖으로 눈을 돌려 1928년 10월 26일 아침에 런던은 과연 무엇을 하고 있는지 보고 싶은 마음이 일렁였습니다. 그렇다면 런던은 무엇을 하고 있었을까요?

그 누구도 『안토니우스와 클레오파트라』를 읽고 있는 것처럼 보이지는 않았습니다. 런던은 셰익스피어의 희곡에는 완전히 무관심해 보였습니다. 누구 하나 — 누굴 탓하려는 건 아닙니다만 — 픽션의 미래라든지 시의 죽음이라든지, 혹은 평범한 여성이 자신의 마음을 온전히 표현해 줄 산문체를 개발하는 것 따위에는 지푸라기 한 가닥만큼의 관심도 두지 않았습니다. 이러한 문제에 대한 견해가 길 위에 분필로 적혀 있다 한들 몸을 굽혀 읽으려 드는 사람은 아무도 없을 것입니다. 분주한 발걸음의 무심함으로 반 시간도 지나지 않아 모두 지워져 버릴 테지요.

심부름꾼 소년이 왔습니다. 목줄을 채운 개를 데리고 나온 여자가 있습니다. 런던의 매력은 서로 닮은 사람을 결코 찾아볼 수 없다는 데 있어. 각자 자기만의 개인사에 얽매여 있는 듯 보이지. 작은 가방을 들고 바쁘게 지나가는 사람들이 있었습니다. 건물 주변의 철책을 막대로 달각달각 두드리는 떠돌이들이 있었습니다. 거리를 클럽 사교실 정도로 여기는지 마차에 탄 남자들에게 반갑게 인사를 건네며 청하지도 않은 정보를 던져 주는 붙임성 좋은 사람들이 있었습니다. 장의 행렬도 지나갔는데, 남자들은 자신의 몸도 언젠가는 스러질 것임이 불현듯 떠올랐는지 모자를 벗어 올려 조의를 표했습니다. 그리고 매우 기품 있는 신사 한 분이 천천히 현관을 내려오다가 부산한 숙녀 한 분과 부딪히지 않으려고 발길을 잠시 멈추었는데, 그녀는 어떻게 장만했는지 모르겠지만 화려한 모피 코트를 입고 겹향제비꽃 한 다발을 들고 있었습니다. 이 모든 사람은 서로 떨어진 채 온통 자기 자신에만 몰두하며 자기 일만 보고 있는 듯이 보였습니다.

바로 그때, 런던에서 빈번히 일어나는 일입니다만, 교통과 통행의 완전한 정적과 정지의 순간이 찾아왔습니다. 그 어떤 것도 거리를 따라 내려오지 않았고 아무도 지나가지 않았습니다. 잎사귀 한 장이 거리 끝자락에 있는 플라타너스에서 툭 분리되어 그 정적과 정지 속으로 떨어져 내렸습니다. 왠지 그것은 하강 곡선을 그리는 어떤 신호 — 간과했던 사물들에 내재하는 어떤 힘을 가리키는 신호 — 처럼 보였습니다. 그것은 어느 강줄기를 가리키는 것 같았습니다. 그 강은 모퉁이를 돌아서 거리를 따라 보이지 않게 흐르면서 소용돌이치며 사람들을 데리고 갔습니다. 마치 옥스브리지의 물결이 배에 탄 학부생과 죽은 이파리들을 데려갔듯이.

이제 강줄기는 거리의 한편에서 반대편으로 대각선을 따라 에나멜가죽 부츠를 신은 아가씨를 데려오는가 싶더니 밤색 외투를 걸친 젊은 남자를 데려오고 있었습니다. 강줄기는 택시도 한 대 데려왔습니다. 그리고 강줄기가 그 셋을 모두 내 방 창 바로 아래에 있는 한 지점에 모아 놓았는데, 거기서 택시가 정차하고 젊은 여자와 남자도 발길을 멈추었습니다. 둘은 택시에 올라탔고 택시는 미끄러지듯 달리기 시작했습니다. 그들은 마치 어디론가 물살에 쓸려가는 것만 같았습니다.

그 광경은 사뭇 평범할 따름이었지만 기묘하게도 나의 상상력은 그에 리드미컬한 질서를 부여했고, 두 사람이 한 대의 택시에 올라타는 평범한 광경은 그들만의 오롯한 만족감같아 보이는 것을 전달해 주는 힘을 지니고 있었습니다. 두 사람이 길을 따라 걸어 내려와 길모퉁이에서 만나는 광경이 마음의 긴장을 풀어 주는 것 같다고 나는 택시가 길을 돌아 사라지는 것을 보면서 생각했습니다. 어쩌면 내가 지난 이틀 동안 그랬듯이 한쪽 성을 다른 쪽 성과 구별하여 생각하는 것은 수고로운 일인지도 모르겠습니다. 이제 두 사람이 만나 한 대의 택시에 올라타는 것을 봄으로써 수고로움이 그치고 마음의 하나 됨이 회복되었습니다.

마음이란 확실히 매우 신비로운 기관임이 틀림없어. 나는 창 쪽으로 드밀었던 고개를 당기며 곰곰이 생각했습니다. 우리는 마음에 대해 전혀 모르면서도 그것에 전적으로 의지하지. 어떤 명백한 원인 때문에 몸에 무리가 간다고 느끼는 것처럼 단절과 반목이 마음속에 존재한다고 느껴지는 건 왜일까? '마음의 하나 됨'이라는 말이 의미하고자 하는 바는 무엇일까? (나는 궁리해 보았습니다.) 마음은 어느 순간 어느 지점에서든 집중할 수 있는 강력한 힘을 지니고 있으므로 단일한 하나의 마음 상태만 존재한다고는 말할 수 없을 것 같아.

예컨대 마음은 위층 창가에 서서 저 아래 거리의 사람들을 내려다보면서 그들과 자신을 떼어놓고는 스스로를 그들과 분리된 존재로 인식할 줄 압니다. 또한 마음은, 가령 새로운 소식의 발표를 기다리는 군중 속에서 저절로 다른 사람들과 함께 [집단적] 사고를 합니다. 앞서서 나는 글을 쓰는 여성이 그녀의 어머니를 통해 과거를 되짚어 본다고 말했습니다. 그와 같이 마음은 자신의 아버지나 어머니를 통해서 시간을 거슬러 생각할 수 있습니다. 그뿐 아니라 만일 누군가가 여자라면 그는 갑작스러운 의식의 분열을 경험하며 종종 놀라게 됩니다. 이를테면 문명의 상속인으로서 [정부 청사가 늘어선] 화이트홀 거리를 걷는 와중에 문득 반대 입장에 선, 문명의 바깥에 선 외부인이자 비판자가 되는 것이지요. 분명히 마음은 시시각각 초점을 옮기고 세상을 다양한 시각으로 조망합니다.

그러나 이러한 마음 상태 중에서(그것들이 스스로 선택한 마음 상태라 하더라도) 어떤 것들은 다른 것들보다 덜 편안합니다. 그러한 불편한 마음 상태를 유지하기 위해서는 무의식적으로 무언가를 억제하게 되는데, 그 억제는 점차 수고로운 일이 되어 갑니다. 그런데 억제할 것이 없어서 아무런 수고 없이도 유지할 수 있는 마음 상태도 있을 거야. 그리고 지금 이 마음이 어쩌면 그런 마음 상태 중 하나일 거야. (나는 창가로부터 물러서며 생각했습니다.) 왜냐하면 내가 그 한 쌍의 남녀가 택시에 몸을 싣는 것을 보았을 때, 마치 나뉘었던 마음이 자연스러운 융합을 통해 다시 하나가 되는 느낌이 확실히 들었거든. 그 이유는 명백해. 두 성이 협력하는 것이 자연스럽다는 것이지. 남녀의 하나 됨이 지극한 만족과 더할 나위 없이 완벽한 행복을 빚어낸다는 이론 쪽으로 기우는, 심원하면서도 비이성적인 어떤 본능이 있어.

그러나 두 사람이 택시에 올라타는 장면과 그것이 내게 준 만족감은 나에게 질문을 던지도록 부추겼습니다. 몸의 두 성에 대응하는 두 가지 성이 마음에도 있을까? 그리고 마음의 두 성 역시 완벽한 만족과 행복을 위해서는 하나 됨이 필요할까? 나는 질문을 던지는 데서 더 나아가 서투른 솜씨로 영혼의 대략적 도면을 그려 보았습니다. 그 도면에 따르면 우리 각 사람 안에는 두 세력이 주인 노릇을 하는데 그중 하나는 남성성이고 다른 하나는 여성성이며, 남자의 뇌에서는 여성성에 비해 남성성이, 여자의 뇌에서는 남성성에 비해 여성성이 우위를 점합니다. 존재가 정상적이고 편안한 상태에 있으려면 그 둘이 영적으로 서로 협력하면서 함께 조화를 이루며 지내야 합니다. 남자라도 뇌의 여성적 부분은 여전히 효력을 지녀야 하고, 여자 역시 자신 속의 남성성과 소통하고 교류해야만 합니다. 위대한 마음은 양성적이라는 콜리지의 말도 어쩌면 이런 뜻이었을 것입니다. 이런 융합이 일어날 때 마음은 더없이 비옥해지고 모든 기능을 잘 활용하게 됩니다.

짐작하건대 순전히 남성적이기만 한 마음은 아무런 창조도 하지 못할 테고, 순전히 여성적이기만 한 마음도 마찬가지일 테지. (나는 생각했습니다.) 그렇지만 잠시 눈을 돌려 책 한두 권을 읽으면서 남자인데 여성스럽다는 말과, 반대로 여자인데 남성스럽다는 말이 무엇을 뜻하는지 알아보는 것이 좋겠어.

위대한 마음은 양성적이라는 콜리지의 말이 특별히 여성과 공감하는 마음이라든지 여성들의 대의에 동조하거나 여성들을 해석하는 일에 몰두하는 마음을 뜻한 것은 아님은 확실해. 어쩌면 양성적인 마음은 단성적이기만 한 마음보다 이러한 구별을 덜 하는 편일지도 몰라. 어쩌면 콜리지는 양성적인 마음은 공명성과 투과성을 지니고, 하얗게 작열하며, 분열 없는 온전함을 의미했을 것만 같아. 사실 시간을 거슬러 올라가면 양성적 마음들 중 여성성을 띠는 남자의 마음의 전형으로 셰익스피어의 마음을 주목하게 돼. 물론 셰익스피어가 여성에 대해 어떻게 생각했는지는 알 길이 없지만. 만약 성에 대해 특별하거나 유별나게 생각하지 않는 것이 완전히 계발된 마음의 증거 중 하나라는 것이 참이라 할 때, 과거 그 어느 때도 오늘날처럼 그런 마음 상태에 도달하기가 어려운 적은 없었지.

생각이 여기에 미쳤을 때 나는 현존 작가들의 책이 꽂힌 지점에 도달했고, 거기 잠시 멈추어 서서 이 사실이 나를 그토록 오랫동안 고민케 한 무언가의 근저에 자리 잡고 있는 것은 아닐지 생각했습니다. 그 어떤 시대도 오늘날처럼 거북할 정도로 성을 의식하지는 않았지. 대영박물관에 소장된 셀 수 없이 많은 책 — 남자들이 여성에 대해 쓴 책 — 이 그 증거야.

여성 참정권 운동이 한몫했음은 의심할 여지가 없습니다. 그 운동은 자기주장을 향한 강렬한 욕구를 남자들에게 불러일으켰음이 틀림없고, 도전받지 않았더라면 굳이 생각조차 하지 않았을 자신들의 성과 특징을 강조하게끔 만들었음이 분명합니다. 그리고 도전을 받으면 그것이 비록 검은 보닛을 쓴 소수의 여자가 걸어오는 도전일지라도 되받아치게 되고, 만일 이전에는 단 한 번도 도전 같은 것을 받아 본 적이 없는 경우라면 복수의 정도는 다소 과해지기 마련입니다.

그것이 어쩌면 그 특징 중 일부를 설명해 줄 수 있을지도 몰라. 내 기억에는 이 책에서 발견했던 특징들인데……. 나는 A 씨의 신간 소설을 집어 들면서 생각했습니다. 평론가들에게 높은 평가를 받고 있는 것으로 보이는 그 소설가는 한창 전성기를 구가 중입니다. 나는 책을 펼쳤습니다. 다시 남성의 글을 읽으니 실로 즐거웠습니다. 여자들의 글 뒤에 읽은 그의 글은 거침없고 어찌나 시원시원하던지요. 자유로운 마음, 얽매이지 않은 인격, 넘치는 자신감을 엿볼 수 있었습니다. 이렇게 양분을 잘 공급받고 잘 교육받은 자유로운 마음 — 단 한 번도 훼방이나 반대에 부딪히지 않은 마음, 그렇기는커녕 오히려 탄생 이래 쭉 내키는 대로 자신을 신장시킬 자유를 만끽하며 살아온 마음 — 을 접하니 물리적 행복감이 밀려왔습니다. 모든 것이 경탄스러웠습니다.

그러나 한두 장을 읽고 나니 그림자 하나가 지면을 가로질러 드러누워 있는 것 같았습니다. 그 그림자는 곧고 거뭇한 막대로서 마치 글자 'I'를 닮아 있었습니다. 그것이 가려 버린 풍경을 엿보고자 이리저리 흘끗거리기 시작했습니다. 가려진 것이 한 그루 나무인지 아니면 걷고 있는 어느 여인지는 잘 알 수 없었습니다. 나는 번번이 글자 'I'와 조우하고 또 조우해야 했습니다. 급기야 나는 'I'에 질리기 시작했습니다. 그럼에도 이 'I'는 존중받아 마땅한 'I'였습니다. 정직하고 논리적이었으며, 견과류처럼 단단했고, 여러 세기에 걸친 좋은 가르침과 좋은 양육으로 수련되어 있었습니다. 나는 마음 깊은 곳으로부터 그 'I'를 존중하고 존경해.

그런데(이 지점에서 나는 이런저런 것을 찾느라 책장을 한두 장 넘겼습니다) 가장 큰 문제는 뭐냐 하면, 글자 'I'의 그림자가 드리운 곳에서는 모든 것이 엷은 안개처럼 아무 형체도 갖지 못한다는 점이야. 저것은 나무일까? 아니 여자야. 그런데…… 그녀의 몸에는 뼈라곤 한 대도 없어. 나는 생각하면서 피비가 —그게 그녀의 이름이었거든요— 해변을 가로질러 오는 것을 보았습니다. 그러자 앨런이 우뚝 일어섰고 앨런의 그림자가 그 즉시 피비를 지워 버렸습니다. 왜냐하면 앨런에게는 여러 관점이 있었고 피비는 앨런의 관점들의 홍수 속에 잠겨 버리고 말았으니까요. 앨런은 열정이 넘쳐. 나는 생각했습니다. 그리고 이 지점에서 위기가 다가오고 있다고 느끼면서 책장을 아주 빠르게 넘겼고, 실제로 위기가 닥쳐오고 있었습니다. 그 일은 태양이 내리쬐는 해변에서 벌어졌습니다. 사방이 탁 트인 곳에서 행해졌습니다. 매우 격렬하게 행해졌습니다. 그 어떤 것도 그보다 더 망측할 수는 없을 것입니다.

그런데……(나는 '그런데'를 남발하고 있었습니다). 사람이 계속해서 '그런데'라고만 말할 수는 없는 노릇이야. 어떻게든 이 문장을 마무리해야 해. (나는 스스로를 다그쳤습니다.) 이렇게 문장을 마무리하면 어떨까? "그런데 나는 지루해졌어!(그런데 왜 나는 지루해졌던 걸까요?)" 한편으로는 'I'라는 글자의 지배력과 거대한 너도밤나무가 그러듯이 자신의 그늘 속에 드리운 피폐한 메마름이 부분적 원인일 수 있겠지. 그곳에선 아무것도 자랄 수 없으니까. 그리고 또 한편으로는 조금은 더 모호한 이유가 있겠지. A 씨의 마음속에는 창의적 에너지의 샘을 막아 버리고 갑갑한 경계 안에 가두어 버리는 방해물과 장애물이 있는 것 같았습니다. 그리고 옥스브리지에서의 오찬과 담뱃재와 맨섬 고양이와 테니슨과 크리스티나 로세티가 모두 하나의 기억으로 뭉뚱그려져서 떠올랐습니다. 그러고 보니 거기에 장애물이 떡하니 자리 잡고 있을 개연성이 높아 보였습니다.

피비가 해변을 가로질러 올 때 그가 더 이상 "뚝 하고 떨어졌네, 찬란한 눈물, 대문가에 핀 시계초꽃에서"라고 나직하게 흥얼거리지 않고, 앨런이 다가올 때 그녀가 "내 마음은 노래하는 한 마리 새, 물기 머금은 새순에 깃들었지"라고 화답하지 않는데 그가 무엇을 할 수 있겠어? 대낮처럼 숨김없고 태양처럼 논리적인 그가 할 수 있는 것이라곤 오직 한 가지뿐이지. 그리고 그는 그것을 하지, 있는 그대로 정당하게 말하자면, 하고 또 하고(나는 책장을 넘기면서 말했습니다) 하고 또 하지. 그리고 그것은 왠지 밋밋한 것 같아. 나는 이 말이 얼마나 기분 나쁜 실토가 될지 잘 알면서도 굳이 덧붙였습니다.

셰익스피어의 외설은 사람의 마음속에서 천 가지의 다른 것들을 뿌리째 뽑아 버리지. 밋밋한 것과는 아주 거리가 멀어. 그런데 셰익스피어는 즐거움을 위해서 그것을 해. 반면 A 씨는 보모들이 입버릇처럼 말하듯이 일부러 저질러. 저항을 하는 것이 목적이야. 그는 자신의 우월함을 주장함으로써 여성의 평등에 반대하고 있어. 그러므로 그는 막히고 짓눌리고 자의식에 빠져 있는데 그런 상태는 셰익스피어라도 클러프 씨와 데이비스 씨[66]를 알았더라면 피해 가지 못했을 수 있어. 의심의 여지 없이 여성 운동이 19세기가 아닌 16세기에 시작되었더라면 엘리자베스 여왕 시대의 문학은 오늘날 우리가 아는 것과는 사뭇 달라져 있겠지.

그렇다면 만일 마음의 두 측면에 관한 이론이 타당하다면, 결국 사

---

66 뉴넘 칼리지의 첫 학장이자 여성 운동가인 앤 클러프Anne Clough (1820~1892)와 거튼 칼리지를 설립한 에밀리 데이비스를 말한다.

내다움이라는 것이 자의식에 빠져 있다는 결론, 말하자면 남자들이 이제는 뇌의 남성적 측면만을 가지고 글을 쓰고 있다는 결론에 이르게 되지. 여자들이 그들의 글을 읽는다면 그것은 실수하는 것이야. 왜냐하면 여자들은 찾아내지 못할 것을 찾아 헤매게 되고 말 테니까. 암시의 힘의 부재가 가장 아쉬워. 나는 평론가 B 씨의 책을 손에 집어 들고는 시 예술에 대한 그의 논평들을 아주 찬찬히 하나하나 뜯어보듯이 읽으면서 생각했습니다. 무척이나 뛰어난 기교와 더불어 날카로움이 번득이고 학식이 넘치지만, 그의 감정이 더 이상 전달되고 있지 않다는 데 문제가 있었습니다. 그의 마음은 각기 다른 방으로 나뉜 것 같았습니다. 어떤 소리도 이 방에서 저 방으로 전달되지 않았습니다. 그러다 보니 B 씨의 문장 하나를 취해서 마음에 들이면 맥없이 바닥으로 떨어지면서 죽어 버리고 마는 거야. 반면 콜리지의 문장 하나를 취해서 마음에 들이면 그 문장은 힘차게 터지면서 온갖 종류의 다른 아이디어들을 낳아. 그런 글이야말로 영원한 생명의 비밀을 지녔다고 말할 수 있는 유일한 종류의 글인 것이지.

그러나 이유야 어찌 되었든 그것은 한탄할 수밖에 없는 사실이야. 왜냐하면 그것이 의미하는 바는(이 지점에서 나는 오늘날 큰 인기를 누리고 있는 현존 작가인 골즈워디 씨와 키플링 씨가 저술한 책들이 줄지어 꽂혀 있는 곳에 와 있었습니다) 우리와 동시대를 살아가고 있는 가장 위대한 작가 중 일부가 [여성들의 마음에] 와닿지 않는 말을 하고 있다는 것이므로. 비평가들은 여자에게 그 작가들의 글에 영원한 생명의 샘이 있다고 확신시키려 들지만, 여자는 아무리 용을 써도 그들의 글에서 샘을 찾아낼 수 없어. 그들의 작품은 남성의 덕목을 예찬하고 남성적 가치관을 강요하며 남자들의 세상을 기술하기 때문이지. 게다가 이 책들에 스며들어 있는 감성은 여자에게는 이해 불가인 감성이야. 그 끝이 도래하려면 한참 멀었는데도, "오고 있어, 점점 모이고 있어. 이제 막 누군가의 머리 위에서 터지려고 해"라고 누군가가 말하기 시작하는 거지. [골즈워디의 『포사이트 연대기』에 등장하는 가부장적 인물인] 늙은 졸리언의 머리 위로 그 그림이 떨어지고 그 충격으로 그는 죽을 거야. 그를 내려다보며 늙은 목사가 두어 마디 애도의 말을 내어놓겠지. 템스강의 모든 백조가 일제히 노랫소리를 터뜨리겠지. 그러나 그 일이 벌어지기 전에 누군가는 급히 그 자리를 빠져나와 구스베리 덤불에 몸을 숨길 거야. 왜냐하면 한 남자에게는 그토록 깊고 미묘하고 상징적인 감정이 한 여자에게는 의아함만을 자아낼 테니까. [조의를 표하기 위하여] 등을 돌리고 선 [호전적 팽창주의자인] 키플링 씨의 장교들에 대해서도 마찬가지이며, 씨를 뿌리는 그의 '파종자들', 홀로 자신의 '일'에 몰두하는 그의 '남자들'[그의 부하들], 그 '깃발'[영국 국기]에 대해서도 매한가지야. 누군가는 이 강조된 단어에 얼굴이 붉어져. 마치 남성성이 넘쳐흐르는 어느 난잡한 향연에서 나누는 이야기를 엿듣다가 들키기라도 한 것처럼.

골즈워디 씨와 키플링 씨가 내면에 여성의 불꽃을 지니고 있지 못하다는 건 사실이야. 그래서 여자의 눈에는 그들의 모든 자질이, 일반화하자면, 조야하고 미숙하게 보이지. 그들에게는 암시의 힘이 결여되어 있어. 그리고 암시의 힘이 결여된 책은 그것이 제아무리 마음의 껍데기를 힘차게 두드린다 한들 마음속으로 파고들어 가지는 못하지.

나는 괜히 읽지도 않을 책들을 책꽂이에서 꺼냈다가 도로 넣기를 반복하면서 초조한 기분을 느끼며, 다가올 어느 시대를 마음속에 그려보기 시작했습니다. 그것은 순전한 남성성의 시대, 자기를 강하게 내세우는 남성성의 시대로서 교수들의 서신에서(이를테면 월터 롤리 경의 서신에서) 불길한 전조가 엿보이고 이탈리아에서는 이미 그 시대의 문이 열렸습니다. 그도 그럴 것이 로마에 가서 누그러짐 없는 남성성의 기운에 주눅 들지 않기란 거의 불가능하니까요. 그리고 옹골찬 남성성이 국가적으로 어떤 가치를 갖든 간에 시 예술에 그것이 미치는 영향에 대해서는 의혹의 눈초리를 거둘 수 없으니까요. 어쨌든 신문 보도에 따르면 이탈리아는 픽션에 대해 모종의 조바심을 내고 있습니다. 최근에 한 학술 위원들이 회의를 열었는데 그 주제는 '이탈리아 소설의 발전 방안 모색'이었습니다. 일전에 "유력 가문 혹은 금융업계나 산업계 혹은 파시스트 협동조합에서 유명한 남자들이" 모여서 그 문제를 논의했고, "파시스트 시대는 머지않아 그에 걸맞은 시인을 한 명 배출할 것"이라는 희망이 피력된 전문이 [무솔리니] 총통에게 타전되었습니다. 우리 모두 그 잘난 희망에 동참해 볼 수도 있겠지만, 시가 인큐베이터에서 나올 수 있을지는 의문스럽습니다. 시에게는 아버지뿐 아니라 어머니도 응당 필요합니다. 파시즘의 시는 두렵게도 어느 자치주 수도의 박물관에서 전시될 법한, 유리병에 담긴 끔찍한 발육 부전 생명체와 같을 것입니다. 그런 괴생명체는 결코 오래 살지 못한다고들 합니다. 그와 같은 종류의 기괴한 생명체가 들판에서 풀을 뜯는 것을 본 적이 없습니다. 몸은 하나인데 머리가 둘이라면 장수하긴 글렀습니다.

하지만 — 굳이 누군가를 탓해야겠다 하더라도 — 이 모든 것의 탓을 한쪽 성은 쏙 빼고 다른 쪽 성에게만 돌릴 수는 없는 노릇이겠지. 책임은 모든 선동가와 개혁가에게 있겠지. 그랜빌 경에게 거짓을 말했던 베스버러 부인, 그레그 씨에게 진실을 말했던 에밀리 데이비스, 성에 대해 의식하는 상태를 불러온 모든 사람을 탓해야 하겠지. 그리고 내가 한 권의 책에 내 모든 능력을 펼치고자 하는 이때, 그 책을 행복했던 시대 — 에밀리 데이비스와 앤 클러프가 태어나기 전, 즉 작가가 마음의 양 측면을 균등하게 활용하던 시대 — 에서 찾게끔 나를 부추기는 것도 그들이야.

그렇다면 셰익스피어에게로 돌아가야 해. 왜냐하면 셰익스피어는 양성적이었으니까. 키츠도 스턴도 쿠퍼도 그랬고, 램과 콜리지도 그랬지. 셸리는 어쩌면 무성無性이었을지도 몰라. 밀턴과 벤 존슨은 남성성이 약간 과했었지. 워즈워스와 톨스토이도 그랬었고. 우리 시대로 말하자면 프루스트가 전적으로 양성적이었어. 아니 여성성이 살짝 넘쳤다고 해야 하나. 그렇지만 그런 결점은 워낙 희귀하므로 불평거리는 아니지. 그런 종류의 배합이 전무할 때 지성이 우세해지고 마음의 다른 능력이 굳어지면서 기능을 상실하게 되는 것 같아. 하지만 나는 이것이 그저 거쳐 가는 단계에 불과할지도 모른다는 생각을 하며 스스로를 위로했습니다.

[그건 그렇고 이 강의를 시작할 때] 내 생각의 궤적을 들려 드리겠노라 했던 약속에 따라 지금까지 말해 온 내용 중 많은 부분이 유효 기간이 지난 것처럼 들릴 수 있습니다. 내가 보기에는 불꽃처럼 타오르는 내용의 많은 부분이 아직 성년이 되지 않은 여러분에게는 미심쩍어 보일 수 있습니다.

나는 방을 가로질러 책상으로 다가가서 '여성과 픽션'이라는 제목을 적어 놓은 종이를 집어 들며 생각했습니다. 설령 그렇다손 치더라도 내가 이 지점에서 쓰게 될 첫 문장은 이거야. "누가 되었건 글을 쓰는 사람이 자신의 성을 의식하는 일은 치명적이다." 순전히 그리고 단순히 남성적이기만 하거나 여성적이기만 한 것은 치명적이야. 사람은 남성성이 깃든 여자이거나 여성성이 깃든 남자이어야 해. 여자가 어떤 불만이든 조금이라도 강조하거나 어떤 명분을 변론하거나(심지어 변론이 정당하다

할지라도) 어떤 방식으로든 여자임을 의식하며 말하는 것은 치명적이야. 그리고 여기서 '치명적'이라 함은 비유적 표현이 아니야. 그런 의식적 편향을 품고 쓴 글은 죽음을 맞을 수밖에 없으니까. 그런 글에는 자양분이 공급되지 않아. 당장 하루나 이틀은 눈부시고 유능하고 강력하고 거장다운 오라를 뿜을지 몰라도 땅거미가 질 때면 시들어 버리기 마련이며, 타인들의 마음속에서 성장을 이룩할 수가 없지. 마음의 협업이 여성성과 남성성 사이에서 일어나지 않는다면 창조의 예술은 성취될 수 없어. 상반되는 이들 사이에 혼인의 매듭이 맺어져야 해. 마음 전체가 활짝 열려 있어야만 완벽한 충만함으로 작가가 자신의 경험을 전달하고 있다는 느낌을 우리가 받을 수 있지. 거기에는 자유가 있어야 하고 평화가 있어야 해. 바퀴 한 짝도 삐걱대면 안 되고 빛 하나도 깜빡이면 안 돼. 커튼은 단단히 쳐져 있어야 해. 작가는(나는 생각했습니다) 일단 자신의 경험이 끝나고 나면 물러나서 누운 채, 마음이 어둠 속에서 마음의 혼례식을 치러 낼 수 있도록 내버려 두어야 해. 작가는 무슨 일이 벌어지는지 엿보거나 물어보아서도 안 돼. 차라리 장미 한 송이를 들고서 꽃잎들을 뜯거나 고요히 강물에 몸을 맡기고 떠가는 백조들을 바라보는 편이 낫지.

그러자 내 눈에 그 배와 학부생과 죽은 이파리들을 데려가는 물결이 다시 한번 보였습니다. 그리고 택시가 남자와 여자를 싣고 갔었지(나는 그들이 길을 가로질러 서로에게로 향해 가서 만나는 것을 바라보면서 생각했습니다). 그리고 그 흐름이 그들을 휩쓸고는(나는 저 멀리서 으르렁거리는 런던의 차 소리를 들으면서 생각했습니다) 거대한 물결 속으로 데려갔었지.

***

여기까지는 메리 비턴의 목소리였습니다.[67] 그녀는 지금까지 자신이 어떻게 그 결론 — 여러분이 픽션이나 시를 쓰려면 연 500파운드와 잠금장치가 있는 방 한 칸이 필요하다는 세속적인 결론 — 에 도달했는지를 들려주었습니다. 그녀는 그런 생각을 하게 만든 상념과 인상들을 발가벗겨 드러내려고 애썼습니다. 그녀는 여러분에게 자신을 따라오라고 요청하면서 대학 관리인의 품으로 예기치 않게 날아들기도 하고, 여기서는 오찬을 즐기고 저기서는 만찬을 먹었으며, 대영박물관에 가서는 그림을 그려 댔고, 서가에서 이 책 저 책을 뽑아 들었으며, 창밖을 내다보았습니다. 메리 비턴이 이 모든 일을 하는 동안 여러분은 그녀의 결점과 약점을 관찰하면서 그것들이 그녀의 여러 가지 견해에 어떤 영향을 주었을지 판단했음이 분명합니다. 여러분은 마음속으로 그녀에게 반론을 제기하고 내키는 대로 내용을 보태거나 빼기도 했습니다. 원래 그래야 하는 것이지요. 이런 문제에서는 각종 오류를 한자리에 모아 놓고 보아야만 진실이 드러나니까요. 그리고 저는 여러분이 제기할 것이 분명해 보이는 두 가지 비판을 여러분보다 먼저 거론함으로써 제 강의를 마치고자 합니다.

여러분은 이렇게 말씀하시겠지요. 지금까지 두 성의 — 심지어는 작가로서의 여성과 남성이 가지는 — 상대적인 장점들에 관해서는 그 어떤 의견도 피력하지 않았노라고. 의도적으로 그렇게 한 것입니다. 설령 그와 같은 가치 평가를 할 만한 때가 있었다 할지라도

---

67 이후부터는 메리 해밀턴의 목소리가 아닐까 추측해 볼 수 있다.

(사실 없었지만요) ─ 게다가 지금 당장은 여자들에게 돈이 얼마나 있고 방이 몇 칸이나 있는지가 그들의 능력을 이론화하는 것보다 훨씬 더 중요합니다만 ─ 저는 애당초 재능은, 그것이 마음의 재능이든 성품의 재능이든, 설탕과 버터처럼 무게를 잴 수 있는 것이라고는 생각지 않을뿐더러 ─ 그것은 사람들을 여러 등급으로 나누어 제모 制帽를 씌우고는 각자의 이름 뒤에 성취를 드러내는 칭호를 붙이는 데 능란한 케임브리지조차 할 수 없는 일입니다 ─ 휘터커의 『연감』에 실린 사회 계층 표조차 최종적 가치 서열을 대변할 수는 없다고 생각하고, 바스 훈장을 단 사령관은 정신 병원 주사主事를 앞세우고 만찬회장에 입장해야 한다고 상정하는 데에 그럴듯한 타당한 이유가 있을 것이라고도 생각하지 않습니다.

이 성과 저 성 사이에, 이 자질과 저 자질 사이에 싸움을 붙이는 이 모든 것, 자신에게는 우월성을 덧입히고 남에게는 열등성을 덧씌우는 이 모든 일은 인간 존재의 단계로 보았을 때 딱 [어린애들이 다니는] 사립학교 수준입니다. 그곳에는 '편 가르기'가 있어서 한 편이 다른 편을 이겨야 하고, 연단으로 걸어 올라가 교장 선생님이 몸소 수여해 주는 멋지게 장식된 트로피를 받아 드는 것이 무엇보다 중요합니다. 사람들은 성숙해 가면서 편 가르기나 교장 선생님이나 멋지게 장식된 트로피에 더 이상 큰 의미를 두지 않게 됩니다.

어찌 되었든 책으로 말하자면, 그 장점을 열거한 라벨을 떨어지지 않도록 붙이기란 여간 어려운 일이 아닙니다. 현대 문학 평론이 판단의 어려움을 끊임없이 생생하게 보여 주지 않습니까? '이 위대한 책'과 '이 쓸모없는 책', 둘 다 동일한 책을 두고 하는 말입니다. 찬사든 비난이든 의미 없기는 매한가지입니다. 가치 측정은 소일거리로는 즐거운 일일지 몰라도 직업으로서는 그만큼 무익한 일도 없으며, 그러한 가치를 측정하는 사람의 판결에 굴복하는 것만큼 굴욕적인 태도도 없습니다. 여러분이 쓰고 싶은 것을 쓰는 것, 그것만이 중요하고 그 글의 중요성이 오랜 세월 지속될지 단 몇 시간 반짝하고 말지는 아무도 알 수 없습니다. 그러나 손에 은빛 트로피를 든 어떤 교장 선생님이나 소매에 막대 자를 끼우고 있는 어떤 교수님에 대해 예의를 차리느라 여러분의 꿈의 머리에 나 있는 머리카락 중 단 한 올이라도 희생하거나 그 색을 조금이라도 변질시킨다면 그것처럼 비굴한 변절도 없으며, 한때 인간이 겪을 수 있는 가장 크나큰 재앙으로 여겨졌던 부와 정절의 상실은 그에 비하면 벼룩에 한 방 물린 것에 지나지 않을 것입니다.

다음으로 제 생각에 여러분은 이 모든 논의에서 제가 물질적인 것들의 중요성을 지나치게 강조했다면서 못마땅하게 여길 것 같습니다. 상징주의에 넉넉한 여지를 허용한다 할지라도, 그래서 연 500파운드가 깊이 생각하는 힘을 상징하고 잠금장치가 달린 방문이 혼자 생각하는 힘을 상징한다고 할지라도 여전히 여러분의 마음은 그런 것에 초연해야 하고 위대한 시인은 흔히 가난한 남자였다고 말할지 모르지요. 그렇다면 여기서 여러분의 문학 교수님이 직접 하신 말씀을 인용해 보도록 하겠습니다. 그분은 시인을 키워 내는 데 무엇이 드는지 저보다 더 잘 아는 분입니다. 아서 퀼러-쿠치 경은 이렇게 썼습니다.

지난 100여 년을 대표할 가장 위대한 시인들의 이름을 댄다면? 콜리지, 워즈워스, 바이런, 셸리, 월터 새비지 랜더, 키츠, 테니슨, 브라우닝, 매슈 아널드, 윌리엄 모리스, 로세티, 앨저넌 찰스 스윈번 ―
우리는 아마도 여기서 멈추게 될 것이다. 이들 중에서 키츠와 브라우
닝과 로세티를 제외하고는 모두 대학교에 다녔고, 이 세 명 중에서도
꽃다운 나이에 꺾여 버린 키츠를 제외한 두 명은 형편이 제법 넉넉했
다. 이런 말을 하면 냉정하게 들릴지 모르지만 엄연한 사실 한 가지
를 말하자면, 슬프게도 시적 천재성의 바람이 저 불고 싶은 대로 불
면서 빈자나 부자를 가리지 않고 찾아간다는 설은 진실과 거리가 멀
다. 엄연한 사실인즉슨, 이 열두 명 중 아홉 명이 대학교에 다녔고, 그
것은 그들이 영국이 제공할 수 있는 최상의 교육을 받는 데 드는 재
원을 어떤 수를 써서라도 마련했다는 것을 의미한다. 엄연한 사실인
즉슨, 나머지 세 사람 중 브라우닝은 다들 알다시피 부유했다. 한번
상상해 보라. 그가 유복하지 않았더라면 어찌 되었을지. 마치 러스킨
이 부친의 사업이 번창하지 않았더라면 『근대 화가론』을 집필하지
못했을 것처럼 브라우닝도 물질적으로 풍족하지 못했더라면 「사울」
이나 『반지와 책』과 같은 시를 쓸 수 없었으리라. 로세티는 얼마간의
개인 소득이 있었고 부업으로 그림도 그렸다. 그러고 나면 키츠만 남
게 되는데, 그는 꽃다운 젊은 나이에 [운명의 세 여신 중 하나인] 아
트로포스의 칼날에 스러졌다. 마치 존 클레어가 정신 병원에서 그 여
신의 칼날에 베였던 것처럼, 그리고 제임스 톰슨이 상심한 마음을 달
래려 복용한 아편에 목숨을 잃었던 것처럼. 한 국가의 국민으로서 우
리에게 대단히 불명예스러운 일이긴 하지만, 우리 나라가 지닌 어떤
결함으로 인해 가난한 시인이 지난 200년의 세월 동안 그랬던 것처
럼 오늘날도 티끌만 한 기회밖에 누리지 못함이 분명하다. 10년의 세
월 동안 약 320곳의 초등학교를 관찰하는 데 많은 시간을 투자한 내

가 장담컨대 우리가 민주주의에 대해 시부렁거릴지는 몰라도 위대한 글을 탄생시키는 지적 자유를 맞이하게 될 가망이 없기는 고대 아테네 노예의 자식이나 영국의 가난한 집 자식이나 도긴개긴이다."[68]

그 누구도 이 점을 더 명료하게 표현할 수는 없을 것입니다. "가난한 시인이 지난 200년의 세월 동안 그랬던 것처럼 오늘날도 티끌만 한 기회밖에 누리지 못한다. 위대한 글을 탄생시키는 지적 자유를 맞이하게 될 가망이 없기는 고대 아테네 노예의 자식이나 영국의 가난한 집 자식이나 도긴개긴이다."

네, 그렇습니다. 지적 자유는 물질적인 것에 의존합니다. 시는 지적 자유에 의지합니다. 그리고 여성은 언제나 가난합니다. 단지 200년 동안만이 아니라 태초부터 줄곧 그래 왔습니다. 여성은 아테네 노예의 자식보다 지적 자유가 없었습니다. 그러다 보니 여성은 시작詩作에서 그 티끌만 하다는 기회조차 누리지 못해 왔습니다. 이것이 바로 제가 돈과 자기만의 방을 그토록 강조하는 까닭입니다.

하지만 지난 세월 이름 없는 여성들의 노고에 힘입어 —그분들에 대해 우리가 더 많이 알 수 있다면 좋을 텐데 하는 아쉬움이 남습니다 —그리고 상당히 공교롭게도 두 차례의 전쟁 덕분에 그러한 폐단은 개선의 궤도에 올려졌습니다. 크림전쟁은 나이팅게일이 거실 밖으로 나갈 수 있게 해 주었고, 약 60년 후 발발한 유럽 전쟁[제1차 세계대전]은 일반 여성에게 문을 열어 주었습니다. 그렇지 않았더라면 여러분은 오늘 밤 이 자리에 있지도 못할 것이고, 1년에 500파운

68 아서 퀄러-쿠치. 『글쓰기 기법에 관하여』.(원주)

드가 여러분의 손에 들어올 가능성은 — 지금도 안타깝게도 위태위태하지만 — 극도로 희박할 것입니다.

여전히 여러분은 이렇게 반박할 수도 있습니다. "왜 여성의 책쓰기에 그토록 큰 중요성을 부여하십니까? 그것도 여성의 글쓰기가 엄청난 노력을 요하고, 이모나 고모를 죽음에 이르게 할지도 모르고, 오찬에 툭하면 지각하게 만들고, 매우 훌륭한 사람들과 아주 심각한 논쟁에 휘말리게 할 수도 있다고 본인 입으로 말해 놓고서 말입니다."

저의 동기가 조금은 이기적이라는 것을 인정합니다. 학교 교육을 받지 못한 영국 여자들 대부분이 그렇듯이 저는 책 읽기를 —그것도 산처럼 쌓아 놓고 읽기를 — 좋아합니다. 최근 저의 책 읽기 식단은 다소 단조로웠습니다. 역사서는 전쟁에 지나치게 치중하고, 전기는 대단한 남자들에게 지나치게 치중합니다. 제 생각에 시는 메말라 가고 있으며 픽션으로 말하자면 —그런데 현대 픽션 비평가로서의 저의 무능함이 훤히 드러난 마당에 픽션에 대해서는 더 이상 아무 말도 하지 않으렵니다.

그러므로 저는 여러분에게 온갖 종류의 책을 쓸 것을 권하고 싶습니다. 어떤 주제 앞에서도 — 아무리 사소하든 아무리 광대하든 — 주저하지 마십시오. 저는 여러분이 무슨 수를 쓰든지 돈을 풍족하게 소유해 여행도 다니고 한가로이 여유도 부리며, 세상의 미래나 과거를 성찰하고, 책을 읽으며 백일몽을 꾸고 길모퉁이들을 배회하면서 사색의 낚싯줄을 저 강 깊은 곳에 드리울 수 있기를 바랍니다. 저는 여러분을 픽션의 세계에만 묶어 두려는 게 결단코 아니니까요. 여러분이 여행과 모험에 관한 책, 연구서와 학술서, 역사서와 전기, 비평과 철학과 과학에 대한 책을 쓴다면 저는 기쁠 테고, 저와 같은 사람이 수천이나 더 있습니다. 그렇게 함으로써 여러분은 필시 픽션이라는 예술에 기여하게 될 것입니다. 책이란 나름의 방식으로 서로 영향을 주고받기 마련이니까요. 픽션은 시와 철학과 어깨동무를 할 때 훨씬 더 좋아질 것입니다. 더욱이 여러분은 사포라든지 무라사키 시키부[69]라든지 에밀리 브론테와 같은 과거의 어느 위대한 인물을 고찰해 볼 때, 그들이 창시자인 동시에 계승자였고 여자들이 자연스럽게 글을 쓰는 습관을 들이면서 그들이 존재케 되었음을 깨닫게 될 것입니다. 그리하여 [여러분이 쓰는 글이] 시의 전주곡에 불과하다 할지라도 여러분의 그러한 활동은 매우 유익한 활동이 될 것입니다.

그러나 제가 필기한 내용을 보면서 그것들을 적어 나가는 동안 제 생각의 궤적이 어떠했는지를 비판적으로 되짚어 볼 때, 저의 모든 동기가 전적으로 이기적이기만 했던 것은 아님을 깨닫게 됩니다. 필기해 둔 논평들과 어수선한 추론을 관통하며 흐르는 것이 하나 있습니다. 좋은 책들은 바람직하고 좋은 작가들은 — 설령 그들이 갖가지 타락한 면면을 보여 준다 할지라도 — 여전히 좋은 인간 존재들이라는 확신(아니, 직감이라고 불러야 할까요?)이 그것입니다. 그래서 제가 여러분에게 책을 되도록 많이 쓰라고 당부할 때, 저는 여러분 자신에게 그리고 더 넓게는 세상 전체에 득이 될 일을 하라고 촉구하는 셈입니다. 이 직감 혹은 신념을 어떻게 정당화할지는 모르겠습니다.

69 紫式部(978?~1015?). 『겐지 이야기』를 쓴 일본 작가.

대학 교육을 받지 못한 사람이 철학적 단어들을 쓰다가는 그 단어들에 걸려 넘어지기 십상이니까요. '실재實在'라는 용어는 무엇을 뜻할까요? 실재는 매우 변덕스럽고 매우 미덥지 않은 무언가로서 지금 이 순간 먼지 날리는 도로에서, 거리에 널브러진 신문 쪼가리에서, 태양 아래 핀 한 송이 수선화에서 발견될 것만 같습니다. 실재는 방 안에 모인 한 무리의 사람들을 환히 밝혀 주고 몇 마디 가벼운 말들을 찍어 냅니다. 실재라는 것은 총총한 별빛 아래 집으로 걸어가는 누군가를 압도하여 발화의 세상보다 침묵의 세상이 더욱 현실감 있게 다가오도록 하는 한편 피커딜리 거리의 떠들썩함을 뚫고 달리는 버스에 올라타 있기도 합니다. 때로 실재는 그 본질을 파악하기 어려울 만큼 멀리 떨어진 형체에 깃들어 있는 것도 같습니다. 그런데 실재는 손길이 닿는 것마다 붙들어 매어 영원성을 부여합니다. 그것은 하루의 가죽이 울타리 덤불 속으로 던져질 때 그 자리에 남아 있고, 지난 시간과 우리의 사랑과 증오가 떠나고 난 자리에 남겨집니다.

　　제가 생각하기에 이제 작가는 이 실재의 현존 가운데 다른 사람들보다 더 풍성한 삶을 살아갈 기회를 맞이하게 됩니다. 그것을 발견하고 취하여 우리에게 전달하는 것은 작가의 몫입니다. 적어도 저는 『리어왕』이나 『에마』나 『잃어버린 시간을 찾아서』를 읽으면서 그렇게 추론을 펼치게 됩니다. 왜냐하면 이런 책들을 읽을 때 우리의 감각들은 신묘한 시술을 받게 되어 책을 읽은 뒤 더 강렬하게 보게 되고, 세상은 마치 그 희뿌연 덮개가 걷어 내어지고 더 강렬한 삶을 선물 받은 것 같으니까요. 비실재非實在와 등지고 사는 사람들은 부러운 사람들이고, 무심결에 혹은 무신경하게 행해진 일에 머리를 얻어맞는 사람들은 불쌍한 사람들입니다.

그리하여 제가 여러분에게 돈을 벌고 자기만의 방 한 칸을 가지라고 주문할 때, 저는 여러분에게 실재의 현존 속에서 살아가라고 촉구하는 것이며, 그것은 — [여러분이 글을 통해] 그것을 나눌 수 있든 없든 — 생명력이 넘쳐 나는 삶으로 표출될 것입니다.

저는 여기서 말을 마치고 싶지만, 모든 강연에는 그럴듯한 맺음말이 있어야 한다는 관습의 명령이 가해 오는 압력이 상당하군요. 그리고 여러분도 동의하시겠지만, 여성을 대상으로 하는 맺음말에는 특히 가슴이 벅차오르고 정신을 고양시킬 무언가가 담겨 있어야겠지요. 저는 여러분에게 자신의 책무를 기억하라고, 더 고상하고 더 영적인 사람이 되라고 독려해야겠지요. 저는 여러분을 일깨워 얼마나 많은 것이 여러분에게 달려 있고, 여러분이 미래에 어떤 영향을 끼칠 수 있는지 명심하게 해 드려야겠지요.

그러나 제 생각에 그러한 촉구들은 저쪽 성에 안심하고 맡겨도 될 것 같습니다. 그도 그럴 것이 그들은 그런 권면을 제가 할 수 있는 것보다는 훨씬 더 유려한 말로 표현할 테고 또 실제로도 그렇게 해 왔으니까요. 아무리 쑤석이며 헤집어 보아도 제 마음속에서는, 남자들의 동료나 동등자가 되어 더 숭고한 목적을 위해 세상에 영향을 끼치는 일에 관한 그 어떤 고상한 감정도 찾아볼 수 없습니다. 다른 무엇이 아닌 자기 자신이 되는 일이 훨씬 더 중요하다고 짤막하고 담백하게 내뱉는 저 자신을 발견할 뿐입니다.

저라면 [맺음말로] "타인에게 영향을 끼칠 일 따위는 꿈꾸지 마십시오"라는 말을 하고 싶지만 그 말을 고상하게 들리도록 만들 재간이 저에게는 없습니다. 사물을 있는 그대로 생각하십시오.

그리고 저는 신문과 소설과 전기를 띄엄띄엄 들추어 보면서 한 여자가 여러 명의 여자에게 말할 때 매우 고약한 속내를 소맷자락에 숨기고 있다는 인식에 거듭해서 부딪히게 됩니다. 여자는 여자에게 못되게 군다. 여자는 여자를 싫어한다. 여자는 ─그런데 여러분, 여자는 이러쿵저러쿵한다는 말에 넌더리가 나지 않습니까? 단언컨대 저는 그렇습니다. 그렇다면 한 여자가 여러 명의 여자에게 읽어 주는 한 편의 논문은 특별히 불쾌한 맺음말로 마무리 지어져야 한다는 데 동의하고 넘어가도록 합시다.

그런데 어떻게 해 나가야 할까요? 제가 무슨 생각을 할 수 있을까요? 진실을 말하자면, 저는 여자들이 좋을 때가 많습니다. 저는 여자들의 비관습성이 좋습니다. 저는 여자들의 미묘함이 좋습니다. 그런데 마냥 이런 식으로 말을 이어 나갈 수는 없는 노릇입니다. 누가 압니까, 저기 찬장 안에 ─ 여러분은 깨끗한 식탁 냅킨만 들어 있다고 말하는 그곳에 ─ 아치볼드 보드킨 경[70]이 냅킨 사이에 몸을 숨기고 있을지? 그렇다면 아찔한 일 아니겠습니까? 그래서 제 어투를 좀 더 엄격하게 다잡아야겠습니다. 제가 앞서 말할 때 남성들의 경고와 질책을 충분히 전달했던가요?

저는 여러분에게 오스카 브라우닝 씨가 여러분을 얼마나 낮게 평가하는지 말씀드렸습니다. 한때 나폴레옹이 여러분을 어떻게 생각했으며 현재 무솔리니가 무슨 생각을 하는지 알려 드렸습니다. 그러고는 여러분 중에는 픽션에 뜻을 둔 분들도 있을 텐데 그런 분들을 위해 여러분의 성이 갖는 한계를 용기 있게 인정하라는 비평가의

---

70 외설 문학 단속에 혼신을 기울인 기소국장.

조언도 있는 그대로 들려 드렸습니다. 폰 X 교수를 언급했고 여성이 지적으로나 도덕적으로나 신체적으로나 할 것 없이 남성에게 뒤진다는 그의 의견을 특별히 부각시켜 말씀드렸습니다. 저는 굳이 찾아나서지 않아도 제가 가는 길로 흘러들어 와 마주하게 되었던 모든 것을 여러분에게 전달해 드렸습니다. 여기에 ─ 존 랭던 데이비스 씨로부터의 ─ 여러분에게 들려드릴 마지막 경고가 있습니다. 그는 여자들에게 "아이를 바라는 마음이 완전히 사라질 때 여성의 필요성도 완전히 사라질 것"[71]이라고 경고합니다. 저는 여러분이 이것을 받아 적으셨으면 좋겠습니다.

인생의 본무에 덤벼 들어 매진하라고 제가 어떻게 이보다 더 여러분을 부추길 수 있을까요? 저는 이렇게 말할 것 같습니다. 젊은 여성들이여, 강연의 결어結語가 시작되고 있으니 귀를 기울여 주십시오. 여러분은 제가 보기에 수치스럽도록 무지합니다. 여러분은 어떤 것이든 중요한 발견을 한 적이 없습니다. 어떤 제국을 뒤흔든 적도, 군대를 이끌고 전장으로 나아간 적도 결코 없습니다. 셰익스피어의 희곡들은 여러분이 쓴 것이 아니고, 여러분은 야만족을 문명의 축복들로 이끈 적도 결단코 없습니다. 여러분은 무어라 변명하시겠니까? 여러분은 무역과 사업과 사랑 나누기에 여념이 없는 희거나 검거나 커피색 피부의 거주민들로 바글거리는 지구촌의 거리와 광장과 숲을 가리키면서 말하겠지요. 우리에게는 늘 다른 할 일들이 있어 왔노라고, 우리의 수고가 없었더라면 저 바다들은 항해되지 않을 테고 저 비옥한 땅들은 황무지일 것이라고, 우리는 ─ 통계

71 존 랭던 데이비스, 『간략한 여성사』.(원주)

에 따르면 16억 2300만에 달하는 — 현존 인간들을 낳고 대충 예닐곱 살이 될 때까지 기르고 씻기고 가르쳤는데 그 일은 남의 도움을 일부 받았다 하더라도 여전히 무척 많은 시간이 소모되는 일이라고 말씀하신다면, 말씀 한번 참 잘하시는 겁니다.

여러분의 말에도 일리는 있습니다. 제가 그것을 부정하려는 건 아닙니다. 그럼에도 1866년 이래로 적어도 두 곳의 여자 대학이 영국에 존재해 왔었다는 점, 1880년 이후로는 기혼 여성도 법적으로 재산을 소유할 수 있다는 점, 그리고 지금으로부터 만 9년 전인 1919년에 여성에게 투표권이 주어졌다는 점을 여러분에게 새삼 일깨워 드려도 되겠습니까? 또한 대부분의 전문 직종이 그 문을 여러분을 향해 열어 둔 지도 10년 가까이 되었음을 상기시켜 드려도 되겠습니까? 이러한 어마어마한 특권 자체뿐 아니라 그 특권을 누려온 세월에 대해, 그리고 어떤 방식으로든 1년에 500파운드 넘게 버는 재주를 가진 여성들이 2000명가량은 될 것이라는 사실에 대해 곰곰이 생각해 보면 기회, 교육, 격려, 여가, 돈의 부족은 더 이상 유효한 핑곗거리가 아니라는 데 여러분은 공감하실 것입니다. 더욱이 경제학자들은 메리 시턴 부인이 자녀를 너무 여럿 두었다고 말하고 있습니다. 여러분도 물론 전 세대처럼 아이를 낳아야겠지만, 그들의 말을 빌자면 그게 두엇이어야지 열이나 열둘은 곤란하다는군요.

그리하여 여러분은 수중에 남은 얼마간의 시간과 두뇌에 담긴 얼마간의 책으로 얻은 학식을 가지고 — 여러분은 다른 종류의 학식은 이미 충분히 가지고 있고, 제가 보기에는 여러분이 대학에 보내지는 이유는 부분적으로나마 그 학식을 [원점으로] 되돌리는 교육을 받기 위한 것입니다 — 아주 길고 매우 수고로우며 알아주는 이 없을 경력의 여정에 오릅니다. 수천 자루의 펜이 여러분이 무엇을 해야 하고 어떤 영향을 끼칠지 말해 줄 준비를 마쳤습니다. 저의 제안으로 말하자면, 인정컨대 다소 공상적입니다. 그런 까닭에 저는 픽션의 형식을 빌려 저의 제안을 표현하기를 좋아합니다.

여러분에게 이 논문을 낭독해 드리던 중 저는 셰익스피어에게 누이가 있었다고 말했습니다. 그렇지만 시드니 리 경이 쓴 시인들에 대한 전기에서 그 이름을 찾아보지는 마십시오. 그녀는 젊어서 죽었고―가슴 아프게도 한마디도 쓰지 못했습니다. 그녀는 오늘날에는 버스들이 정류하는 엘리펀트 앤드 캐슬 맞은편에 묻혀 있습니다. 그런데 저에게는 한마디 시어조차 남기지 못한 채 교차로에 묻힌 이 시인이 지금도 살아 있다는 믿음이 있습니다. 그녀는 여러분 안에 그리고 제 안에 그리고 오늘 밤 설거지를 하고 아이들을 재우느라 이 자리에 함께하지 못하는 다른 많은 여성 안에 살고 있습니다. 그녀는 살아 있습니다. 위대한 시인은 죽지 않으니까요. 위대한 시인들은 계속해서 우리와 함께하고, 그들에게 필요한 것은 오직 육신을 입고 우리 가운데 걸어갈 기회를 잡는 것뿐입니다. 제가 생각하기에 이 기회를 그녀에게 부여하는 것이 이제 곧 여러분의 능력 안의 일이 될 것입니다.

왜냐하면 제게는 이런 믿음이 있기 때문입니다. 즉 만일 우리가 또 한 세기가량을 살고 나면―저는 우리가 개개인으로서 살아가는 제각각의 작은 인생이 아니라 실재적 삶이라 할 수 있는 공동의 삶에 대해 말하고 있습니다―그리고 연간 500파운드를 수중에 넣고 자기만의 방 한 칸을 갖게 된다면, 만일 우리가 자유의 습관과 더불어 자신이 생각하는 바를 정확히 글로 옮길 용기를 갖게 된다면, 만일 우리가 공용 거실에서 조금 벗어나 인간을 늘 서로와의 관계에서만 보는 것이 아니라 실재와의 관계에서도 바라보고 또한 하늘이든 나무든 그 무엇이든 있는 그 자체로서 보게 된다면, 만일 우리가 밀턴의 유령 그 너머를 보게 된다면(왜냐하면 그 어느 인간도 우리의 시야를 완전히 가리면 안 되니까요), 만일 우리가 그 사실을 직시한다면(매달릴 팔이 없고, 다만 우리는 홀로 나아가야 하며 우리의 관계가 남자와 여자의 세계에 대한 것일 뿐 아니라 실재의 세상에 대한 것이기도 한 것은 사실이니까요), 그렇다면 그 기회가 도래하여 셰익스피어의 누이인 그 죽은 시인이 그토록 자주 내려놓았던 육신의 옷을 걸치게 될 것입니다. 윌리엄 셰익스피어가 앞서 그랬듯이 주디스 셰익스피어는 알아주는 이 없이 살다 간 선배들의 인생으로부터 생명력을 흡입하여 탄생하게 될 것입니다.

그러나 그런 준비 없이는, 우리 쪽에서의 노력 없이는, 그녀가 다시 태어날 때 시를 쓰며 살아갈 수 있겠구나 하는 생각이 들도록 해 주겠다는 결단 없이는, 그녀가 올 것이라는 기대를 할 수 없습니다. 그녀의 도래는 어림도 없는 일일 것입니다. 그러나 우리가 그녀를 위해 노력한다면 그녀는 올 것이고, 가난하고 알아주는 이 없을지라도 그런 노력을 기울이는 것은 가치 있는 일이라고 저는 굳세게 주장하는 바입니다.

해설

위대한 시인은 죽지 않는다

어머니와 아버지

버지니아 울프의 어머니인 줄리아 프린셉 잭슨은 눈부신 아름다움과 남다른 희생정신을 가진 사람이었다. 그녀는 변호사인 허버트 더크워스와 결혼하여 3남매를 낳았으나 남편이 여행 중 서른일곱 살의 젊은 나이에 돌연 세상을 떠나게 되면서 큰 상심에 젖었다. 뛰어난 지성을 자랑하는 가문 출신으로서 작가, 문학 비평가이었던 레슬리 스티븐 역시 첫 아내였던 해리엇 스티븐과 사별했다.

각자 첫 배우자와 갑작스럽게 사별했던 두 사람은 이웃으로서 동병상련의 아픔을 나누며 급속히 우정을 키워 나갔다. 몇 번에 걸친 레슬리의 청혼 끝에 1878년 드디어 두 사람은 부부의 연을 맺었다. 런던의 사우스켄싱턴 하이드파크 게이트 22번지에 둥지를 튼 이들은 버네사, 토비, 버지니아, 에이드리언을 차례로 낳았고, 버지니아는 형제자매들로 북적대는 꽤 부유한 상류층의 가정에서 어린 시절을 보냈다.

어머니는 남녀의 역할에 대해 그 가치는 같을지라도 영역은 다르다는 확고한 신념을 갖고 있었고, 여성 참정권 부여에 반대하는 입장을 취했다. 그녀는 버지니아에게 애정과 관심을 갈구하던 대상이었던 동시에 극복해야 할 여성상과 가치관의 화신이었다. 아버지는 불가지론적 무신론자였고 문학에 관심이 많았다. 아들들은 모두 명문 학교로 진학시켰지만 딸들에게서는 정규 학교 교육의 기회를 박탈했다. 딸들은 집에서 학업을 해야 했다. 다행히 그는 장서가 가득한 서재를 가지고 있었고 딸들이 마음껏 책을 읽도록 했다. 화가의 꿈을 꾸는 딸 버네사에게는 꿈을 좇도록 격려하고 도움을 주었고, 어려서부터 글쓰기에 재능을 보인 버지니아에게는 작가로서의 길을 권유했다(그럼에도 울프와 버네사는 집에서 공부하고 집안일을 하면서 늘 남자 형제들보다 뒤처지는 느낌을 받아야 했고 불공평한 교육 기회로 인한 쓰라린 마음을 달래야 했다). 그는 올곧고 성실하고 검소한 사람이었으나 가정의 독재자였다. 울프는 자전적인 에세이 「과거의 단상A Sketch of the Past」에서 "우리 아버지는 스파르타식이었고, 금욕적"이었다고 회상한다.

어머니와 아버지는 버지니아의 작품에 반복적으로 등장한다. 『등대로』에서는 독재적이고 유아 독존적인 램지 씨와 공감력이 뛰어나고 자기 성찰적이며 남을 잘 돌보는 램지 부인으로 그려지는데 평생 어머니에게 집착했던 버지니아에게는 『등대로』를 집필하는 과정이 일종의 정신 분석 과정과 같았다.

성적 학대와 가족의 잇따른 죽음

버지니아가 성장하면서 겪은 두 가지 역경은 그녀의 삶과 정신에 깊은 흔적을 남긴다. 첫째, 그녀의 이부 오빠들(조지와 제럴드)은 버네사와 버지니아를 성적으로 학대했다. 이들의 성적 학대는 버지니아에게 회복될 수 없는 마음의 상처를 남겼고 남자와의 친밀한 관계 형성에 커다란 장애로 평생 작용했다. 끔찍했던 첫 학대의 경험에 대해 버지니아는 이렇게 회상했다.

식당 밖에는 접시들을 두는 석판이 하나 있었다. 내가 꼬맹이였을 때, 제럴드 더크워스는 나를 번쩍 들어 그 석판 위에 올리고는 내가 거기 앉아 있는 동안 나의 몸을 탐색하기 시작했다. 내 옷 속으로 들어가던, 확고하게 그리고 서서히 더 낮은 곳으로 내려가던 그의 손의 느낌이 기억난다. 그가 멈추기를 내가 얼마나 바랐었는지가, 나의 은밀한 부위에 오빠의 손이 다다랐을 때 내가 어떻게 굳어지고 꿈틀거렸었는지가 기억난다. 그러나 오빠는 그 짓을 멈추지 않았다. 그 손은 나의 은밀한 부위들을 탐색했다. 그 행동이 끔찍하게 싫었던 것이 기억난다. 그 멍하고도 혼재적인 감정을 무슨 말로 표현할 수 있을까? 그 감정이 강렬했음은 분명하다. 아직도 떠오르기 때문이다.

버지니아에게 큰 고통을 안겨 준 또 다른 경험은 잇따른 가족의 죽음이었다. 1895년 그녀의 가족은 엄청난 불행을 맞닥뜨렸다. 어머니가 독감으로 시작된 류머티즘성 열로 느닷없이 죽음을 맞이한 것이다. 열세 살에 불과했던 버지니아에게는 끔찍한 비극이었고,

그녀는 이때 생애 처음으로 신경 쇠약을 겪었다. 두 번째 아내마저 앞세운 아버지도 절망의 구렁텅이에 빠졌고 그 슬픔은 주변을 온통 감염시킬 정도로 컸다. 그런데 비극은 여기서 그치지 않았다. 어머니 사후에 크게 의지했던 이부 언니 스텔라가 1897년 투병 중 수술을 받은 후 사망한 것이다. 온 가족이 충격으로 휘청거렸다. 이때 버지니아는 우울함을 벗어나 행복을 누릴 희망이 산산이 깨어지는 것을 경험했다. 그것은 주름진 날개를 아직 펴지도 못한 채 번데기 껍질이 찢어져 버리는 것과 같았다고 그녀는 「과거의 단상」에서 회고했다. 설상가상으로 1904년 아버지마저 병마와의 싸움에 패했다. 한때 건강한 산악인이었지만 사전 편집에 몰두하면서 몇 차례 쓰러진 전력이 있었던 데다가 사랑하는 아내와 딸의 죽음까지 겪어야 했던 그에게 위암은 너무도 큰 적이었다.

아버지가 돌아가신 뒤 자녀들은 죽음의 그늘이 진 집을 떠나 웨일스로 여행을 떠났다. 그 여행 중 버지니아는 작가로서의 자신의 운명을 깨달았다. 여행을 마치고 런던으로 돌아오자마자 버지니아는 두 번째 신경쇠약을 겪었다. 몇 달간의 요양 끝에 버지니아가 회복하자 형제자매들은 블룸즈버리로 이사했다. 하지만 사랑하는 가족의 죽음은 아직 끝난 것이 아니었다. 1906년 오빠 토비가 스물여섯의 젊은 나이에 장티푸스로 세상을 떴다.

블룸즈버리 그룹과 레너드 울프와의 결혼

토비는 블룸즈버리 그룹의 목요 저녁 모임을 시작한 이였다. 1901년 케임브리지 대학교의 트리니티 칼리지를 다니던 토비는 리턴 스트레이치, 레너드 울프, 클라이브 벨, 존 메이너드 케인스와 같은 젊은 지성들을 만났다. 토비는 친구들을 버네사와 버지니아에게 소개했다(훗날 레너드 울프는 버지니아와, 클라이브 벨은 버네사와 결혼한다).

4남매가 1904년에 이사한 블룸즈버리는 보헤미안풍이 느껴지는 동네였다. 그곳에서 친한 친구들이 모여 문학과 예술을 논하면서 그 유명한 블룸즈버리 그룹이 탄생했다. 누구누구가 블룸즈버리 그룹의 일원인가에 대해서는 일치되는 의견이 없지만, 그룹은 빅토리아 시대의 문화와 도덕관을 부인하고 문학과 예술에 젖어 사는 작가, 철학자, 화가 등 소수의 지적 엘리트들로 구성된 느슨한 모임이었다. 앞서 소개한 인물 외에도 E. M. 포스터, 로저 프라이, 데즈먼드 매카시 등이 구성원에 포함되어 있었다. 이들의 작품과 관점은 현대의 문학, 미학, 비평, 경제학, 페미니즘, 반전주의, 성에 대한 담론 등에 지대한 영향을 끼쳤다. 버지니아와 버네사도 이 그룹의 일원이 되었다.

레너드 울프는 런던에서 유대인 변호사의 아들로 태어났고 열두 살에 아버지를 여의었다. 1899년 트리니티 칼리지에 장학금을 받고 들어가서 케임브리지 사도회의 일원이 되었다. 버지니아의 오빠인 토비는 사도회 멤버들과 가깝게 지냈다. 버지니아는 1900년 오빠 토비를 만나러 트리니티 칼리지를 방문했을 때 처음 레너드를 만났다. 레너드의 눈에 버네사와 버지니아는 눈부시게 아름다운 젊은 여인들로서 어떤 남자든 그들과 사랑에 빠지지 않기는 거의 불가능해 보였다. 레너드는 대학 졸업 후 현재의 스리랑카인 영국의 식민지 실론에서 공무원으로 근무했는데 휴가를 핑계로 귀국 후 사임했다. 제국주의에 대한 환멸과 버지니아에게 잘 보이기 위한 마음이 겹쳐 직장을 그만둔 것이다. 그는 버지니아에게 청혼했으나 버지니아는 레너드에게 끌리면서도 결혼에 대해 복잡한 감정을 가지고 있고, 영국 사회에서 여성에게 요구하는 역할에 분개했기에 주저했다. 그러나 결국 레너드는 끈질긴 구혼 끝에 버지니아의 승낙을 받아내는 데 성공했다. 버지니아의 망설임에는 앞서 살펴보았던 이부오빠들의 성적 학대가 남긴 트라우마도 작용했을 것이다.

둘은 1912년 8월 10일 결혼했다. 1913년 1월 의사들이 정신 건강을 이유로 버지니아에게 아이를 갖지 말 것을 권했고, 비록 트라우마로 남편과의 육체적 관계를 꺼리던 버지니아였지만(많은 이들은 두 사람이 서로를 아끼고 존중했지만 로맨틱한 관계를 갖지 않았다고 본다) 아이들을 너무도 사랑하고 자녀를 간절히 원했던 그녀에게 이는 매우 가슴 아픈 일이었다. 결혼 약 1년 후인 1913년 9월 버지니아는 당시 수면제로 처방되던 바르비투르산계 약물을 과용함으로써 자살을 시도했다가 거의 죽다 살아났다.

버지니아가 출렁이는 바다 물결 위에서 흔들리는 배라면 레너드는 그 배의 닻이 되어 주었다. 어떻게 보면 레너드가 버지니아라는 새를 새장에 안전하게 잘 가두어 통제했다고도 말할 수 있겠지만, 상처 입고 예민한 그녀의 영혼을 그가 지극정성으로 돌봐 주었다고도 볼 수 있다. 레너드는 자신도 작가였지만 결혼 생활 중 버지니아에게 정서적 재정적 지원을 아끼지 않으면서 그녀가 창작의 불꽃을 활활 태울 수 있도록 전방위적으로 도왔다. 그는 매우 꼼꼼한 사람이어서 버지니아와 관련된 기록을 철저하게 남겼고 그녀 사후에 서신, 일기, 원고 등을 잘 정리하여 세상과 만날 수 있게 함으로

써 문학에 중요한 공헌을 했다. 거기다가 버지니아가 비타 색빌웨스트와 로맨틱한 관계를 맺는 것도 묵인해 주었다.

버지니아와 레너드의 이야기를 하면서 호가스 출판사의 운영을 빼놓을 수 없다. 버지니아가 작가로서 햇병아리이던 시절 그녀가 원고를 들고 찾아간 출판사들은 퇴짜를 놓기 일쑤였다. 『출항』의 경우 몇몇 출판사에서 출간을 거절당한 뒤 이부 오빠인 제럴드 더크워스(그녀에게 몹쓸 짓을 했던 바로 그다. 버지니아가 상처 뒤에 숨기만 하는 사람이 아니라 여러 상처와 숨 막히는 사회적 분위기에도 불구하고 생존하고 극복하고 창작하고 의미 있는 삶을 살고자 치열하게 투쟁한 사람이었음을 여기서도 새삼 느낄 수 있다)의 출판사에서 세상 빛을 볼 수 있었다. 이런 맥락에서 볼 때 레너드와 버지니아가 출판사를 차린 것은 당연하고도 영리한 일이었다. 이 출판사를 통해 버지니아와 친구들의 실험적인 작품을 세상에 내놓을 수 있었다. 실무적이고 재정적인 측면은 레너드가 담당하고 편집 방향을 잡고 출판사의 나아갈 길에 대해 고민하는 것은 버지니아의 몫이었다.

1915년 초 버지니아와 레너드는 리치먼드에 있는 호가스 하우스로 이사했다. 부부는 1917년 거실에 수동 인쇄기를 가져다 놓고 출판사의 문을 열었고 출판사의 이름은 집의 이름을 따서 호가스 출판사로 지었다. 활자 식자에서 인쇄, 제본까지 모두 둘이 했다. 이렇게 시작은 미미했지만 버지니아가 쓰고 싶은 글을 써서 출간할 수 있다는 사실은 대단한 것이었다. 호가스는 명성을 얻고 규모가 커지자 런던으로 위치를 옮겨서 더 다양한 책을 출판하며 주요 출판사로서의 입지를 굳혔다. 호가스는 영국 모더니즘의 선봉에 섰던 블룸즈버리 그룹과 떼려야 뗄 수 없는 관계를 맺으면서 모더니즘 문학 운동에 지대한 공헌을 했다.

전쟁과 자살

당시 유럽에서 파시즘이 한창 발흥하고 있었다. 버지니아는 노골적으로 파시즘과 전체주의를 비난했다. 블룸즈버리 그룹 멤버들 역시 적극적으로 파시즘에 저항하는 목소리를 냈다. 『자기만의 방』에도 파시즘에 대한 언급이 나오지만, 버지니아는 특히 1938년 발간된 『3기니』에서 파시즘의 발호를 경계하며 세계대전이 한 차례 더 일어날 수도 있다는 경고를 한다.

이 슬프고 무서운 예언은 적중한다. 제2차 세계대전이 발발한 것이다. 이미 제1차 세계대전 당시 소중한 생명들이 스러져 가고 그 여파로 사회가 격변 속에 몸살을 앓는 것을 지켜보면서 영혼에 깊은 상처를 입고 정신적 불안이 더욱 심화되었던 버지니아에게는 크나큰 타격이었다. 1940년에는 블룸즈버리의 집이 폭격을 받아서 근처로 이사했으나 이사한 곳에서도 폭격을 맞고 주말 별장으로 쓰던 이스트서식스로 거처를 옮겼다. 독일 비행기들이 만자 무늬를 알아볼 수 있을 만큼 낮게 집 상공을 비행할 때면 그녀의 집필실로 쓰던 오두막의 창문이 흔들렸다고 한다. 그녀가 느꼈을 공포가 대단했고 우울증을 비롯한 정신 질환이 더 깊어졌을 것임은 짐작하기 어렵지 않다.

1941년 4월 2일 미국의 「뉴욕타임스」에는 런던에서 전송된 부고가 "버지니아 울프 사망한 듯"이란 제목으로 실렸다. 그곳에서는 아직 시신이 발견되지 않았지만, 그녀가 편지를 남기고 산책하러 나간 뒤 돌아오지 않고 있다고 전하면서 익사했을 것이라고 추측했다.

우즈 강둑에서 그녀의 모자와 지팡이가 발견되었기 때문이다. 그리고 신문은 4월 19일에 그 전날 밤 우즈강에서 그녀의 익사한 시신이 발견되었고 자살로 밝혀졌다는 소식을 전했다. 그리고 그녀가 남편에게 남긴 편지의 일부를 소개하고 그녀의 나이 쉰아홉 살이었고 3월 28일에 실종되었다고 말한다.

그녀가 남편 레너드에게 유서처럼 남긴 편지에는 남편에 대한 감사와 배려, 자신의 처지에 대한 절망과 함께 한 움큼의 아픔이 쿡쿡 박혀 있다.

가장 사랑하는 이여,

내가 또다시 미쳐 가고 있다는 것이 분명합니다. 그 끔찍한 시간을 또다시 보낼 자신이 없습니다. 그리고 이번에는 회복하지 못할 거예요. 환청이 들리기 시작했고, 집중도 할 수 없습니다. 그래서 최선이라 여겨지는 일을 하고자 합니다. 당신은 내게 가장 큰 행복을 선사했습니다. 당신은 모든 면에서 사람이 될 수 있는 모든 것이 되어 주었습니다. 내 생각에 그 어떤 두 사람도 우리보다 행복할 수는 없었을 거예요. 그러다가 이 끔찍한 질병이 찾아왔지요. 나는 이제 더 이상 싸울 수가 없습니다. 나는, 내가 당신의 인생을 망치고 있다는 것을, 나 없이도 당신은 잘해 낼 수 있고 잘해 내리라는 것을 알고 있습니다. 이것 보세요. 내가 이 글도 제대로 쓰지 못하고 있잖아요. 읽을 수도 없어요. 내가 하고 싶은 말은 내 인생의 모든 행복이 당신 덕분이라는 것이에요. 당신은 내게 전적으로 인내했고 믿을 수 없을 만큼 잘해 주었어요. 그 말을 하고 싶고, 또 모두가 그것을 알고 있습니다. 누군가 날 구하는 것이 가능하다면 그건 당신일 거예요. 모든 것이 내게서 사라졌지만 당신이 확실히 선하다는 것만큼은 남아 있습니다. 나는 당신의 인생을 더 이상 망칠 수 없습니다. 그 어느 두 사람도 우리보다 더 행복할 순 없을 거예요.

그러고는 기사는 울프의 삶과 작품 세계에 대한 간략한 평을 게재했다.

버지니아 울프와 모더니즘

모더니즘은 산업화, 자본주의의 세계적 확장, 급속한 사회 변화, 자연 과학 및 사회 과학의 발전으로 특징지어진 19세기 후반에서 20세기 중반에 문학, 미술, 건축, 음악 등 여러 영역을 아우르며 일어난 문화적 운동이었다. 버지니아 울프는 그런 모더니즘을 개척하고 이끈 주요 인물 중 하나다. 그 외 영국의 모더니스트 작가로 D. H. 로런스, T. S. 엘리엇, 조지프 콘래드 등을 들 수 있다. 모더니스트들은 빅토리아 시대의 전통적 가치관과 규범과 리얼리즘을 떠나서 예술, 문학, 사회 등에 대한 새로운 아이디어를 추구하고 새로운 기법과 내러티브 구조를 실험했다. 그들의 내러티브 혹은 스토리텔링은 시간의 흐름이나 직접적 인과 관계의 측면에서 비선형적non-linear이었고, 사회에서 소외되고 파편화된 개인의 존재와 의식과 경험을 그려 내려 했다. 버지니아 울프는 "우리는 선배들과 확연하게 단절"되었고 "매일 우리는 우리 아버지들에게는 불가능했을 것들을 하고 말하고 생각한다"라고 선언했다. 이런 맥락에서 1924년 버지니아가 한 "1910년 12월에 또는 그 즈음에 인간의 품성이 바뀌었다"라는 선언을 이해할 수 있을 것이다.

모더니즘과 관련해서는 의식의 흐름이나 현현, 상징주의, 이미지즘 등을 생각해 볼 수 있다. '의식의 흐름'이라는 용어는 1890년 미국의 철학자이자 심리학자인 윌리엄 제임스가 『심리학의 원리들 The Principles of Psychology』에서 최초로 사용했다. 사람의 마음속에서는 어떤 종류의 사고가 계속 진행되고 흐른다. 제임스는 마음과 세상의 연결을 이러한 의식의 흐름 측면에서 설명하고자 했고, 이는 모더니즘 문학과 예술에 지대한 영향을 끼쳤다.

문학에서 의식의 흐름 기법은 일종의 내러티브 기법으로서 시각적, 청각적, 신체적, 연상적, 잠재의식적인 수없이 많은 인상들의 흐름을 표현하는 방법이다. 전성기 모더니즘의 전형적 기법 중 하나인 이것은 '내적 독백'이라는 용어와 종종 혼용되었다. 사실 둘은 떼래야 뗄 수 없는 관계다. 내적 독백은 주인공의 마음을 스쳐 지나가는 생각을 보여 주는 내러티브 기법이다. 의식의 흐름 기법은 소설에서 인물의 내적 독백을 기술하는 데 주로 사용했고, 유명한 예로서 제임스 조이스의 『율리시스』가 있다. 울프는 『댈러웨이 부인』, 『등대로』, 『올랜도』, 「파도」 등의 작품에서 의식의 흐름 기법을 사용했다.

현현은 시시한 사건, 사물, 말에 의해 촉발되는 대단히 중요한 계시의 순간을 의미하는 것으로 그 계시는 주로 주관적인 경험으로서 다가온다. 개인의 심리와 의식에 관심을 갖는 모더니즘은 선형적인 내러티브 구조와 시간의 체계를 흐트러뜨리는 데 현현을 잘 이용한다. 현현은 울프의 픽션의 본질적 측면을 구성한다. 『등대로』에서 릴리가 '현현에 대한 현현'을 얻는 순간을 살펴보면 이 특징이 잘 드러나 있다.

"인생의 의미란 무엇인가? (……) 그 위대한 계시는 결코 찾아오지 않았다. 그 위대한 계시는 어쩌면 결코 오지 않는다. 그 대신 매일의 작은 기적들, 깨달음들, 어둠 속에서 기대치 않게 켜지는 성냥불들이 있고, 그리고 여기에 그 하나가 있다. (……) 혼란 가운데 형태가 있고, 이 영원한 [시간과 삶의] 지나감과 흐름은 (……) 갑작스럽게 안정을 찾는다."

모더니즘 문학에서 중요한 자리를 차지하는 상징주의는 19세기 초 프랑스에서 시작된 문학 운동으로 19세기 후반 유럽에서 널리 퍼진다. 상징주의라는 용어는 프랑스의 시인 장 모레아스가 「르 피가로」에 실은 '문학 선언문Manifeste littéraire'에서 상징주의를 정의하면서 널리 쓰이게 되었다. 모레아는 자연주의를 공격하면서 작가와 예술가에게 자연에 대해 좀 더 환기적이고 암시적으로 반응할 것을 촉구했다. 상징주의의 많은 요소가 조이스와 울프를 비롯한 모더니즘 작가의 작품들에서 발견된다. 예를 들어, 울프의 『등대로』에는 많은 상징이 등장한다. 울프의 어린 시절 여름 별장이 있던 세인트 아이브스의 거드리비 등대를 모델로 하는 '등대'는 안정과 안내, 삶의 의미와 명료성, 방향, 희망과 깨달음을 상징한다. 반면 종잡을 수 없는 바다는 변화와 불확실성과 혼란을 상징한다. 심지어 빛깔조차 함의가 있다. 울프는 램지 부인을 본질로서의 빛, 릴리는 실재와 예술의 우연적 실체로서의 색과 연관 지었다.

자기만의 방

　　버지니아 울프는 1928년 케임브리지 대학교에서 여성을 위해 문을 연 최초의 대학인 뉴넘 칼리지와 거턴 칼리지에서 했던 두 번의 강의에 기초하여 『자기만의 방』을 썼다. 울프는 이보다 앞서 같은 해(1929)에 출간되었던 『올랜도』를 쓰면서 이 길고 긴 에세이의 집필을 준비했다고 한다. 1927년 출간된 『등대로』에서 울프는 가정과 사회에서의 여성의 역할, 예술가로서의 여성, 남녀의 사회적 관계, 그리고 여성이 부딪히는 장벽에 대해 고찰했다. 이 소설은 본문에 페미니즘이라는 용어가 등장하지는 않지만 페미니즘의 중요한 텍스트로 여겨진다. 1929년에 출간되고 "이 꼴통 페미니스트"라는 강렬한 표현이 등장하는 『자기만의 방』은 20세기 페미니즘에서 기념비적 작품으로 여겨진다.

　　그리고 거의 10년의 세월을 뛰어넘어 1938년에 나오는 『3기니』는 주제의 공통성 또는 유사성으로 『자기만의 방』의 후속편으로도 불렸지만, 거기서 한 걸음(혹은 여러 걸음) 더 나아간다. 파시즘의 기세가 등등하고 전쟁의 먹구름이 한창 끼어 있던 위태로운 시절에 집필된 서신 형식의 『3기니』는 어느 변호사가 보낸, "어떻게 하면 우리가 전쟁을 막을 수 있다고 보십니까?"라고 여성인 화자의 의견을 묻는 편지에 몇 년이고 답을 하지 않고 묵혀 두다가 마침내 화자가 답신을 쓰는 것으로 시작한다. 그리고 질문은 "왜 정부는 여성 교육을 지원하지 않는가?"와 "왜 여자는 전문직 종사가 허락되지 않는가?"로 옮겨 간다. 화자는 이러한 정치적 질문에 답하면서 여성의 권리와 사회적 지위 향상의 문제를 정치적, 사회적 정의라는 광범위한 문제와 연결 짓고 여성 지위의 변화가 평화를 가져올 것이며 모든 여성에게 권리 쟁취를 위해 투쟁해야 한다고 역설한다. 울프는 『3기니』를 통해 정치와 거리를 두는 엘리트라는 이미지를 벗었다. 『자기만의 방』과 『3기니』는 울프의 페미니스트 정치학을 가장 일관되고 명시적으로 잘 표현한다.

『자기만의 방』은 정체성이 고정되지 않은 화자 — 메리 비턴이기도 하고 메리 시턴이든 메리 카마이클이든 또는 그 어떤 누구이든 될 수 있는 화자 — 가 강의실에 모인 여학생들에게 강의를 위해 고민하며 보낸 지난 며칠 동안 한 일과 생각을 들려주는 모습으로 시작한다. 그 이야기보따리를 풀어놓는 과정에서 화자는 우리의 어머니들을 통해 여성들의 삶이 어떠했는지를 과거의 시간으로부터 되짚어 본다. 셰익스피어 여동생이라는 가상의 인물(주디스)을 통해 재능을 타고났으나 재능의 부름에 부응할 수 없는 차가운 현실에 부딪혔던, 심지어는 목숨까지 버려야 했을 여성들을 돌아보고, 윈칠시 부인과 애프라 벤을 거쳐 패니 버니와 제인 오스틴, 조지 엘리엇, 브론테에 이르기까지 실존 여성 작가들을 개략하다가 마지막쯤에 메리 카마이클이라는 가상의 현대 소설가의 작품을 논하며 그녀를 응원한다. 그 과정에서 여성이라는 성별로 인해 어떤 오해와 장벽에 여성들이 부딪혀야 했는지가 기술된다.

그러고 나서 울프는 그 누구도 남성적이기만 하거나 여성적이기만 하고, 마음의 협업이 여성성과 남성성 사이에 일어나지 않으면 창조의 예술은 성취될 수 없다고 말한다. 그리고 남성과 여성이 각기 다른 길에서 와서 하나의 택시에 몸을 싣고 한 방향으로 나가는 그림을 제시한다.

두 사람이 한 대의 택시에 올라타는 평범한 광경은 그들만의 오롯한 만족감 같아 보이는 것을 전달해 주는 힘을 지니고 있었습니다. 두 사람이 길을 따라 걸어 내려와 길모퉁이에서 만나는 광경이 마음의 긴장을 풀어 주는 것 같다고 나는 (……) 생각했습니다. (……) 한쪽 성을 다른 쪽 성과 구별하여 생각하는 것은 수고로운 일인지도 모르겠습니다. 이제 두 사람이 만나 한 대의 택시에 올라타는 것을 봄으로써 수고로움이 그치고 마음의 하나 됨이 회복되었습니다. (……) 왜냐하면 내가 그 한 쌍의 남녀가 택시에 몸을 싣는 것을 보았을 때, 마치 나뉘었던 마음이 자연스러운 융합을 통해 다시 하나가 되는 느낌이 확실히 들었거든[요].

그러고는 화자는 창작의 꽃을 제대로 피워 보지 못하고 스러지고 상실되어 간 여성들과 그들의 재능의 상징인 주디스의 이야기를 다시 꺼내면서 그녀가 여러분[우리] 안에 살아 있다고 말한다. 위대한 시인은 죽지 않는다고 말한다. 그녀가 다시 살아날 때는 시를 쓸 수 있도록 노력하자고 주장한다.

그렇다고 이 책이 소위 말하는 정신 승리를 여성에게 강요하는 것은 결코 아니다. 책의 제목에서도 나왔듯이 작가에게는 창작을 위한 독립된 공간이 있어야 하며, 누차 본문에서 강조하듯이 어느 정도의 안정적 수입이 있어야 한다. '물질적' 행복 없이는 좋은 글이 나올 수 없다. 현실적 장벽은 무조건 개인이 혼자 극복해야 하는 것이 아니라 사회가 함께 제거해야 한다. 어느 한 집단에 온갖 재정적 지원을 비롯한 물질적 풍요와 기회를 몰아주고 다른 집단에는 그것을 박탈하면서 당신들은 원래 못나서 아무리 노력해도 "개가 서서 뒷다리로 걷는 것과 같다"고 말해서는 안 되는 것이다.

『자기만의 방』을 통해 비치는 페미니즘은 어느 한 성이 다른 성을 억압하거나 미워하는 것이 아니다. 남자든 여자든 전통적 남자다움이나 여자다움이라는 틀에 갇히지 않고, 개인의 타고난 재능을 하얗게 불태울 수 있어야 한다. 그 누구든 (전통적 의미에서이든 다른 의미에서든) 완전히 남자답거나 여자다운 마음(혹은 두뇌나 정신)을 갖고 있지 않다. 한 사람 안에서든, 한 사회 안에서든 남성성과 여성성은 서로 만나 소통하고 협력해야 한다. 그리고 이쪽이든 저쪽으로든 치우치지 않는 평등이 이루어져야 한다. 단순히 성별 때문에 기회를 제약받거나, 정당하지 않은 비난을 받거나, 인격이 무시되거나, 폭력에 노출되는 것이 방관되어서도 안 된다.

버지니아 울프가 20세기 초 영국이 아닌 21세기의 한국에서 살고 있다면 어떤 글을 쓸지 궁금해진다. 여성의 인권이 신장된 것에 기뻐하면서도 페미니즘을 둘러싼 오해와 양성의 갈등을 바라보면서 마음 아파하지는 않을까? 그리고 성별 차이를 떠나 또 다른 소외 집단의 권리에 관심을 두고 고민하며 글을 쓰지는 않을까? 이 시대의 한국을 바라보는 그녀의 눈에는 자신의 재능을 꽃피우지 못하고 스러져 가는 어떤 위대한 시인들이 보일까? 개인이 가진 재능을 계발하거나 발휘하지 못하게 하는 어떤 요인을 한국 사회에서 발견하게 될까? 자라나는 어린이들에 대한 천편일률적인 기대, 자녀 양육과 교육의 경제적 부담, 학교 폭력과 왕따, 파벌주의, 기업 문화 등 여러 가지 측면에서 그녀는 이 책보다 더 긴 에세이를 쓰게 되지는 않을까? 이 땅의 위대한 시인들이 번영할 수 있도록, 즉 개인이 재능의 불꽃을 작열시킬 수 있도록 우리 함께 노력하자고 힘주어 외치지 않을까? 그러고 보니 결코 죽지 않는 위대한 시인으로서의 그녀의 목소리가 들리는 것만 같다.

『자기만의 방』을 번역하면서

변명 같지만 이과 출신인 나는 이 책을 번역하면서 너무도 많은 난관에 부딪혔다. 인명, 지명, 사건, 개념, 용어 등 번역하면서 내게 "흘러들어 와 나의 두 발에 차이는" 모든 것들을 일일이 찾아보며 공부해야 했다. 다행히 구글에서 영어로 된 방대한 자료를 찾아볼 수 있었다. 게다가 선배 번역가들이 훌륭하게 번역한 기존 번역서들이 넘쳐나는지라 그중 가장 인기가 많은 것으로 서너 권 구매하여 대조함으로써 번역하는 도중 크게 길을 잃지 않기 위한 길잡이로 삼았다. 그러나 솔직히 고백하건대, 길잡이가 되는 번역서와 구글이라는 좋은 검색 도구가 있었음에도 번역자인 내가 "이건 이런 뜻입니다!"라고 자신 있게 말할 수 없는 미진한 부분이 남아 있거나, 어쩌면 선배 번역가들이 이미 잘 잡아 놓은 것을 내가 후퇴시킨 부분도 있을 수 있다. 누군가 내게 "이건 이런 겁니다"라거나 "뜻은 그게 맞지만 표현을 이렇게 하면 훨씬 명료하고 말의 맛도 살겠네요"라고 훈수를 좀 두어 줬으면 하고 바라는 마음도 있었다.

그런 과정 중 많은 주석을 달았고 본문 안에 설명적인 내용도 추가했다. 내심 나와 같이 집필 당시의 영국 상황을 비롯하여 역사, 사회, 정치, 문학 등의 배경지식이 깊지 않은 비전문가도 쉽게 읽을 수 있는 번역서가 될 수 있을 것이라 기대하면서. 아무튼 번역을 마친 뒤 치렁치렁 액세서리를 걸치고 얼굴에 두꺼운 화장을 한 채 외

출한 사람 같았던 원고는 편집자의 손에서 다듬어져야 했다. 불필
요하고 지엽적인 주석들은 제거되었고, 지나치게 긴 것들은 짧고 명
료하게 다듬어졌다. 이 자리를 빌려 편집자님께 깊은 고마움을 전한
다. 그리고 번역의 기회와 함께 오랜 번역 기간을 허락해 준 출판사
북이십일 아르테에도 감사의 마음을 전한다.

작가 연보

1882   1월 25일. 런던 사우스켄싱턴 하이드파크 게이트 22번지에서 레슬리 스티
       븐과 줄리아 프린셉 잭슨 사이에서 출생.

1888   버지니아, 여섯 살 여름에 열여섯 살 많은 이부 오빠 제럴드 더크워스로부
       터 첫 성추행 피해. 그 후로도 이부 오빠들이 언니 버네사와 버지니아를
       성추행.

1891   2월. 열 살인 버지니아가 언니 버네사, 오빠 토비와 함께 스티븐 가족 잡지
       인 『하이드파크 게이트 뉴스Hyde Park Gate News』 창간.

1895   5월 5일. 어머니 줄리아 스티븐이 독감으로 시작된 류머티즘성 열로 갑작
       스럽게 사망. 열세 살에 불과하던 1895년 여름에 생애 첫 신경쇠약 증세를
       겪음.

1897   1월 3일. 일기를 쓰기 시작.

       7월 19일. 믿고 따르던 이부 언니 스텔라 더크워스가 복막염으로 사망. 훗
       날 이때의 자신을 때가 되기도 전에 찢어져 버린 번데기에 비유.

       열다섯 살부터 열아홉 살에 이르는 기간 동안 띄엄띄엄 킹즈 칼리지 런던
       레이디즈 디파트먼트King's College London Ladies' Department에서 그리스어,
       라틴어, 독일어, 역사 공부.

1898   이부 오빠 제럴드 더크워스가 자기 이름을 딴 더크워스 출판사 설립.

1899   오빠 토비가 케임브리지의 트리니티 칼리지에 입학. 이곳에서 토비는 레너드 울프(훗날 버지니아의 남편이 됨), 클라이브 벨(훗날 버네사의 남편이 됨), 리턴 스트레이치 등의 친구를 사귐.

1901   열아홉 살 여름, 언니 버네사와 함께 케임브리지에 있는 오빠 토비를 방문했을 때 레너드 울프와 만남.

1904   2월 22일. 아버지 레슬리 스티븐 위암으로 사망.

   4월. 아버지 사망 후 웨일스, 이탈리아, 프랑스로 가족 여행.

   5월 중순. 런던으로 돌아오자마자 신경 쇠약을 겪음.

   10월. 블룸즈버리로 이사.

   12월. 생애 최초로 글 발표. 하워스에 있는 브론테 목사관 박물관을 방문한 뒤 기록한 방문기 「하워스, 1904년 11월Haworth, November 1904」가 「가디언」지에 무명으로 실림.

1905   1월. 몰리 칼리지에서 작문, 미술사, 역사, 시 감상 강의 시작.

   2월. 첫 목요 저녁 모임Thursday Club 열림. 여름에 버네사가 시작한 금요 클럽Friday Club과 함께 블룸즈버리 그룹으로 총칭.

   3월 26일. 「더 타임스」에 기고문 '문학의 지리학Literary Geography' 게재.

1906   11월. 오빠 토비가 장티푸스로 사망.

1907   2월. 언니 버네사가 클라이브 벨과 결혼.

   몰리 칼리지에서의 강의를 그만 두고 글쓰기에만 전념하기로 함. 『출항』 집필 시작.

1909   2월. 리턴 스트레이치가 청혼하여 승낙했으나 다음 날 파혼하기로 합의.

   4월. 고모 캐롤라인 에밀리아 스티븐이 사망하면서 2만 5000파운드의 유산을 버지니아에게 남김.

1910   1월. 여성 참정권 운동에 동참.

1911   4월. 언니 버네사의 유산을 겪고 신경 쇠약에 걸림.

1912   1월 11일 레너드 울프가 청혼. 5월에 이를 받아들여 8월 10일에 결혼.

1913 1월. 의사들이 정신 건강을 이유로 임신하지 않는 것이 좋겠다고 조언. 레너드가 버지니아의 건강을 매일 기록하기 시작.

7월 요양원 입소. 8월에 퇴소했으나 우울증, 식사 거부 등 증세 심화.

9월 9일. 바르비투르산계 약물을 과다 복용하고 자살 시도.

1914 8월 4일. 제1차 세계대전 발발.

1915 1월 25일. 리치먼드에 있는 호가스 하우스 임대.

2월~3월. 정신 질환 증상 악화로 결국 요양원 재입소. 레너드는 호가스 하우스로 이사.

3월 26일. 첫 소설『출항』을 더크워스 출판사에서 출간.

1917 호가스 하우스에서 호가스 출판사 설립.

7월. 호가스 출판사의 첫 발행 도서로 버지니아와 레너드가 쓴 글로 구성한『두 편의 이야기Two Stories』출간.

1918 11월 11일. 제1차 세계대전 종전.

11월 15일. 호가스 하우스를 방문한 T. S. 엘리엇과 첫 만남.

1919 4월.「더 타임스」에 짧은 에세이「현대의 소설들Modern Novels」게재.

5월. 호가스 출판사에서 단편 소설「큐 가든Kew Gardens」, T. S. 엘리엇의『시Poems』, 존 미들턴 머리의『비평가의 판단The Critic in Judgment』동시 출간.

10월 20일. 두 번째 소설『밤과 낮』더크워스 출판사에서 출간.

1921 3월. 호가스 출판사에서 단편집『월요일이나 화요일』출간. 이후의 모든 작품을 호가스 출판사에서 출간.

1922 10월 27일. 세 번째 소설『제이컵의 방』출간.

12월. 클라이브 벨이 연 디너파티에 참석했다가 후에 연인 관계로 발전한 동성의 비타 색빌웨스트와 첫 만남.

1925 4월 23일.『보통의 독자』출간.

5월 14일. 네 번째 소설『댈러웨이 부인』출간.

1927 5월 5일. 다섯 번째 소설『등대로』출간.

1928 9월 하순. 비타 색빌웨스트와 프랑스 여행.

작가 연보

10월. 여섯 번째 소설『올랜도』출간.

10월 20일. 케임브리지에 방문하여 여성 대학들에서 두 편의 논문 낭독. 이 논문들은 후에『자기만의 방』으로 수정되어 출간.

1929 미국과 영국에서『자기만의 방』이 세 가지 판본으로 출간.

1931 10월 8일. 일곱 번째 소설『파도』출간.

1932 10월 13일.『보통의 독자: 제2편』출간.

1933 10월 5일. 가상의 전기인『플러시: 전기Flush: A Biography』출간.

1937 3월 15일. 여덟 번째 소설『세월』출간.

1938 3월 12일. 히틀러, 오스트리아 침략.

6월 2일. 에세이『3기니』출간.

1939 1월 28일. 울프 부부, 햄프스테드에 체류 중이던 지크문트 프로이트 방문.

8월. 호가스 출판사와 살림살이를 런던의 메클런버그 스퀘어 37번지로 옮김.

9월 1일. 독일, 폴란드 침략.

9월 3일. 영국, 독일에 전쟁 선포.

1940 4월 9일. 독일, 노르웨이와 덴마크 침략.

5월 10일. 독일, 네덜란드와 벨기에 침략.

7월 25일.『로저 프라이: 전기Roger Fry: A Biography』출간.

1941 3월. 우울증 악화. 3월 30일 일요일 마지막 일기 기록. 3월 28일 금요일 레너드에게 죽음을 암시하는 편지를 남기고 실종. 4월 3일「뉴욕타임스」가 실종을 보도하며 사망 추정.

4월 18일. 우즈강에서 시신 발견. 화장하여 집 뒤편의 느릅나무 아래에 유골 매장.

7월 17일. 소설『막간Between the Acts』을 레너드가 편집하여 출간.

자기만의 방   **클래식 라이브러리 003**

1판 1쇄 인쇄 2023년 3월 20일
1판 1쇄 발행 2023년 3월 31일

지은이 버지니아 울프
옮긴이 안시열
펴낸이 김영곤
펴낸곳 아르테

문학팀 김지연 임정우 원보람
출판마케팅영업본부장 민안기
마케팅2팀 나은경 정유진 박보미 백다희
출판영업팀 최명열 김다운
제작팀 이영민 권경민

출판등록 2000년 5월 6일 제406-2003-061호
주소 (우 10881) 경기도 파주시 회동길 201(문발동)
대표전화 031-955-2100
팩스 031-955-2151

ISBN 978-89-509-2369-3 04800
ISBN 978-89-509-7667-5 (세트)

아르테는 (주)북이십일의 문학 브랜드입니다.

『슬픔이여 안녕』『평온한 삶』『자기만의 방』『워더링 하이츠』『변신』『1984』『인간 실격』『코』『사랑에 대하여』『도리언 그레이의 초상』『비계 덩어리』『월든』『라쇼몬』『이방인』『데미안』『수레바퀴 밑에서』『노인과 바다』『위대한 개츠비』『작은 아씨들』

클래식 라이브러리 시리즈는 계속 출간됩니다.